오류가
발생했습니다

안전가옥
오리지널
32

이산화
장편
소설

오류가
발생했습니다

차례

번역상의 오류

척추를 따라 흐르는 전류 때문에 눈이 번쩍 뜨였다. 뻣뻣하게 마비된 사지가 침대 위에서 몇 번 경련했다. 잠에서 억지로 깬 정신이 상황을 채 파악하기도 전에 찌릿찌릿한 파도가 몸을 몇 차례 더 휩쓸고 지나갔다. 온통 하얗게 번쩍거리던 시야가 원래대로 돌아오고 나니, 이제는 눈앞에 잿빛 팝업창이 하나 어른거리고 있었다.

[강제기상 앱 버전 1.3 체험판을 이용하셨습니다. 구매하시겠습니까? (15드롭스)]

아니오. 정신을 들게 해 주는 앱을 원했지, 자고 있는 사람한테 전기 충격을 가하는 멀웨어를 사려던 게 아니었다. 이런 데에 낭비한 5드롭스가 아까웠다. 한숨과 함께 눈을 깜박이자 곧바로 다른 팝업창이 튀어나와 시야를 가렸다.

[앱 스토어에 리뷰를 남기시겠습니까?]

예. 작동 정지를 경험하고 싶지 않으면 최고 강도로는 쓰지 마세요. 쓰고 싶은 말이야 이것 말고도 많았지만, 지금 생각나는 문장을 전부 그대로 적어 넣었다가는 체험판 사용자에게 주어진 리뷰 분량을 넘길 게 뻔했다. 멍청한 앱에 대해 불평하느라 시간을 낭비하는 대신 나는 그나마 긍정적인 면을 생각하기로 했다. 아무튼 강제기상 앱 덕분에 제시간에 깨긴 했으니까….

[30초간 광고를 시청해 주시기 바랍니다.] 야, 이건 아니지. [광고 끄기 (5드롭스)] 이건 왜 이렇게 안 눌러져? 머릿속에서는 이미 시끄러운 로고 송이 울리기 시작했다. *블랙 포레스트에서 레드 벨벳까지♪ 화물 운송은 투티프루티♪* 짜증이 끝없이 치솟았다. 이딴 앱에 30초짜리 광고를 집어넣었다고? 스킵하는 데도 드롭스를 받아? 얼마나 뜯어 갈 생각이야? 화가 치밀어 애꿎은 매트리스를 쾅 내리쳤는데, 왼손의 감각 센서에서 이질적인 신호가 느껴졌다. 부드럽고 무른, 고깃덩어리를 때리는 감촉이었다.

"아, 젠장…."

마침 배달업체 광고가 끝나, 눈앞에는 이제 룸메이트의 차갑고도 무표정한 얼굴이 있었다. 금빛 인공안구의 조리개가 복잡하게 움직이는 모습이 보일 정도로 가까이. 매서운 눈빛을 피해 슬금슬금 시선을 돌렸지만, 시야 한가운데에 스파크처럼 떠오르는 푸르스름한 메시지창에서까지 도망칠 방법이 없었다.

[도나우벨레]

[왜 자는 사람을 때리고 그래]

정신이 드는 데는 이만큼 효과적인 자극이 없었다. 결함투성이 강제기상 앱 따위가 감히 비할 바가 아니다.

[그 팔로 사람을 때리면 어쩌자는 거야]

[난 너처럼 팔다리 교체한 것도 아니거든]

룸메이트는 여전히 화가 난 채였다. 이불 속에 처박힌 속옷을 주섬주섬 찾는 동안 메시지는 끝도 없이 날아왔고, 의수 끝의 감각에 온 신경을 집중해 봐도 그 작은 천 조각은 도무지 탐지되지 않았다. 구매할 당시에는 아주 괜찮은 모델이었고 지금도 훌륭한 축에 들지만, 그렇다고 손가락 끝에 시각 센서가 달린 건 아니었으니까. 룸메이트의 연약한 고기 팔을 얼얼하게 만들기에나 충분할 뿐이다.

"진짜 미안해, 할루할로. 무의식적으로…."

[네 옷 바닥에 있어]

"고마워."

할루할로 덕택에 속옷은 찾았지만, 제대로 입기까지는 조금 더 시간이 걸렸다. 아직 살덩어리인 왼쪽 다리가 전기 쇼크의 후유증으로 저릿저릿해 제대로 움직이지 않았다. 이

놈의 다리도 빨리 마저 갈아 치워야 하는데, 의체를 살 드롭스를 모으기가 점점 어려워지고 있었다.

[벌써 나가려고?]

"오늘은 일찍 오래. 중요한 일 있다더라."

[케이크라도 먹고 가]

침대에서 나와 옷을 하나하나 챙겨 입는 내게 할루할로는 계속 메시지를 보냈다. 나체로 누운 채 꼼짝하지 않고, 긴 갈색 머리카락을 되는대로 늘어뜨린 채, 입조차 안 열고서. 움직이는 것은 오로지 두 눈동자뿐이었다. 한쪽 눈으로는 내게 메시지를 쓰면서 다른 한쪽으로는 아마도 또 뭘 읽고 있겠지.

"먹을 거면 너도 일어나. 뭐 먹을래? 오늘도 B형?"

[악마로 줘]

그러니까 A형 말이지. 보급 A형 케이크, 통칭 '악마의 음식'은 내 입에는 도무지 맞지 않았다. 너무 끈적거리고 텁텁해서 물을 많이 마셔야 했으니까. 한편 할루할로는 천사의 음식이든 악마의 음식이든 가리지 않고 조금씩 먹는 편이었다. 어제 포장을 뜯어 놓고 남긴 걸 침대 위로 던져 주자, 할루할로는 그걸 집으려고 느릿느릿 몸을 일으켰다. 눈은 여전히 바삐 움직이는 채였다.

"새 텍스트 샀어?"

[재밌어]

내 몫의 케이크 포장을 뜯으면서 물었더니 즉시 대답이 돌아왔다. 하지만 다음 질문에는 예상대로 묵묵부답이었다.

"그거 읽으려고 또 앱까지 산 건 아니지?"

기다려 봐도 대답 없음. 그럼 그렇지. 앱 스토어에는 이전 시대에 등록된 구형 언어 번역기며 단어 데이터베이스 따위가 그대로 남아 있고, 나는 그런 쓸모없는 상품을 누가 산다고 100드롭스가 넘는 가격을 매겨 놓았는지 가끔 궁금해지곤 했다. 룸메이트를 들인 뒤로는 상당 부분 해소된 의문이었다. 넷 포럼 어디를 가도 읽을 게 널리고 널렸는데, 이 녀석은 군이 이전 시대에 등록된 온갖 텍스트를 내려받아 읽는 게 취미였으니까.

"무료 번역기도 있잖아. 지금까지 도미노슈타인에 얼마나 퍼 준 거야? 너 같은 애들 때문에 그런 악덕 기업이 칩 시장을…."

[무료 번역 기계 상점에 단 하나 있음]

[언어도 3가지 뿐 지원 안 함]

[당신 이나 실컷 사용하세요]

할루할로는 심술궂게도 이전 시대의 언어로 메시지를 보냈고, 내 칩에 설치된 문제의 무료 번역기는 자동으로 그 내용을 번역해 띄워 주었다. 물론 광고도 함께. 낡은 기계의 언어 설정이 '프랑스어'나 '일본어' 아니면 '영어'일 경우가 있기 때문에 가끔 쓰는 앱인데, 무료치고는 성능이 괜찮지만, 한 문장 넘게 번역하려고 하면 광고가 시야를 가득 채워 버리는 게 흠이다. 순식간에 앞을 가려 버린 창을 하나하나 신경질적으로 닫는 동안 할루할로는 계속 투덜거렸다.

[어떤 번역기든 일단 어휘가 너무 부족해]

[결국 단어까지 사게 되네]

"이전 시대에나 쓰던 단어를 말이지. 텍스트 읽는 데밖에 쓸모가 없는데, 그걸 꼭 사야 돼?"

룸메이트는 다시 즉답했다. 역시나 예상대로인 대답이었다.

[안 그러면 오류가 너무 많으니까]

룸메이트와 잡담하면서 계획보다 조금 더 여유를 부린 바람에, 시야 오른쪽 위의 시간을 확인했을 때는 이미 정시에 도착하기 아슬아슬했다. 방에서 급히 뛰쳐나와, 사람들로 가득한 튜브에 간신히 끼어 들어가서, 블랙 포레스트 5번 상업 구역에 내려 필사적으로 달려야 했을 만큼. 조명조차 제대로 설치 안 된 골목길을 혼자 가로지르는 건 싫었지만, 때론 지름길을 택해야 하는 날도 있게 마련이다. 그렇게 위험을 감수해 가며 24번 소형 빌딩 3층, 조사관 팀 쁘띠-4의 사무실에 발을 들였을 땐 간신히 회의 시작 직전이었다.

"아깝네. 벌금 받을 수 있었는데."

창밖을 내다보고 있던 레이디펭거는 내 도착을 진심으

로 아까워하는 눈치였다. 지각한 멤버한테 설교를 늘어놓을 수만 있다면 15드롭스를 내고 강제기상 앱이라도 살 녀석이니까. 하지만 그런 우리의 리더조차 자기가 만든 규칙에 당해 벌금을 낸 적이 있다. 사실 쁘띠-4에서 지각 벌금을 안 내 본 멤버는 딱 하나뿐이다.

"사타를 좀 본받아 봐, 벨레. 항상 같은 시간에 와 있잖아."

둥근 동체를 사무실 구석에 기댄 채 게임에 열중하는 멤버를 가리키며 레이디핑거는 기어이 설교를 한마디 했다. '사타안다기는 오토마톤이잖아'라는 말이 목구멍까지 올라왔다. 오토마톤들은 대체로 인간보다 시간을 잘 지킨다. 처음부터 온몸이 기계장치인 덕택에, 멍청한 전기 충격 앱에 의존하지 않아도 미리 설정만 해 두면 제때 켜지니까. 한편 사타안다기의 경우에는 게임도 남들보다 훨씬 잘하지만, 그건 오토마톤이기 때문이 아니다. 자기 실력이지.

"이제 그만 해, 사타. 회의 시작할 거야."

"한 명 안 왔다."

"자허도 곧 오겠지. 빨리 오라고 메시지도 보냈는데."

하지만 쁘띠-4의 마지막 멤버는 사타안다기가 게임을 끝마친 뒤에야 등장했다. 크롬 도금이 된 번쩍이는 다리를 앞세워 문을 박차고 들어왔건만, 그 기세로도 레이디핑거의 엄정한 판결을 막을 수는 없었다.

"벌금이나 내. 30드롭스야."

자허토르테가 앓는 소리를 냈다. 자기 의체를 개조하느라 언제나 부품 거래에 열을 올리는 녀석한테 30드롭스는 적잖은 타격일 것이다. 아마 한동안 머리카락을 번쩍거리는 특수 섬유로 바꿔 놓은 꼴은 안 봐도 되겠지.

"도대체 왜 이렇게 일찍부터 부른 거야? 또 어떻게 레드 벨벳 의뢰라도 따 왔어?"

"그렇게 자주는 못 따 오는 거 알잖아. 노력하고는 있어."

"알아, 알아. 그러면 이번엔 또 무슨 일거린데?"

블랙 포레스트에서 조사관이 할 일이라면 널리고 널렸다. 부자들만 산다는 레드 벨벳이야 엄청나게 똑똑한 오토마톤이 완벽히 관리하기에 어떠한 사고도 일어나지 않는다지만, 여긴 별별 문제가 툭 하면 터지니까. 문제는 그런 일거리 대부분이 비버테일이나 토르텔 같은 더 큰 팀한테 돌아간다는 사실이다. 레이디펑거가 열심히 일거리를 따 와도 가끔씩은 방세 낼 드롭스가 부족할 정도다. 하루빨리 왼쪽 다리를 갈아 치우려면 큰 건수가 필요하다. 레드 벨벳이 아니라면 를리지외즈라거나, 레이디 볼티모어나, 아무튼 좀 키다란 기업 의뢰기만 해도…,

"코겔모겔이야."

"어, 잠깐. 뭐라고?"

"코겔모겔 방송 그룹이 의뢰했다고, 벨레. 우리한테 사건 하나 맡겨 놓고, 해결하는 거 생방송으로 내보내고 싶대."

그 자신만만한 설명이 사무실의 분위기를 한순간에 바꿔 놓았다. 코겔모겔은 상당히 이름이 알려진 방송 그룹으로, 유명한 청부업자들이 나오는 스릴 있는 프로그램을 자주 틀어 줘서 나도 즐겨 본다. 그쪽에서 우리 팀에 의뢰를? 생방송 중계까지? 이건 확실히 큰 건수다. 레이디핑거가 닦달할 만도 했다.

"아니, 아니. 그래서 맡긴다는 사건이 도대체 뭔데? 게네들이 분실물 찾는 걸 방송에 내보내진 않을 거 아냐."

"일단 이것부터 읽어 봐, 벨레. 사타랑 자허, 너희 둘도."

곧 레이디핑거로부터 문서 파일이 하나 도착했다. 진짜로 코겔모겔에서 온 의뢰서였다. 깔끔하게 정리된 팝업 페이지의 내용은 과연 분실물 찾기 따위가 아니었다. 그야 조사관이라고 하면 언젠가 이런 일도 맡게 되지는 않을까 막연히 상상한 적도 있었지만, 그래서 한동안 쁘띠-4의 일이 기대보다 너무 시시하다는 불만을 가지기도 했지만, 설마 우리가 '고기 강탈자'의 정체를 밝혀 달라는 의뢰를 받게 될 줄이야.

문제의 고기 강탈자란 근래 일어난 일련의 작동 정지 사건의 범인에게 붙은 별명이다. 잘 살고 있던 인간이 어느 날 사라졌다가, 고기 부분은 다 뜯겨 나가고 칩과 의체만 상업 구역의 뒷골목에 버려지는 사건이 벌써 세 건. 청부업자의 일이라기엔 깔끔하지 못하고, 갱단 사람들은 상업 구역 중심 가까지 나오는 일이 별로 없으니 역시 용의선상에서 배제된다. 끔찍한 일이 계속 벌어지는데 누구 짓인지 알 수가 없으니 경호업자와 방송 그룹만 드롭스를 긁어모으는 중이다.

"그리고 그 방송이란 것들은 죄다 예고편만 그럴듯한 사기지. 고기 강탈자라는 별명도 넷 포럼에서 나온 건데, 등록하기 전에 방송에서 냅다 주워 먹었더라고. 쓰레기 같은 놈들이라니까."

자허토르테의 빈정거림에 레이디핑거가 눈총을 주었다. 그 쓰레기 같은 방송 그룹이 지금 우리의 의뢰주니까. 그리고 의뢰서에 따르면 이번에 만들려는 방송 내용은 그렇게까지 쓰레기는 또 아니다. 언제나 경쟁이 심한 방송업계에서 시청자를 끌어모으기 위한 코겔모겔의 비장의 수. 조사관들이 등장하는 여느 프로그램처럼 그럴듯하게 일하는 척만 해 달라는 것도 아니고, 잠깐 얼굴 비춰서 몇 마디 해 달라는 것도 아니고….

"정말로 고기 강탈자가 누구인지 찾아내서, 가능하다면 붙잡기까지 하라고 적혀 있네."

"그리고 그 모든 게 생방송으로 중계된다."

"사타가 중요한 걸 짚었네. 생방송이야. 우리 시야를 그대로 공유해서 틀어 줄 거야."

레이디핑거의 그 말을 듣자 이번 일의 어마어마한 실감이 다시 한번 몸을 덮쳤다. 가능하면 의식하지 않고 싶었는데! 내 일거수일투족이 온 블랙 포레스트에 방송되는 일이 있으리라고는 생산 라인에서 제조되어 나온 이래 상상조차 해 본 적이 없었다. 긴장감이 무른 살을 넘어 단단한 의체에까지 고스란히 전해졌다.

물론 긴장이 되든 말든 할 일은 정해져 있었다. 방송이 시작됐는데 사무실에서 회의나 하고 있으면 시청자들이 죄다 채널을 돌릴 테니, 준비고 뭐고 일단은 시간 맞춰서 나가야 했다. 계획은 두 사람씩 팀을 나눠서 뒷골목을 둘러보면서 뭐든 수상한 흔적을 발견해 내는 것. 자허토르테와 같이 건물 사이사이를 기웃거리는 동안 내 심장은 볼썽사납게도 계속 쿵쾅쿵쾅 뛰었다.

"심장도 의체로 바꿔야겠다."

"이번 일만 잘 끝나면, 다리랑 같이 한 방에 갈아 치워."

아무래도 자허토르테는 긴장하기보다는 드롭스 생각으로 들뜬 모양이었다. 아무리 잘 받아 봐야 심장이랑 다리를 둘 다 바꾸기에는 턱없이 부족할 텐데도. 하지만 저축해 둔 것과 합치면 아주 좋은 다리를 구하는 정도는 가능하겠지. 그 생각만으로도 충분히 기쁠 만은 했다. 하지만 그건 드롭스를 무사히 받았을 때 얘기. 다리 하나 바꾸려다가 작동 정지라도 된다면 아무래도 손해가 크다.

"정말로 맞닥뜨리면 어떻게 하지? 딱 봐도 제정신이 아닌

놈이잖아. 아무짝에도 쓸모없는 고기는 가져가고, 드롭스 되는 물건은 싹 내다 버리고."

"일부러 버렸을걸? 칩이나 의체 팔면 거래 기록이 남거든. 그럼 추적당하기 쉬워지지. 고기 강탈자도 나름대로 생각하고 움직이는 거야."

"생각이 있는 놈이 고기는 왜 챙겼대?"

"그만큼 신기한 일이어야지 시청률이 나올 거 아냐. 우리한텐 잘 됐지, 뭐."

이런 소리는 생방송 중엔 안 하는 게 어떨까? 하지만 자허토르테가 옳았다. 언제나 문제투성이인 블랙 포레스트에서도 드물고 이상한 문제는 그 자체로 드롭스가 된다. 우리 같은 조사관에게도, 방송 그룹에도 그렇다. 정말로 우리가 고기 강탈자를 붙잡기라도 한다면? 다시 보기 서비스에 10드롭스, 중간 광고와 팝업 광고 삭제에 또 10드롭스, 그런식으로 대박을 내는 것도 충분히 가능한 일이다.

"난 22번 구역에 새 작업실 마련할 거야. 선반이랑, 가열로랑, 또 압출성형 장비도! 부품을 아예 직접 만드는 거지."

"꿈이 크네."

"블랙 포레스트에서 꿈도 없이 어떻게 살아? 그럴 바에야 스위치 끄는 게 낫다고."

시야의 밝기를 조절해 가며 골목 구석구석을 샅샅이 살펴보는 동안 자허토르테는 계속 소란스레 떠들었다. 그것도 온 시청자가 다 알 상식 같은 얘기를. 꼬박꼬박 배급되는 케이크 챙겨 먹으면 작동하는 데는 아무 지장이 없지만, 작동만 하고 있어서는 애초에 의미가 없다. 꿈이든 엔터테인먼트든 둘 중 하나는 추구해야 한다. 그래서 사타안다기는 게임을 하고, 레이디핑거는 여기저기에 줄을 대고, 나는 다리를 갈아 치워 보겠다고 이렇게 골목길을 돌아다니면서….

"저기 뭐 있다."

밝기를 올려놓은 눈은 빌딩 그늘에서도 수상쩍은 물건의 존재를 놓치지 않았다. 사실 그렇게까지 수상쩍은 물건은 아니었다. 검은색 플라스틱 양동이일 뿐이었으니까. 하지만 가까이 다가가 보니 뚜껑이 닫힌 양동이에서 역겨운 냄새가 조금씩 올라오는 것이 느껴졌다.

"어, 뭐가? 난 아무 냄새 안 나는데?"

"후각 켜."

양동이를 향해 다가갈수록 냄새는 점점 심해졌고, 그러면서 악취의 정체가 무엇인지도 조금씩 짐작이 갔다. 적어도 절반 정도는. 이건 배급받은 케이크를 오래 내버려두었을 때의 냄새였다. 시큼하고 퀴퀴한… 하지만 나머지 절반이 과연 무엇인지는 뚜껑을 들춰 보고서야 알 수 있었다.

부스러진 케이크의 하얗고 까만 조각 사이사이로, 검붉은 액체 위에 둥둥 떠오른 검붉은 덩어리. 인공안구는 고맙게도 초점을 자동으로 맞춰 가장 큰 덩어리에 찍힌 이빨 자국까지 선명하게 보여 주었다. 그 광경에 균형을 잃은 왼쪽 다리가 통을 툭 건드리자, 덩어리가 반쯤 액체 속으로 가라앉으며 잠겨 있던 부분이 대신 떠올랐다. 다섯 개의 창백한 손가락이었다.

"이건 상상 이상이네."

뱃속의 케이크가 목구멍으로 올라오려는 걸 간신히 억누르면서, 나는 그렇게밖에 말할 수 없었다.

"그걸 그렇게 오래 보고 있으면 어떡해."

연락을 받고 도착한 레이디핑거는 가장 먼저 그렇게 투덜거렸다. 잔인한 장면을 너무 대놓고 보여 주는 바람에 코겔모겔에서 급히 모자이크를 씌워야 했다는 것이다. 누가 모자이크를 씌우나 안 씌우나 감시라도 하고 있다는 투의 터무니없는 이야기에 나는 무심코 헛웃음을 터뜨렸다.

"어차피 모자이크 제거 비용 따로 받으려고 그러는 거잖아."

"이번에도 그럴 생각이라고는 하더라. 아무튼 잘 찾았고, 중간 광고 곧 끝나니까 슬슬 준비하자."

중요한 증거물을 획득했으니 이걸 단서 삼아 머리를 굴리는 모습을 보여 줄 시간. 쁘띠-4가 이런 사건 전문인 조사관 팀은 아니지만, 그렇다고 전문이 아닌 일에 완전히 무능한 팀인 것도 아니다. 블랙 포레스트의 냉혹한 경쟁 속에서 어찌 됐든 안 망하고 꾸역꾸역 버티고는 있는 게 그 증거다. 고기 양동이 주변에 둘러서서 사뭇 진지하게 시선을 주고받던 중, 가장 먼저 소리를 낸 것은 오토마톤 사타안다기였다.

"고기가 목적이라고 생각했다. 오토마톤한테는 손을 안 댔으니까. 그런데 그 고기를 이렇게 버리다니. 이젠 모르겠다."

메모리만 무사하면 언제든 새 동체로 바꿀 수 있는 오토마톤이라고 해도, 자신이 습격당할지도 모른다는 가능성은 아무래도 두려운 모양이었다. 하기야 오토마톤 동체가 저렴한 건 아니니까. 사타안다기의 불안한 추측을 레이디핑거가 이어받았다.

"무서워할 필요 없어, 사타. 오토마톤은 확실히 목표가 아냐. 이 녀석은 분명 고기에 집착하고 있어. 문제는 그렇게 집착하던 고기를 왜 이렇게 버렸느냐는 건데."

그다음은 자허토르테 차례.

"한입 문 자국이 있었잖아. 먹으려고 했는데 생각보다 맛이 없어서 케이크랑 섞어도 봤다가, 결국에는 포기하고 버린 거 아냐?"

상당히 일리 있는 추리였다. 의체 시술할 때 잘라 낸 팔다리가 암시장에서 식용으로 고가에 팔린다는 소문이 한창넷에 떠돌아다닌 적도 있고. 그런 소문을 믿고서 사람을 납치해 먹으려고 했지만, 케이크가 아닌 물건은 애초에 소화가 안 된다는 사실을 간과했다면? 소문에 나오듯이 내장 기관을 주문 제작하면 가능이야 하겠다만, 범인에게는 그만한 드롭스가 없었을지도 모른다.

"하지만…."

그렇게 입을 열었더니 세 사람이 나를 뚫어지게 쳐다보았다. 레이디핑거의 메시지도 떠올랐다. [빨리 해. 입 다물고 있으면 방송이 안 되잖아.] 어쩔 수 없었다. 생각을 더 정리하고 싶었지만, 대신에 말을 안 더듬는 데에나 집중해야지.

"단순히 케이크에 질려서 고기를 먹으려는 범인이었다면, 가장 잡기 쉬운 사람을 노렸겠지. 그런데 고기 강탈자는 안 그러는 것 같아."

"확실히 그렇다. 피해자들은 거주 구역도 나쁘지 않았고, 직장도 있었다고 기억한다."

"바로 그거야. 고기를 노리고 있다고 해도, 아무 고기나 먹을 생각은 아니라는 거지. 레이디핑거, 피해자 정보 좀 띄워 줄래?"

'고기 강탈자'의 피해자 셋이 누구인지는 코겔모겔의 의뢰서에도 잘 나와 있었다. 라하트-로쿰. 스트라챠텔라. 그라타케카. 200드롭스만 내면 얼마든지 바꿀 수 있는 이름은 별로 중요하지 않다. 그렇기에 고유 식별 번호를 검색해 보는 건 조사관의 기본 중 기본. 처음 두 희생자는 넷 여기저기에 흔적을 남겨 놓았고, 덕분에 작동이 멈추기 직전 그들이 어떻게 살고 있었는지 알아내는 일은 어렵지 않았다. 삶의 모

24

양새는 둘 다 비슷했다. 광고회사 직원과 오토마톤 수리 기사, 사타안다기 말마따나 괜찮은 거주 구역에 방 있음, 소득도 평범, 특별한 원한 관계 없음, 순조롭게 연애하는 중. 물론 모든 희생자의 행적을 이처럼 쉽게 알아낼 수는 없었다.

"이런, 그라타케카는 넷에 정보를 거의 안 흘렸네. 투티프루티에서 일했다는 것만 겨우 알겠어."

"투티프루티? 로고 송 짜증 나는 거기?"

자허토르테가 얼굴을 찌푸리며 되물었고, 그래, 바로 그 투티프루티였다. 레드 벨벳으로 가는 유일한 통로인 1번 구역의 엘리베이터 '플로트'를 관리하고, 그 사실이 너무 자랑스러워서 로고 송으로 끊임없이 재잘대는 기업. 블랙 포레스트에서 레드 벨벳까지♪ 화물 운송은 투티프루티♪ 머릿속에 달라붙어서 떨어질 줄 모르는 지긋지긋한 리듬 때문에 생각이 잠시 멈출 지경이었다. 하지만 우리의 리더는 그 정반대였다.

"알겠다! 투티프루티는 레드 벨벳이랑 일하는 화물 운송하는 데잖아! 자허, 마지막 희생자 기록 좀 더 뒤져 봐. 개인 저장소 같은 거."

"그쯤이야 어려울 것 없지… 뭐야, 아직도 보안 걸려 있는데? 작동 정지되면 권한이 딴 사람한테 넘어가는 설정이었나봐. 500드롭스 내야지 내용 볼 수 있대."

드롭스를 내야 풀리는 보안에다가 권한 승계 옵션까지.

희생자가 뭔가 숨기고 있었다는 게 분명해졌다. 또 하나 분명한 것은 500드롭스가 적은 금액이 아니라는 사실. 자허토르테는 그만한 자금이 없는 모양이었고, 나머지 두 사람도 사정은 비슷할 게 분명했다. 다같이 머뭇거리는 분위기를 타고 슬슬 빠지려던 차에 사타안다기가 무심하게도 소리를 냈다.

"도나우벨레, 저축 있는 거 다 안다."

나머지 두 사람의 시선이 또 내게로 향했다. 무슨 의미인지는 메시지를 안 읽어도 알 수 있었다. 이번 일만 성공하면 다리 살 드롭스는 모일 테니까 쩨쩨하게 굴지 말라는 소리겠지. 어쩔 수 없는 압력이었다.

"알았어, 내가 내면 되잖아."

내 소중한 거금을 받은 자허토르테가 보안을 풀자, 곧 그라타케카의 개인 저장소 내용 전체가 메시지에 실려 도착했다. 마지막 희생자가 드롭스까지 들여 가며 꼭꼭 숨겨 두었던 비밀. 그건 알고 보니 갖가지 간질간질하고 낯뜨거운 사진이며 채팅 기록 따위였다. 그것도 전부 연애 중인 사람이 주고받을 법한. 그러니까 그라타케카는 주변에 들키지 않도록 몰래 연애를 하고 있었다. 그 상대는 11번 구역 청소업체에서 근무하는 오토마톤 탕후루.

"내 예상대로야."

레이디펑거가 드라마틱하게 선언했다. 생방송 종료가 가

까워 올 무렵이었다.

"레드 벨벳은 오토마톤이 인간을 관리하는 곳이니까, 오토마톤에 대한 생각이 블랙 포레스트하고는 좀 다르다고 들었어. 그러니 투티프루티에서 일하려면 오토마톤이랑 사귄다는 사실은 숨겨야 했을 거야. 우린 방금 세 희생자의 공통점을 알아냈어."

라하트-로쿰, 스트라챠텔라, 그라타케카에게는 전부 애인이 있었다. 다시 말해서 고기 강탈자는 아무나 습격하는 것이 아니었다. 도대체 그 이유가 무엇이든지, 놈이 노리는 것은 분명 연애 중인 사람의 고기였다.

그렇게 성공적으로 방송을 마치고 거주 구역의 방으로 돌아왔을 때, 나는 한 가지 중요한 사실을 까맣게 잊고 있었다는 공포에 직면했다. 갑작스러운 생방송 때문에 너무 긴장해서 그만 메시지 한 통 보내는 걸 깜박하고 만 것이다. 만에 하나라도 그냥 넘어가 주면 참 좋았으련만, 내 룸메이트는 하필 이럴 때만큼은 결코 내 예상을 벗어나는 법이 없었다.

[방송 나온다고 왜 말을 안 했어?]

"정말 미안…."

[채널 돌리다가 봤잖아]

딱히 화가 난 표정은 아니었다. 하지만 할루할로는 원래 표정 변화가 거의 없으니, 얼굴만 보고 감정을 정확히 읽어

내기란 불가능에 가까웠다. 내 삶에 얘가 갑작스럽게 등장한 뒤부터는 하루에도 여러 번씩 그 사실을 통감해야 했다. 자기 얘기는 거의 안 하고, 제조사가 스모어인지 DBC인지 암브로시아인지도 안 가르쳐 주고, 눈이랑 칩 말고는 죄다 고깃덩어리에, 텍스트를 읽거나 터무니없는 앱에 드롭스를 낭비하거나, 그러면서도 방세는 또 잘 나눠서 내고 있었다. 이상한 녀석이었다.

"그래서, 그, 방송은 어땠어?"

우물쭈물하며 물었더니 할루할로는 명쾌하게 대답했다.

[그럴듯하던데, 너]

[다른 부분이 더 재미있었지만]

칭찬이 너무 짧았지만, 아무튼 재미있게 보긴 한 모양이었다. 그리고 대답 메시지를 보내면서 내 쪽으로 점점 다가오는 걸 봐서는 아무래도 할 얘기가 더 있는 모양이기도 했다.

[레이디핑거라는 사람 말이야]

[눈치 못 챘어?]

눈치 못 챘다. 뭘 눈치 못 챘는지도 모르겠고, 사실 레이디핑거의 칩이 오늘따라 유난히 팽팽 돌아갔다는 걸 빼고는 전혀 감이 잡히는 게 없다. 당연히 할루할로가 무슨 소리를 하려는지도 전혀 모르겠다.

[피해자가 오토마톤이랑 연애한다는 거 바로 알고]

[애초에 그 오토마톤 신경 써 주고]

이건 또 예상하지 못한 말이었다. 혼란스러웠고, 처음엔 그냥 웃어넘기려고 했다. 레이디펑거가 사타안다기랑 잘 되어 가고 있다면 우리한테 말 안 할 이유가… 설마 레드 벨벳에서 일 따오려고? 그것 때문에 대놓고 못 사귄 거야? 그야 둘이 잘 어울린다고 생각하긴 했지만, 정말로? 난잡하기 그지없는 생각의 흐름은 할루할로의 손이 내 목덜미에 닿자 급격하게 멈췄다.

[방송에서 대놓고 연애 분위기]

[누군 연락 하나 안 했는데]

[각]

[오]

[해]

아무래도 할루할로는 생각보다 훨씬 화가 난 모양이었다. 아니면 그저 엔터테인먼트를 즐기고 싶어졌든가. 정말로 감정을 알아채기 힘든 애였다. 아무리 뒷걸음질을 친들 이 좁은 방에서 갈 곳은 없었다. 금방 침대 위로 쓰러진 내게 할루할로는 멈추지 않고 다가왔다. 금색 눈동자가 점점 가까워졌다.

다음 약속 시간에 나는 변명의 여지 없이 늦어 버렸고, 레이디펑거는 칼같이 벌금을 걷어 갔다. 늦게 일어난 건 아니었으니(강제기상 앱 삭제하는 걸 깜박했다) 전부 룸메이트 때문이었다. 우리 사이의 관계를 뭐라고 생각하냐는 둥, 다른 사람한테 얘기한 적은 있냐는 둥 트집을 잡아 대며 수면 시간 내내 나를 괴롭힌 걸로는 부족했나 보다. 기어이 튜브 정거장까지 나를 졸졸 따라왔으니까. 사무실까지도 따라오겠다는 걸 억지로 떼어 내야 했다.

[네 동료들한테 소개 좀 해 주지]

[왜 그렇게 부끄러워해]

딱히 부끄러운 건 아니었지만, 적어도 오늘은 곤란했다. 생방송 일정이 잡혀 있는데 이 녀석을 옆에 뒀다가는 평정을 유지하지 못할 테니까. 그렇게 한참이나 실랑이를 벌이고 나니 진이 빠져서 의체에 전기가 안 돌 지경이었다. 덕분에 촬영 장소 근처까지 가서도 계속 비틀거리고 있으니 레이디펭거가 매섭게 눈치를 주었다.

"방송 시작한다. 정신 좀 차려, 벨레."

그래, 정신 차려야지. 지난번의 시청률을 유지하려면 이번에도 뭔가 보여 주어야 한다. 그래봐야 할 수 있는 일이라고는 무작정 헤매고 다니는 게 전부였지만. 다만 이번에는 수색 지역을 좀 좁혀 볼 수 있었다. 고기 강탈자가 오직 연애 중인 사람만 노린다는 사실을 알았으니까. 다른 희생자들의 연애 사정이야 검색해서 알아냈다 쳐도, 그라타케카는 비밀 연애 중이었으니 범인이 데이트 현장을 직접 본 적이 있을 가능성이 높았다. 연애 상대인 오토마톤의 근무 영역과 잔해

발견 장소들을 교차 분석해 보면 범인의 주요 활동 범위를 추측하는 것도 간단했다. 내가 계산한다는 건 아니고, 20드롭스를 내면 칩이 해 주는 거지만.

"뭐야, 범위가 너무 넓잖아. 더 좁힐 수는 없어?"

내가 보낸 계산 결괏값을 확인하자마자 자허토르테가 불만스레 물었다. 확실히 칩이 내놓은 영역의 넓이는 네 사람이 뒤지기엔 지나치게 넓었다. 하지만 거기에 대해 누가 뭐라고 불평하든 나는 이렇게 답할 수밖에 없었다.

"정확도를 65%까지 올리려면 드롭스가 열 배로 들어. 누구 그럴 만한 여유 있는 사람?"

"하긴 도미노슈타인 놈들이 그렇지. 투파히예였으면 3배쯤으로 책정했을 텐데."

하지만 투파히예가 오토마톤 시장에 뛰어들었다가 대차게 말아먹고 도산한 이래 도미노슈타인은 경쟁사다운 경쟁사가 없었고, 덕분에 우리한테는 남은 선택지가 없었다. 시야 밝기를 최대한으로 올리고서 눈길을 끌 만한 증거물을 찾아 다시금 골목 구석구석을 두리번거려 보는 일 말고는. 반으로 쪼개진 머리라도 찾아내면 코겔모겔에서 환호성을 지를 텐데… 그때 큼지막한 팝업창이 튀어나오는 바람에, 앞을 제대로 보지 못한 나는 그만 가스 파이프에 머리를 부딪히고 말았다.

"야, 괜찮아?"

"몰라, 광고 타일이라도 밟았나 봐…."

처음에는 그렇게 생각했지만, 시야 한복판에 떠오른 것은 광고가 아니었다. 메시지였다. 그것도 생방송 시작할 때 잠깐 본 적이 있는 부류의 메시지.

[시각 공유 요청을 받았습니다. 수락하시겠습니까? (5드롭스/분)]

그러잖아도 내 시야가 온 블랙 포레스트에 공유되고 있는데 뭔 뜬금없는 요청이야, 하고 바로 거절할 작정이었다. 그런데 요청해 온 사람이 하필 할루할로였다. 내가 연락하는 걸 한 번 잊었다고 이런 식으로 나올 생각인 모양이다. 거절했다가는 오늘 수면 시간에도 잠을 못 자겠지. 이건 어쩔 수 없었다.

[상대의 시각을 동기화하는 중입니다 (소요 시간 1분) / 프리미엄 버전 결제 (105드롭스)]

동기화하는 동안 광고창이 쉼 없이 바뀌며 눈앞에 계속 어른거렸다. 하지만 이걸 피하려고 드롭스를 낭비하고 싶지는 않았다. 잠깐, 이거 쌍방향 공유인가? 그럼 설마 방송에 할루할로 시야도 나오게 되나? 그건 생각을 못 했는데…. 멍하니 그런 생각을 하는 동안 마지막 광고가 끝나, 어느새 눈에 비치는 광경은 웬 컴컴한 방으로 바뀌어 있었다. 화질도 조금 나빠졌다. 하지만 그 정도 화질로도 룸메이트가 있는 장소가 대단히 낯설다는 것 정도는 알 수 있었다. 내 방이 아니었다. 천장을 응시하던 할루할로의 시선이 좌우로 돌아가자 더더욱 낯선 풍경들이 차례차례 비쳤다. 이를테면 온 바닥이며 벽의 타일을 수놓은 핏자국 같은 것들이. 할루할로는 뻣뻣하게 선 채 눈을 움직여 그 으스스한 얼룩 하나하나를 내게 똑똑히 보여 주었다.

[상황이 이렇게 됐네]

할루할로가 자기 눈앞에 메시지를 띄웠다. 반투명한 팝업창 너머 찬장에는 피가 엉겨 붙은 날붙이들이 진열되어 있었다. 손수 금속을 두드려 만든 것처럼 울퉁불퉁한 칼날들. 아직 내가 무엇을 보고 있는지 알 수가 없었다. 앞으로 무엇을 보게 될지도.

[그래도 이제 확실해졌지]

녹슬고 더러운 의수가 어깨 위쪽에서 불쑥 튀어나왔다. 무심코 뒤를 돌아보았지만, 당연히 눈에 보이는 광경은 그대로였다. 내 뒤에는 아무도 없었다. 하지만 할루할로는… 혼자가 아니었다. 의수 중간의 접이식 관절이 삐걱거리며 늘어났다. 그 끝에 방사형으로 달린 여섯 개의 손가락이 찬장에 놓인 큼지막한 칼을 움켜쥐었다.

[우리 사이의 관계 말이야]

시선이 천장으로 홱 젖혀졌다가 거칠게 떨어졌다. 바닥에 놓인 검은 양동이로 피가 주르륵 흘러내렸다. 흔들리는 시야 구석에서 칼날이 앞뒤로 움직이며 팔의 고기를 뭉텅이로 잘라 내고 있었다. 어느새 떨리기 시작한 두 다리가 무의식적으로 주춤주춤 물러났지만, 내 방에서와 마찬가지로 이번에도 뒷걸음을 친다고 눈앞의 광경에서 벗어날 수는 없었다.

어떻게 된 거야?

왜 할루할로가 저런 걸 당하고 있어?

썰려 나간 살덩이가 양동이 속으로 가라앉아 갔다. 붙들린 몸이 버둥거리자 피가 여기저기로 튀었지만, 범인의 다른 한 팔은 나약한 고기 몸을 휘감고서 놓아 주려 하지 않았다. 뇌와 칩의 기능이 동시에 마비된 느낌 속에서 메시지만이 연속으로 올라왔다.

[그건 그렇고]

[이 사람 케이크를 만든대]

[사랑하는 사람 케이크]

[연애 중인 사람을 원하는 게 아냐]

[번역상의 오류]

[번거롭다니까]

핏물에 젖은 영상이 서서히 노이즈로 분해되어 갔다. 수수께끼 같은 메시지도 더는 없었다. [시각 공유가 종료되었습니다. 리뷰를 남기시겠습니까?] 검은 화면에 덩그러니 떠오른 팝업 창이 광고로 바뀌도록, 의체 세척제 광고가 다 끝나도록 나는 허공만 멍하니 들여다보았다. 그러다가 원래 시야가 돌아왔을 때 내 몸은 골목 바닥에 쓰러진 채였다. 끝까지 손가락

하나조차 까딱 못 하고서.

　자허토르테의 부축을 받아 간신히 일어났을 때는 다른 둘도 급히 달려와 있었다. 레이디핑거는 고맙게도 시청률 이야기를 꺼내지 않았다. 분명 난리가 났을 텐데. 사타안다기의 네 팔이 후들거리는 내 몸을 부드럽게 쓸어 주었다.

　"괜찮다, 괜찮다."

　전혀 괜찮지 않았다. 할루할로가, 할루할로가 지금 그렇게! 생각만으로도 칩이 마비되는 것 같았다. 더 끔찍하게도, 생각을 해야 했다. 왜냐하면 영상 속에서 할루할로의 살을 발라내던 녀석은 우리가 추적하는 바로 그자가 분명했으니까. 연애 중인 사람의 고기만을 노리는 고기 강탈자….

　"그렇구나. 이거 나 때문이구나."

　내가 어제 방송에 나온다고 연락하지 않아서, 괜히 화나게 해서, 따라 나오게 만들어서 일이 이렇게 되고 말았다는 사실을 나는 비로소 깨달았다. 튜브 정거장까지 나가서 연애 분위기를 풍겼으니까. 그 바람에 놈한테 붙잡혀 놓고서도, 태연하게 뭐라고? 우리 사이의 관계가 확실해져? 연인만을 노리는 놈한테 붙잡혔으니까? 내 룸메이트는 정말로 수수께끼 그 자체였다. 무슨 생각을 하는지 도통 알 수가 없었고, 마지막까지도 이해 불가능한 소리만 하는 애였다.

　"벨레… 그만 끝낼까?"

레이디핑거의 말이 끝나기도 전부터 나는 고개를 젓고 있었다.

"방송 중이잖아. 범인 잡아야지."

하지만 어떻게?

내 칩은 무용지물이었다. 지금까지 모인 정보 정도로는 도미노슈타인에 아무리 드롭스를 갖다 바쳐도 범인의 거주지를 특정할 수 없을 게 뻔했다. 우리 중에서 기계에 가장 능숙한 건 자허토르테였지만, 시각 공유 요청을 역추적해서 위치를 알아낼 수 있느냐는 말에는 침울하게 고개를 저을 뿐이었다. 내가 쓰러져 있는 동안 시도해 봤는데, 할루할로한테는 생전 본 적도 없는 보안이 걸려 있었다면서.

"드롭스로 뚫리는 게 아냐. 주문 제작한 진짜 보안이었어."

그러면 남은 방법은? 내가 할루할로랑 헤어진 튜브 정거장부터 시작해서, 되는대로 돌아다니면서 물어보고 뒤지는 거? 그 근처 거주 구역에 방이 몇 개인데? 이래선 안 됐다. 절망적인 몸부림이 아닌 다른 방법이 있을 터였다. 힌트가 있어야만 했다.

"…범인이 케이크를 만든다고 했어."

"케이크 만드는 데는 15번 생산 구역이야. 여기서 한참 먼 거 알잖아."

레이디핑거의 착 가라앉은 지적에 사타안다기가 설명을

보냈다.

"생산 구역에서 만드는 케이크 이야기는 아니었으리라고 본다. 사랑하는 사람으로 만든 케이크라고 했으니."

힌트 같지도 않은 힌트였다. 범인은 물론이거니와 할루할로도 어딘가 단단히 고장 난 게 분명했다. 범인이 어떻게 생겼는지, 어디쯤에서 붙잡혔는지 말이라도 해 주지 않고 마지막까지 횡설수설! '사랑하는 사람 케이크'가 대체 무슨 단서야? 사랑하는 사람의 고기로 만든 케이크인데, 연애 중인 사람을 원하는 게 아니야? 분명히 놈은 연애 중인 사람을 노리고 있었잖아! 번역상의 오류라고? 도대체 무슨 번역….

"…그래, 번역이었어!"

걱정 가득한 레이디핑거의 시선이 느껴졌지만, 다소 갑작스럽게 소리를 질렀을 뿐 나는 제정신이었다. 할루할로도 아마 반쯤은 제정신이었을 거고. 그 반쯤 제정신인 룸메이트가 마지막 순간 보낸 메시지 [사랑하는 사람 케이크]에는 밑줄이 그어져 있었다. 하이퍼링크는 아니었고, 단순 강조(유료 기능), 자동 교정된 메시지(유료 기능), 광고 필터링이 적용된 메시지(유료 기능) 따위도 전부 아니었으니까 남는 건 번역 표시뿐. 마지막에 할루할로는 다른 언어로 메시지를 보냈고, 무료 번역기는 그걸 번역해서 보여 준 게 틀림없었다.

"잘 번역됐네, 뭐. 오류가 어디 있어?"

자허토르테는 그렇게 말했지만, 내가 아는 한 이 블랙 포레스트에서 번역상의 오류 같은 걸 할루할로보다 더 잘 알아챌 사람은 없다. 분명 이 번역에는 오류가 있고, 그 오류가 범인의 정체를 밝힐 힌트가 될 것이다. 그렇다면 수수께끼를 풀 방법은 하나뿐이었다. 160드롭스, 아무짝에도 쓸모없다고 생각했던 단어 데이터베이스의 가격.

[결제 완료]

도미노슈타인에 드롭스를 갖다 바치고서 다시 메시지를 열었더니, 이번에는 시야 아래쪽에 작은 버튼이 하나 보였다. 대체 번역 보기. 한 단어에 두 가지 이상의 뜻이 등록되어 있을 때 활성화되는, 지금껏 단 한 번도 써 본 적 없는 기능. 조심스레 버튼을 클릭하자 메시지는 깜박이며 순간 낯설어졌다가,

[HONEY CAKE]

다시 낯설어졌다.

[꿀 케이크]

'사랑하는 사람'이 아닌 '꿀', 대체 번역 기능이 제공해 준 'HONEY'의 두 번째 의미. 이 미지의 단어가 정확히 어떤 의미인지 알려면 하이퍼링크를 클릭해 설명을 읽어 보아야 했다. 그 뒤에야 비로소 모든 것이 이해되었다. 할루할로의 말대로, 범인이 정말 원하는 것은 연애 중인 사람의 고기가 아니었다. 번역상의 오류가 죄다 망쳐 놓았을 뿐.

번역용 데이터베이스가 있으면, 그 데이터베이스로 번역할 텍스트 또한 있어야 한다. 마침 도미노슈타인은 이전 시대에 등록된 텍스트 데이터도 터무니없는 가격에 판매하고 있었다. 〈남녀 모두 좋아하는 100가지 디저트〉라든지 〈꿀을 이용한 빵·과자 조리법〉 따위의, 의미도 용도도 알 수 없는 괴문서들. 텍스트 각각의 구매자 목록을 확인하는 데는 하나당 50드롭스가 들었다. 그리고 그 목록을 통해 우리는 최근에 문제의 데이터들을 공통적으로 구매한 사람이 누구인지 비로소 알아낼 수 있었다.

"현재 이름 바바로아. 식별 번호는 보냈어. 구매 위치를 역추적해 줘."

자허토르테가 난색을 표할 건 알고 있었다. 상대가 할루할로처럼 어마어마한 보안을 걸어 놓지 않았다고 해도, 도미노슈타인으로부터 위치 정보 데이터 접속 허가를 받아 내는 데는 터무니없이 많은 드롭스가 들 테니까. 하지만 중요한 건 그게 불가능하지 않다는 사실이었다.

"아주 정확한 위치여야 하니까, 14,000드롭스 전송했어. 빨리 해."

"야, 도나우벨레! 너 그 드롭스는…"

"다리 바꾸려고 모은 거지. 아직 안 됐어?"

이 이상의 재촉은 필요하지 않았다. 마음을 굳힌 자허토르테가 순식간에 범인의 현재 위치를 받아서 전송해 주었으

니까. 여기서 멀지 않은 거주 구역의 4109호실. 더는 꾸물거
릴 이유가 없었다.

크롬 도금된 다리가 딱 세 번 걷어차자 문이 뜯겨 나갔
다. 피 냄새가 자욱이 밀려왔다. 어두컴컴한 방 안에는 사람
이 하나 서 있었다. 그놈의 의수는 할루할로가 공유해 준 광
경에서 본 다중관절 모델. 쭉 늘어난 팔이 찬장의 칼을 붙잡
으려 했지만, 이런 일에서 인간이 오토마톤을 능가할 수는
없었다. 팔 두 개를 각각 붙들고도 남은 두 손이 다리를 당겨
범인의 몸을 간단히 쓰러뜨렸다. 둥근 동체에 깔린 범인이
꼴사납게 꿈틀거렸다.

한편 내 눈은 방 한복판의 테이블을 떠나지 못했다. 직
접 만든 듯 투박한, 하지만 나름대로 아기자기하게 만들려
고 기교를 부린 기색이 역력한 작은 테이블. 그 위에는 하얗
고 까맣고 검붉은 곤죽이 한 덩이 철퍼덕 놓여 있었다. 가까
이 다가가서 손끝으로 휘저어 보자 핏물이 줄줄 흘렀다. '사
랑하는 사람'과 '케이크'를 마구 다져서 섞었을 뿐인 안쓰러
운 폐기물이었다.

"꿀 케이크는 이런 게 아냐, 멍청아."

범인 면전에다 대고 말해 줄 생각이었건만, 막상 이 꼴을
앞에 두니 녀석의 얼굴을 쳐다볼 생각조차 들지 않았다. 이
게 할루할로의 스위치를 꺼 버린 놈의 꿈이고 목표였다. 내

가 팔다리를 전부 마음에 드는 의체로 교체하기 위해서 작동하듯이 이 자식은 이전 시대의 텍스트에 나온 케이크를, 우리가 배급받는 것과는 전혀 달랐을 환상의 영양 공급원을 재현하기 위해 작동하고 있었던 것이다.

"네 꿈이잖아, 바바로아. 그럼 드롭스는 아끼지 말았어야지. 번역 앱이나, 단어 데이터베이스나, 그런 거라도 사서 쓰던가!"

"그딴 게 왜 필요해! 기본 번역기로도 충분히 읽을 수 있잖아!"

이렇게 대답하리란 걸 알았다. 어떻게 반박해야 할지도 알았다. 하지만 할 수 없었다. 꿀 케이크가 이런 게 아니란 걸 알려면 먼저 꿀이란 무엇인지, 이전 시대의 케이크는 무엇으로 만들어졌는지, 도대체 벌과 꽃과 계란과 밀가루란 건 또 무엇인지까지도 알아야 할 테니까. 하지만 단어 데이터베이스를 읽고 또 읽어도 나는 도무지 그것들의 정확한 뜻을 이해할 수가 없었다. 그러니 저 안타까운 녀석에게 설명해 줄 수 있을 리가.

생방송은 아주 성공적이었다. 코겔모겔은 한동안 꽤 인기를 끌었고, 우리한테도 제대로 드롭스가 들어왔다. 도미노슈타인에 낸 드롭스 때문에 결과적으로는 어마어마한 적자였지만. 의족을 사려면 거의 처음부터 다시 모아야 할 지경이었다. 내 꿈은 다시 한번 머나먼 저편으로 도망치고 말았다. 살덩어리로 된 왼쪽 다리가 무거워서 견딜 수 없는데 이젠 방세도 혼자 내야 했다.

수면 시간이 끝나 눈을 뜰 때도 혼자였다.

내 의체와 살을 쓰다듬는 부드러운 손은 없었다.

번거로운 개인 메시지도.

물론 엔터테인먼트도.

레드 벨벳의 부자들이야 어떨지 모르겠지만, 블랙 포레스트에서는 꿈이나 엔터테인먼트 둘 중 하나라도 없으면 작동하고 있을 이유가 없다. 내게는 이제 둘 다 없었다. 당장이라도 스위치를 끄고 싶었고, 아마 이 비슷한 상황에서 블랙 포레스트 사람 중 절반 정도는 조금도 주저하지 않았을 것이다. 안타깝게도 나는 나머지 절반에 해당했다. 메모리 없는 오토마톤처럼 무의미하게 계속 작동만 하고 있었다.

모든 것이 무너졌는데 망할 놈의 광고만이 멀쩡했다. 꼼짝하지 못하고 누워 있는 내 머릿속에 *화물 운송은 투티프루티♪*가 끊임없이 울렸다. 처음에는 참으려고 했지만, 곧 짜증이 무기력을 이겨냈고, 머리를 흔들어 광고를 끄려 했을 때에야 나는 깨달았다. 이건 머릿속에서 나는 소리가 아니었다. 잠깐, 그럼 도대체 어디서 나는 거지?

정말 시시한 수수께끼였다. 머릿속이 아니면 문 쪽이겠

지. 비틀비틀 일어나 문을 열어 보니 역시나 배달 오토마톤이 서서 노래를 흥얼대고 있었다. 광고지나 건네주러 왔으면 거절하려 했건만, 녀석은 큼지막한 상자를 이쪽으로 쭉 밀어냈다.

"안 샀는데."

"이미 결제 완료된 상품입니다! 그럼 이만!"

오토마톤은 그렇게 외치고서 홱 떠나갔다. 하지만 정말 아무것도 산 기억이 없었다. 게다가 플라스틱 상자에 찍힌 로고는 고급 의체를 주문 제작하는 공방인 샤를로트 로열의 것. 잘못 배달된 것인지, 신종 사기 수법인지, 아니면 코겔모겔의 경쟁 방송 그룹에서 폭탄으로 제거 시도를 하려는 것인지… 아무래도 좋았다. 내가 스스로 스위치를 끄지 못할 거라면 남의 도움을 받는 것도 나쁘지 않지. 그래서 나는 상자를 열어젖혔고,

[깜짝 놀랐지]

어마어마하게 깜짝 놀랐다.

상자 안에 들어 있는 건 의체였다. 그것도 전신 의체. 가장 저렴한 모델조차 수백만 드롭스는 족히 될 텐데, 이건 심지어 샤를로트 로열에서 만든 초호화 모델이었다. 생전 본 적도 없는 이런 고귀한 물건이랑 나 같은 불완전한 고깃덩어리가 같은 장소에 있어도 될까 싶어서 숨이 다 막혀 왔다. 덕분에 메시지창은 한동안 눈에 들어오지도 않았다.

[나야]

[나라니까]

"저, 누구세요?"

멍청하게 그리 묻고 나서야, 이 초고가 의체의 얼굴이 왠지 익숙하다는 걸 깨달았다. 긴 갈색 머리. 꼭 다문 입. 의체가 눈을 뜨자 금색 눈동자가 빙글빙글 돌았다.

"할루할로…?"

[빨리도 알아채네]

[설마]

[벌써 잊었어?]

그럴 리가, 할루할로, 그럴 리가. 하지만 이 비현실적인 상황에 기뻐하기보다도, 망가져 버린 뇌의 오작동이 드디어 전자 환각을 유발한 것은 아닐까 싶은 건 어쩔 수 없었다. 그만큼 믿기 힘든 일이었다. 그리고 신품 의체가 상자 속에서 천천히 몸을 일으키는 광경은 더더욱 믿기 힘들게만 보였다.

[좀 오래 걸렸어]

[주문 제작품이라]

"야, 너 그런 드롭스는 어디서, 아니, 백업 있었어? 그만한 저장소 용량 유지하려면 얼마나 들더라? 그래, 역시 이거 환각이지!"

[진정 좀 해]

할루할로가 상자에서 걸어 나왔다. 이 의체가 할루할로

라는 건 간신히 받아들일 수 있었을지언정, 여전히 실감은 전혀 없었다. 그 매끄러운 손끝이 내 뺨에 닿기 전까지는. 지극히 현실적인 감각이 내 의식을 억지로 붙들어 맸다.

[비싼 의체인 건 사실이야]

[저축 반이 날아갔어]

고기로 된 왼쪽 다리의 힘이 먼저 풀리자 곧 몸이 바닥으로 무너져 내렸다. 할루할로의 두 손이 그런 내 손목을 꼭 붙들었다. 터무니없는 힘이었고, 정말 반짝이는 눈이었다. 얘가 이런 눈으로 날 보는 경우는 딱 하나뿐이었다. 같이 살 때는 거의 하루에 한 번씩 이랬지. 엔터테인먼트는 중요하니까.

[오르가슴 기능이 특히 비싸더라]

"…20만 정도 하지?"

[광고 안 뜨는 거]

고깃덩어리 심장이 두근거리며 몸의 감각을 압도했다. 치사한 전신 의체는 두근거리기는커녕 조금 떨지조차 않았다. 완벽하게 마감된 무릎이 허벅지 사이로 파고들었다. 의족의 촉각 센서와 살덩이 피부가 동일하게 부드러운 감각을 전달했다. 벗어나려는 무의식적 몸부림에 답하듯 할루할로는 더더욱 몸을 밀착해 왔다.

[뭘 부끄러워해]

[우리 사이는 증명됐는데]

[방송까지 탔잖아]

설마 그걸 노리고서 일부러…? 더 생각할 틈은 없었다. 터무니없이 촉촉한 합성수지가 입술을 눌렀고, 두 손은 내가 도망치지 못하도록 단단히 붙들었다. 이미 도망갈 생각은 사라졌는데도. 눈을 감고 몸의 감각에 집중하는 동안 다른 생각들도, 물어보고 싶은 것도, 이 수상한 룸메이트에 얽힌 모든 의문도 함께 사라졌다. 오직 메시지 하나만이 어둠 속에 떠 있었다. 뇌와 칩 양쪽에 단단히 새겨지도록.

　[앞으로는 중요한 연락 잊지 말 것]

　할루할로는 정말 알 수 없는 룸메이트였다. 다만 하나 확실한 게 있다면, 그건 내가 앞으로는 절대로 할루할로에게 연락하는 걸 잊지 않으리라는 사실이었다.

설계상의 모류

[할 말 있으면 그냥 해]

막 잠이 들려는 찰나, 푸르스름한 메시지창이 감긴 눈꺼풀 안쪽에 슬그머니 떠올랐다. 반사적으로 짜증을 내며 창을 닫았지만, 그건 어처구니없는 실수였다. 곧바로 새로운 메시지 25통이 온 머릿속을 푸른빛으로 채웠으니까. 눈을 떠 보아도 메시지들은 비좁은 방 안 풍경을 가리며 여전히 그 자리에 둥실둥실 떠 있었다. 그 위로는 끊임없이 새 메시지창이 나타났다.

[하루 종일 우물쭈물]

[물어보면 아무 일 아니라고 하고]

[도나우벨레]

[나한테 뭘 숨기려고 하지 마]

몸을 뒤척여 뒤를 보니, 반투명한 창 뒤편으로 할루할로
가 벽돌처럼 가만히 누워 있었다. 숨소리도 심장 박동도 없
이, 전신 의체의 아주 부드러운 작동음으로 침대를 가볍게
진동시키면서. 겉으로만 봐서는 작동 중인지 대기 모드인지
알 수 없는 모습이었다. 나한테 계속 메시지를 보내는 것을
보니 작동하고 있는 것이라고 알 수만 있을 뿐. 룸메이트의
이 몸 구석구석이 얼마나 완벽하게 마감되어 있는지에 대한
부러움을 애써 지우며, 나는 어렵게 입을 열었다.

"그, 할루할로, 이건 그냥 물어보는 건데,"

이 말을 하자마자 '차라리 메시지로 할 걸 그랬나' 하는
후회가 밀려왔지만, 만일 그랬다면 메시지를 쓰느라 어영부
영 시간을 낭비했을 터였다. 할루할로 말이 맞았다. 어차피
할 말이 있으면 해야 했다.

"혹시 드롭스 좀 남아?"

참기 힘든 정적이 잠시 방 안에 머물렀다. 고깃덩어리 심
장이 볼썽사납게 뛰었고, 여전히 룸메이트는 미동도 하지 않
았고, 나는 옆으로 누운 자세 그대로 그 모습만 하염없이 쳐
다봤다. 이윽고 룸메이트의 옆얼굴을 가리며 메시지 세 개가
연달아 나타났다.

[기다리고 있었어]

[언제 그 얘기가 나올지]

[하지만]

잠깐 간격을 두고 하나 더.

[먼저 자세한 사정을 알아야겠는데]

물론 설명할 준비는 되어 있었다. 몸을 일으켜 침대에 걸터앉으며, 나는 종일 고민을 불러일으켰던 바로 그 사건을 머릿속으로 되감아 보았다. 고민의 진원지는 블랙 포레스트 5번 상업 구역, 24번 소형 빌딩 3층, 조사관 팀 쁘띠-4의 사무실이었다.

언제나 그렇듯이 늦게 출발해서 간신히 사무실에 들어섰을 때, 나는 두 가지 이유로 약간 놀랐다. 첫째는 창밖을 멍하니 쳐다보는 레이디핑거의 표정이 보기 드물게 심각했다는 점이었다. 지난번 일이 크게 방송을 탄 덕에 줄곧 쁘띠-4의 실적은 상승세였고, 레이디핑거는 드디어 사업이 본 궤도에 오른 것 같다며 즐거움에 종종 폴짝폴짝 뛰곤 했다. 물론 일은 많았고, 때로는 지쳐서 짜증을 내는 적도 있었지만, 그래도 저렇게까지 표정이 어두워질 상황은 아니었다.

그리고 다른 하나의 이유는, 절대로 나보다 일찍 오는 일이 없었던 자허토르테가 오늘따라 먼저 사무실에 도착해 있었다는 사실이었다. 드디어 지각 벌금이 아까워지기 시작한 걸까? 하지만 자허토르테의 얼굴 역시 어둡기는 마찬가지였다. 사무실 안의 불편한 기류 속에서 나는 유일하게 변함이 없어 보이는 동료에게로 시선을 돌렸다. 둥근 동체를 레이디핑거의 몸에 기대고 네 팔로는 어깨와 허리를 가볍게 감싼 채, 어딜 보나 7번 상업 구역에 흔히 보이는 연인처럼 착 붙어 있는 오토마톤 사타안다기였다. 본인들은 절대로 그런 사이라고 인정하지 않겠지만, 이젠 할루할로가 아닌 내 눈에도 뻔히 보인다.

"별일 아니다."

사타안다기의 기계음에는 마음을 놓이게 하는 안정감이 있었지만, 그래도 무슨 일인지 좀 더 자세히 알고 싶은 건 어쩔 수 없었다. 다행히도 자허토르테는 곧 내게로 고개를 돌려, 이 상황에 대한 의문을 풀어 줄 이야기를 하기 시작했다. 그것도 어마어마하게 절박한 표정으로.

"도나우벨레, 혹시 드롭스 좀 있어?"

항상 문제는 드롭스다.

코겔모겔 덕에 쁘띠-4에 의뢰가 잔뜩 오기는 했지만, 지난번처럼 크게 벌 수 있는 기회가 또 생긴 건 아니었다. 의뢰의 절반 정도는 '사람 찾기 앱은 비싸니까 너희가 대신 해라'라는 식이었다. 당장 인원이 넷뿐이니 받을 수 있는 의뢰의 양부터가 한정적이기도 했다. 당연히 수많은 의뢰 중 괜찮은 것만 선별하는 일이 필수적이었고, 작업을 편하게 해 줄 사무용 앱은 드롭스 낭비 아니면 광고 더미였다. 체험판 몇 개를 써 보다가 광고에 파묻혀 노이로제가 걸릴 지경이 되어서야, 나는 기본 제공되는 앱에 기능 몇 개를 덧붙이는 정도로 타협을 보았다. 물론 그러는 데 쓴 100드롭스도 끔찍하게 아까웠고. 왜냐하면,

"지난번에 저축 다 날린 거 알잖아."

할루할로가 고기 강탈자에게 붙잡히는 바람에, 왼쪽 다리까지 의체로 바꾸려던 내 원대한 계획은 산산이 조각나 도미노슈타인에 고스란히 들어갔다. 이젠 처음부터 다시 저축을 시작해야 했다.

"그렇게 비싼 의체 안 써도 되잖아. 요즘은 래밍턴 것도 꽤…."

"말도 안 되는 소리 그만하자."

몇 개 회사가 경쟁자들을 무자비하게 밀어낸 다음 독점 제작하고 있는 오토마톤이나 인간과는 달리, 의체는 대량생산 제품만큼이나 개인 기술자의 작품도 흔하다. 보급형 의체 시장을 독점한 래밍턴의 제품이 고깃덩어리보다 나을 게 없는 수준이라는 것이 그 이유. 반면에 전문 제작자 하만타시에게 맞춘 내 오른팔은 튼튼하고, 디자인도 좋고, 기능도 과다하지 않아 절제의 미학이 살아 있고…. 아무튼 자허토르테는 의체를 직접 만드는 게 취미이니, 의체 성능에 대해서는 나보다도 훨씬 전문가이고, 따라서 래밍턴이나 쓰라는 소리를 할 리가 없다. 뭐가 단단히 잘못되지 않고서야.

"도대체 무슨 일인데 그래? 중고 거래 사기라도 당했어?"

자허토르테는 대답하는 대신 머리를 감싸고 앓는 소리를 냈다. 더 캐물어 보았더니 레이디핑거가 대신 입을 열었다. 정말로 어처구니가 없다는 목소리였다.

"더 심각한 일이야. '바나나 스플릿'한테 찍혔대."

"뭐? 바나나 스플릿? 야, 뭘 어쨌기에 그렇게 됐어?"

"내가 찍히고 싶어서 찍혔냐고⋯."

이 충격적인 정보를 얻고 나서야, 도대체 왜 두 사람이 이토록 심각해졌는지 윤곽이 대충 보였다. 조사관 팀을 이끄는 레이디핑거로서는 그야말로 최악의 상황이었다. 직접 얽인 자허토르테는 차라리 스위치를 끄고 싶은 기분이겠지. 왜냐하면 바나나 스플릿은 청부업자 조직이니까. 판데무에르토 갱단이 지배하는 27번 구역에서도 가장 악명 높은 듀오— 그런 놈들하고 얽히는 건 결코 좋은 일이 아니다.

자허토르테가 횡설수설한 이야기를 통해, 나는 좀 더 자세한 상황을 알 수 있었다.

발단은 넷에서 희귀한 중고 부품을 급히 처분한다는 광고가 하필 자허토르테의 눈에 띈 일. '독창적인 구조로 넓은 가동 범위를 확보한 봉브글라세 모델의 손목 관절'이 도대체 얼마나 좋은 것인지 나는 알지 못하지만, 아무튼 전문가인 내 동료는 그 부품을 싸게 구할 기회를 결코 놓칠 수 없었다. 그래서 익명의 판매자에게 즉시 연락을 취했고, 직접 가져가라는 말에 어제 약속 장소에 나갔는데, 그곳에서 절대로 맞닥뜨려서는 안 될 사람들을 맞닥뜨리고 만 것이다.

"골목에 둘이 서서 노려보고 있더라. 키 큰 놈이랑, 블랙선더 쓰는 놈."

"로나하고 리아 얘기지? 그 애들 요즘 진짜 잘나가더라."

우리 쁘띠-4는 코젤모젤에 한 번 소개된 덕에 적잖은 이익을 봤지만, 바나나 스플릿의 멜로마카로나와 무스탈레브리아는 레벨이 다르다. 전설적인 청부업자의 수법을 재현해 보여 주는 〈당신도 올류-지-소그라처럼 될 수 있다〉에도 자문역으로 종종 나왔고, 자신들의 작업을 보여 주는 방송도 몇 번이나 찍었으니 인기는 말할 필요가 없을 정도. 무스탈레브리아의 전기 충격에 당해 굳어 버린 목표물이 곧 멜로마카로나의 저격을 맞아 그대로 작동을 멈추는 장면은 언제나 인기가 좋은 콘텐츠다. 그리고 방송 애청자인 내가 아는 바로는….

"바나나 스플릿은 프로잖아. 아무한테나 시비 걸 사람들은 아닌 줄 알았는데."

"일이 좀 심하게 꼬였는데, 그게, 일단 블랙박스 영상을 봐 줘."

[영상 파일(망했다_01)이 도착했습니다. 저장하시겠습니까? (5드롭스)]

[아니오. 지금 시청하겠습니다. (3드롭스)]

영상을 재생하자마자 눈앞에 나타난 두 거인 때문에 하마터면 비명을 지를 뻔했다. 청부업자들을 실제로 보면 꽤 무시무시할 거라고는 생각했지만, 이렇게까지 키가 클 줄은 몰랐으니까. 그것이 단순히 촬영 당시 자허토르테가 주저앉아 있었기 때문이라는 사실을 깨닫기까진 시간이 조금 걸렸다. 실제로 두 청부업자 중 하나는 양쪽 다리를 길쭉한 의체로 교체해서 키가 꽤 컸지만, 다른 하나는 오히려 나보다도 작았다. 작은 쪽이 먼저 입을 열었다.

"멜로마카로나, 어떡하지, 못 한 것 같아, 상황 파악을, 얘가, 아직도."

익숙한 말투와 목소리였지만, 어쩐지 방송에서보다 좀 딱딱하고 어색하게 들렸다. 역시 방송과 실제는 다른 걸까? 다른 한 사람의 목소리도 딱딱하긴 마찬가지였다.

"다시 설명해 줘야겠네, 무스탈레브리아. 정말 비참해."

레이디핑거 것보다도 훨씬 고성능 모델처럼 보이는 멜로마카로나의 두 눈이 음산하게 이쪽을 응시했다. 불쌍한 자허토르테의 시아는 파들파들 떨리고 있었다. 그 위로 무스탈레브리아의 독소 정화 필터를 거친 목소리가 불길하게 울렸다.

"한창 일하는 중이었어, 급한 일. 다 됐거든, 기한이, 거의. 자세한 건 말 못 해 주지만, 잡기 직전이었는데, 목표를, 네가 왔어, 그놈이 들었어, 네 발소리를."

"그래서 저격이 빗나갔어. 빗나갔다고! 목표는 당연히 도망갔고, 지금은 어디 있을지 감도 안 잡혀. 우리가 시간을 얼마나 허비해 가면서 겨우 만든 기회인지 알아? 그런데 너 때문에 다 망했단 말이야…."

"늦어 버렸어, 기한 엄수가 생명인데, 우리 일은."

이따금 자허토르테가 "난 그냥 중고 거래 때문에" "그러려던 게 아니라" "죄송합니다" 같은 말을 중얼거리긴 했지만, 두 사람은 틈을 주지 않고 번갈아 가며 내 불쌍한 동료를 몰아붙였다. 딱히 내 동료가 무슨 할 말이 있었던 건 아니었지만.

"그, 그래서 어떻게 해 드리면 될까요?"

비굴하기 짝이 없는 물음에 멜로마카로나는 즉시 답했다.

"뭘 어떻게 해. 위약금 내게 생겼으니까 책임지라고."

"10만 드롭스, 임무 완수 보상금의 10배야, 정확히."

자허토르테는 아무 말도 하지 못했다. 그럴 만한 상황이었다. 10만 드롭스라는 금액은 기를 쓰고 모아야 간신히 손에 들어오는 터무니없는 금액이니까. 그 정도 재산이 있으면 왼쪽 다리에다가 장기 두세 개까지 성능 좋은 의체로 바꿀 수 있다. 조금 바꿔 말하자면, 내 몸에 달린 의체를 죄다 팔아도 10만 드롭스는 마련할 방법이 없다.

"저기, 대답은?"

무스탈레브리아의 왼팔에 연결된 블랙썬더 전기 충격기가 살벌한 스파크를 튀겼다. 멜로마카로나는 당장이라도 저격 보조용 다리를 꺼낼 태세였다. 노골적인 위협 앞에서 자

허토르테가 고개를 끄덕이자 그러잖아도 떨리던 화면이 세
차게 흔들렸다. 영상은 여기까지였다.

"그래, 심각한 상황인 건 알겠다."

그렇게 말할 수밖에 없었다. 자허토르테가 일부러 뭘 잘
못한 건 아니었지만, 남의 중요한 사업을 방해한 것은 부정할
수 없는 사실이니, 바나나 스플릿 측에서는 당연히 위약금을
뜯어내고 싶겠지. 내 동료한테 힘이 있다면야 무시하면 그만
이겠지만, 하필 상대는 청부업자. 이래서야 드롭스를 뜯기거
나 머리가 뜯기거나 둘 중 하나다.

"아까도 말했지만 난 안 돼. 저축 털어서 청각 센서 바꿨어."

레이디핑거가 곤란하다는 듯 말했다. 센서는 만들 줄 아
는 기술자가 드물어서, 수준이 한 단계 올라갈 때마다 가격
이 천정부지로 높아진다. 지난번에 번 드롭스를 다 써 버렸
다고 해도 놀랄 일은 아니다.

"난 게임 이벤트에 썼다."

사타안다기는 재미도 없는 게임을 너무 열심히 한다. 하
지만 자기가 번 드롭스를 어디에 쓸지는 절대적으로 개인의
자유. 어차피 드롭스를 열심히 모은다고 블랙 포레스트 사람
이 레드 벨벳의 부자가 되는 것도 아니니, 자기 꿈에다가 가
능한 한 들이붓는 게 최선이다. 자허토르테도 그렇게 한 건
마찬가지였다.

"스푸모네 신작이랑, 로키 로드도 휠 상태 좋은 매물이 나와서… 정말 별로 없어."

"그것부터 도로 팔아, 자허. 다른 물건도 다 내다 팔고."

깜짝 놀랄 만큼 차가운 반응이었다. 하지만 레이디핑거의 이런 태도는 당연한 것이기도 했다. 자허토르테가 10만 드롭스를 마련하지 못하면, 바나나 스플릿은 분명 가까운 사람들한테까지 징수하려고 들 테니까. 레이디핑거에게는 쁘띠-4가 있고, 사타안다기도 있다. 꿈과 엔터테인먼트를 지켜 내지 못하면 작동 정지뿐이다. 문제는 자허토르테도 똑같은 상황이라는 것이다.

"10만이면 정말 다 팔아야 돼! 그것도 제값 다 받을 때 얘기고! 지금 내 다리까지 내다 팔라는 소리야?"

수십 번의 개조로 온갖 기능을 장착해 둔 번쩍이는 두 다리야말로 자허토르테의 자존심이나 다름없다. 이걸 팔아 버린다면 지금까지 자허토르테가 이룬 모든 것을 팔아 버리는 셈. 결국 두 사람 다 한 발짝도 물러날 수 없는 상황이었다. 한편 나는 불똥이 내 소중한 드롭스에까지 튀지 않도록 입을 꾹 다물고 있었지만, 생각대로 되는 일은 과연 없었다.

"너 지난번에 룸메이트 얘기하지 않았어? 전신 의체 맞췄다면서! 그 정도면 10만 드롭스는 아무것도 아니잖아!"

"진정해, 자허. 우리가 강요할 수는 없는 거 알잖아. 벨레? 부담 갖지 말고, 그냥 한 번 물어보기만 해 줘."

스모어의 생산 라인에서 나온 이래 가장 큰 부담이 내 어깨를 짓눌렀다. 그 자리에서는 '지금은 룸메이트가 바쁘니까 퇴근하고 말해 보겠다'고 말을 돌렸지만, 부담은 사라지지 않고 사무실에 있는 내내, 거주 구역으로 돌아오는 도중, 그리고 방에서 할루할로와 있는 동안에도 줄곧 그대로였다.

물론 자허토르테는 소중한 동료고, 쁘띠-4에서 일하는 건 즐겁다. 하지만 그건 내 문제지 할루할로와는 무관한 일이다. 자기 일도 아닌 사안에 10만 드롭스를 선뜻 건네달라고 부탁하는 건 무례하기 그지없는 행위. 가능하면 정말 어쩔 수 없을 때까지 숨기고 싶었건만, 가만히 누운 할루할로에게 사정을 구구절절 설명하는 동안 비참함은 점점 심해졌고―

[안 돼]

―이 메시지와 함께, 할루할로는 놀라운 속도로 몸을 일으켜 내 위에 올라탔다. 고기로 된 몸일 때는 상상할 수도 없었을 움직임이었다. 팔다리의 4분의 3만 의체인 나는 초고가 전신 의체에게 속절없이 양팔을 붙들리고 말았다. 할루할로의 완벽한 얼굴이 점점 가까워졌다. 매끈한 인공 피부와 나 사이에 있는 것이라고는 오직 메시지창뿐이었다.

[걱정했잖아]

[너한테 무슨 일 생긴 줄 알고]

[그랬으면 얼마든지 줬을 거야]

[하지만 아니네]

내가 희미하게 고개를 끄덕일 때까지, 할루할로는 계속 코앞에서 나를 응시했다. 그리고 얼굴이 멀어져 간 뒤에도 내 양팔은 계속 붙들려 있었다. 아무래도 내 위에 올라탄 채로 더 할 말이 있는 모양이었다.

[내 드롭스는 생활비]

[작업 비용]

[그리고 정말 급한 일]

[혹시 마지막 경우가 생기면 말해]

다시 고개를 끄덕였지만, 할루할로의 자세는 그대로였다. 손아귀의 힘은 오히려 더욱 강해졌다. 도대체 무슨 일인지 묻기도 전에 이번에는 얼굴이 내 가슴팍을 향해 다가왔다. 그리고 도대체 무슨 일인지 겨우 물었을 때, 이미 할루할로의 합성 입술은 내 고기 피부를 건드리는 중이었다.

[바나나 스플릿의 그 둘 말인데]

[일하는 중에도 착 붙어 있었던 거구나]

[그만큼 사이좋은 거였구나]

왜 이런 일에 반응하는지 알다가도 모를 일이었지만, 여기까지 온 이상 나도 가만히 있을 수 없었다. 엔터테인먼트의 시작은 그나마 전신 의체의 상대가 되는 오른 다리로 할루할로의 허리를 휘감는 것. 과연 고가의 의체라 하더라도 여기에는 반응이 왔다. 10만 드롭스는 내줄 수 없지만, 오르가슴 기능에는 수백만 드롭스를 쓰는 이 사치스러운 룸메이트에게 이번에야말로 따끔한 충고를 해 줄 때였다.

물론 어김없이 생각대로는 되지 않았고, 다음날 나는 결국 지각하고 말았다. 내가 할루할로에게 이래저래 당했기 때문만은 아니었다. 필사적으로 뛰어 사무실에 거의 도착했을 즈음, 자허토르테와 레이디핑거에게 해 줄 말이 고작 '할루할로가 안 된대' 밖에 없다는 사실을 깨닫고 만 것이다. 느려진 걸음으로 조심스레 사무실에 들어갔을 때 내 걱정은 너무나도 완벽히 적중하고 말았다.

"된대? 줄 수 있대? 아니어도 그렇다고 해 줘!"

자허토르테의 절박한 얼굴 앞에서 나는 고개를 흔들 수밖에 없었고, 그러자 불쌍한 동료는 고개를 절레절레 젓다가 거의 기절하다시피 했다. 힐끗 레이디핑거를 보니 그쪽도 비참한 표정이기는 마찬가지였다. 사타안다기에게 안겨 있는 덕분인지 제 정신을 잃지는 않았지만, 목소리는 짙은 절망으로 가득했다.

"네 룸메이트가 마지막 희망이었는데."

"왜들 그래? 무슨 일이 더 있었어?"

"세상에서 제일 끔찍한 일이 있었지."

의자에 기대 반쯤 쓰러져 있던 자허토르테가 대답했다.

하지만 자세한 상황을 설명해 줄 만한 상황은 아니었다. 대신에 링크 몇 개가 메시지를 통해 도착했다. 중고 부품 경매 페이지로 연결되는 링크였고, 비전문가인 나조차도 그 페이지에서 문제를 찾아내는 건 어려운 일이 아니었다.

"그러니까, 내 생각보다 훨씬 싸네."

분명 희귀한 부품이라면 수천 드롭스는 우습게 넘어간다고 들었건만, 페이지에 정렬된 부품 가격은 어처구니없이 낮았다. 아마도 자허토르테는 할루할로가 드롭스를 주지 않을 상황을 대비해, 모아 둔 부품들을 눈물을 머금고 처분해서 10만 드롭스를 마련할 생각이었던 모양이다. 하지만 부품 가격들이 고작 이 정도라면 자허토르테가 평생 모은 부품을 다 팔아도 턱없이 부족할 것이다. 3만 드롭스나 겨우 될까.

"원래는 안 그랬어."

"무슨 말이야?"

"지난번에 봤을 때만 해도 이런 가격이 아니었다고. 생귀나시오 돌체 상부 외골격이 2천에 입찰된다는 게 말이 돼? 투파히예 최후의 오토마톤인데? 어느 부위든 7천 아래로 떨어지는 걸 못 봤단 말이야."

블랙 포레스트에서는 물론 충분히 있을 수 있는 일이다. 어떤 시장은 몇몇 기업이 독점하고 있지만, 또 어떤 시장은 통제하는 자 없는 무법지대. 그 안에서는 정기적으로 온갖 요동이 일어나 시세를 엉망진창으로 흔들어 놓곤 한다. 나만 해도 의체 제작자들이 갑자기 담합해서 가격을 몇 배로 올리는 바람에 오른팔을 구할 때 고생한 기억이 있다. 가격이 원상 복구된 것은 제작자 하나가 원한을 품은 갱단의 습격으로 조각조각 분해되고 난 뒤였다.

"그러니까 조금만 기다리면 곧…."

"내가 토막 날 때까지 기다리라고? 바나나 스플릿이 얼마나 기다려 줄 것 같아? 차라리 크럼블에 나가 볼까? 우승 상금이 3만 드롭스니까, 부품을 전부 다 팔면, 그리고 어떻게든 조금만 봐 달라고 하면!"

이 시점에서 나는 자허토르테를 좀 억지로 진정시켜야 했다. 판데무에르토 갱단의 투기장에 나가는 건 아무리 이런 상황이라 해도 좋은 선택일 리가 없다. 일단 마련할 수 있는 만큼 마련해 보고, 그다음엔, 역시 조금만 봐 달라고 해야 하나? 결국 마땅한 해결책이 없는 건 나도 마찬가지긴 했다.

"애초에 왜 시세가 그 꼴이 났대?"

"몰라서 물어? 공급이 늘어나니까 그렇지. 지금까진 부품이 풀리는 대로 사 모으던 사람들이, 갑자기 모은 걸 죄다 내놓기 시작했어. 그래서 살 사람은 없는데 물건은 넘친다고. 시장이 뒤집힌 거야."

모르는 시장에 대한 설명이 그 뒤로도 길게 이어졌지만, 솔직히 중간쯤부터는 딴생각이 계속 들었다. 처음에는 그냥 '하필 이런 상황에 시세가 떨어지다니, 참 타이밍도 나쁘네'

정도였다. 하지만 거기에 별안간 엉뚱한 기억이 끼어들었다. 할루할로와의 엔터테인먼트 게시 직전에 받은, 사이좋은 청부업자 듀오에 관한 메시지. 반투명한 창의 잔상이 머릿속을 떠나지 않았고, 칩에 오류라도 났나 싶었는데, 그런 게 아니었다. 분명 그것은 심상찮은 발상 하나가 떠오르려는 전조였다.

다음 순간에도 여전히 마땅한 해결책은 없었다.

하지만 확실히 뭐 하나를 생각해 내긴 했다.

"잠깐, 그게 무슨 소리야?"

자허토르테에게 내 생각을 이해시키려면 설명이 조금 필요했다. 어떻게 떠오른 생각인지에 대한 설명은 접어 두도록 하자. 바나나 스플릿의 두 청부업자, 멜로마카로나와 무스탈레브리아가 착 붙어 있었던 것에 대한 할루할로의 집착에는 조금 이해하기 힘든 데가 있으니까. 하지만 나는 그 둘이 함께 있었다는 사실에 다른 이유로 좀 신경이 쓰였다.

"그 청부업자들 수법 알지? 무스탈레브리아가 전기 충격으로 마비시키면, 멜로마카로나가 멀리서 저격하는 거. 항상 그런 식으로 목표를 처리했다고 들었어."

〈바나나 스플릿 오늘의 작업〉에서 본인들이 직접 보여 준 대로라면 그렇다. 그리고 모자이크까지 제거해 가며 방송을 꼬박꼬박 챙겨 본 내가 장담하는데, 자허토르테가 두 사람을 함께 맞닥뜨렸다는 건 이상한 일이다.

"네가 와서 목표를 놓쳤다고 걔네가 말했잖아. 그럼 목표를 포착해서 기회만 엿보고 있었다는 말이고, 그럼 멜로마카로나는 멀리서 저격 준비하고 있었어야지. 같이 얼쩡거리는 게 아니라."

"듣고 보니 그렇긴 한데…."

자허토르테가 생각에 잠긴 사이, 레이디핑거도 절망 대신 호기심으로 가득한 얼굴을 하고서 내 곁으로 다가왔다. 사타안다기는 표정을 확인할 수 없었지만, 아마 비슷한 감정이었겠지. 곧 예상했던 대로 질문이 쏟아졌다.

"벨레, 네 말은 그럼 로나하고 리아가 거짓말을 했단 소리야? 가짜 협박을 한 거라고? 바나나 스플릿은 프로 청부 조직이야. 신뢰가 생명인 사업인데 왜 그런 짓을 하겠어?"

"우연히 두 사람이 함께 있었을 가능성은? 항상 같은 방식으로 일한다는 보장도 없다."

"너희들 말이 맞아. 전부 우연일 수도 있고, 바나나 스플릿이 공갈 협박을 한다는 게 말이 안 되기도 하지. 하지만 만일 다른 의도가 있었다면? 내 생각엔, 아니, 긴말은 접어 두자. 자허토르테 네가 확인해 줬으면 하는 게 있어."

'왜 갑자기 다들 부품을 처분하기 시작했는가?' 빠진 단서는 이것뿐이었다. 그리고 부품 거래 시장에 지인이 많은 자허토르테라면 메시지를 돌려 한번 알아보는 것도 간단한 일.

그 결과는 과연 예상대로였다.

"…전부 나랑 똑같아."

협박당한 건 자허토르테 혼자가 아니었다. 희귀 부품 거래를 위해 나갔다가 바나나 스플릿과 마주쳐, 일을 망쳤으니까 드롭스로 보상하라는 협박을 당했고, 터무니없는 금액을 마련하기 위해 어쩔 수 없이 소장품을 내놓게 되었다는 사람이 한둘이 아니었던 것이다. 그렇다면 역시 바나나 스플릿의 목적은 드롭스를 갈취하는 게 아니었다. 이 모든 소동은 진짜 목적을 숨기기 위한 설계가 분명했다.

공급은 적은데 수요는 많다면 가격은 올라간다. 적어도 블랙 포레스트에서는 그렇다. 어디처럼 초월적인 계산 능력을 갖춘 오토마톤이 관리해 주는 곳이 아니니까. 특히나 래밍턴의 대량생산 제품이 독점하지 못한 의체 시장에서 맞춤 의체의 수요는 높고, 내 동료 같은 열정적인 수집가들이 눈독을 들이는 희귀 부품이라면 더욱 비싸질 수밖에 없다. 일단 손에 넣은 부품을 되파는 일은 거의 없으니까.

하지만 어쩌다가 그런 일이 일어난다면? 수집가들이 갑자기 생각을 바꿔 자기 수집품을 죄다 팔아넘기려 한다면? 그러면 법칙은 반대로 작용한다. 공급은 많고 수요는 적어지니 가격은 내려간다. 이게 바로 지금 희귀 부품 시장에서 벌어지고 있는 일이다. 어디까지나 내 추측이긴 하지만.

이 추측을 들은 세 사람은 한동안 황망해 할 뿐이었다. 그래도 레이디핑거는 리더답게 빨리 충격에서 벗어났고, 곧 바나나 스플릿의 행각에 대해 '매우 기발한 사업 전략'이라는 평가까지 내렸다. 자기도 남을 협박할 능력이 있었으면 시도해 봤을 거라면서.

"부품이 쌀 때 사재기하면 나중에 비싸게 팔 수 있잖아. 협박당한 사람이 드롭스 갖다 바치면 그것도 챙길 수 있고. 들킬 위험도 적은데 엄청 크게 해 먹을 수 있는 방법이야. 내가 먼저 청부업을 시작했어야 하는데!"

평가는 순식간에 푸념이 되었고, "암브로시아에서 같이 만들어졌는데 왜 걔네가 더 잘나갈까"라든가 "역시 16번 구역에서 시작했어야 했나" 같은 소리가 나오기 시작했다. 이렇게 된 리더에게 달라붙어 위로해 주는 건 물론 사타안다기의 몫. 두 사람이 달라붙어 있도록 내버려두고서 나는 나머지 한 사람에게로 고개를 돌렸다. 바나나 스플릿의 목표가 부품 사재기라면, 드롭스를 뜯어내는 건 별로 중요하지 않다는 의미. 자허토르테에게는 그나마 희소식이겠지.

"너무 치사하잖아."

이런, 아무래도 별로 희소식은 아니었던 모양이다.

"남의 꿈을 너무 갖고 논다고. 무슨 수법이 그래?"

그야 꿈이 송두리째 날아갈 뻔했고, 꿈에 필수 불가결한 시장 전체가 공격받은 셈이니 짜증이 날 법도 했다. 보복할 수만 있다면 당장이라도 하고 싶을 정도로. 하지만 자허토르테에게 그럴 힘은 없다. 내 추리가 제시해 줄 수 있는 해결책도 이 정도였다.

"3천 정도만 보내 주고, 나중에 천천히 갚겠다고 해. 그러면 될 거야."

그렇게 말하니 일단 고개는 끄덕이지만, 여전히 단단히 기분 상한 표정. 결국 퇴근할 때까지 나는 자허토르테를 달래느라 시간을 허비해야 했다. 아무튼 머리를 굴려 뭔가 멋지게 알아냈다고 하더라도, 그것 때문에 상황이 반드시 좋아지리라는 보장은 없는 법이다.

어쩌면 상황이 좀 늦게 바뀌는 것뿐일지도 모른다는 데에 생각이 미치지 못한 것은, 칩 때문일 리는 없으니 분명 내 뇌의 한계일 것이다. 반면, 방에서 오늘 있었던 일을 얘기해 주었을 때 할루할로는 즉시 그 가능성을 떠올렸다. 전신 의체로 바꾼다고 사고 능력이 크게 좋아지는 건 아니라고 들었는데, 실제로 바꿔 보면 또 다른 걸까?

[그 자허토르테라는 사람]

[마지막까지 납득 못 했다고?]

[무모한 짓 하는 거 아닐까 몰라]

'무모한 짓'이라는 단어를 보자마자, 내가 간과하고 있었던 사실이 망치처럼 머리를 때렸다. 엄밀히 따지자면 자허토르테가 바나나 스플릿에 보복할 수 없는 건 아니다. 아무도 말리지는 않으니까. 단지 어마어마하게 무모한 짓일 뿐. 하지만 자허토르테는 정말로 자기 꿈을 좋아했고, 꿈을 위해서라면 어떤 짓이든 할 수 있는 법이다. 그 이유 때문에 룸메이트가 잠깐 고기 반죽이 됐었는데도 까맣게 잊고 있었다니!

"어떡하지? 연락을 안 받아. 정말 27번 구역 간 거 아냐? 할루할로, 정말 미안한데 혹시라도 위치 추적을 대략적으로라도…."

[지금 공동묘지 입구래]

[네가 가 봐야겠는데]

[조심해]

할루할로의 메시지를 받는 순간 난 이미 방에서 뛰어나가고 있었다. 일이 이렇게 되고 나니 생각하기도 전에 몸이 먼저 움직이는 것을 어쩔 수 없었다. 동료 때문에 27번 구역에 발을 들이는 것도 무모하기는 매한가지라는 사실을 이 시점에는 미처 깨닫지 못했다.

이전 시대를 끝낸 파국의 흔적이 그대로 남아 있는 27번 구역, 를리지외즈의 감시팀도 몸을 들이지 않는 곳, 통칭 '파리들의 공동묘지' 입구에 도착했을 때에야 때늦은 위기감이 몰려왔다. 자허토르테가 있는 곳을 정확히 아는 것도 아니거니와, 블랙 포레스트에서도 가장 엉망진창인 구역에서 사람

찾으러 다니는 건 자기 파괴나 다름없는 행위. 당장이라도 의체를 전부 뜯기고서 폐허 구석에 묻히는 게 아닐까 생각하니 도통 몸을 움직일 수가 없었다. 하지만 곧 움직이지 않아도 상관없다는 사실이 밝혀졌다. 내가 두려워하던 놈들이 직접 찾아와 주었으니까.

"아, 찾았다. 저기 있네."

"혼자 온 건가? 겁도 없다, 참."

폐허 구석구석에서 모습을 드러내는 험악한 실루엣들. 도망갈 길을 찾으려고 해도 이미 퇴로는 막혔다. 이 구역을 지배하는 판데무에르토 갱단은 침입자를 결코 살려두지 않는다. 적어도 방송 내용이 사실이라면. 어쩔 줄 모르고 바들바들 떠는 사이, 방송에서 본 거대한 오토마톤이 땅을 울리며 그 모습을 드러냈다. 사타안다기를 열 배로 키우고 바퀴 대신에 무시무시한 다리 여섯 개를 장착한 다음, 여기저기에 위협적인 장식을 주렁주렁 단 것 같은 녀석이었다.

"보스! 도착했어! 내릴 준비!"

"좀 조용히 말해, 브리가데이로. 이 안에선 소리가 울린다니깐."

오토마톤의 외부 스피커에서 두 목소리가 번갈아 울렸다. 보기 드문 기능이다. 탑승 공간이 달린 오토마톤 동체는 단종된 지 오래니까. 요즘 모델에 탑재하려면 대대적인 개조가 필요하다. 그러니 저 어마어마하게 강해 보이는 오토마톤이 귀찮은 수고를 들이면서까지 태워 줄 만한 사람이라면, 가능성은 하나뿐이었다. 판데무에르토 갱단의 베일에 싸인 보스. 공동묘지의 지배자. 오토마톤 아래쪽에 열린 문으로 검은 형체가 폴짝 뛰어내렸다.

"자, 자, 그렇게 떨지 말고. 왜 그렇게 긴장해? 네가 무서워할 게 뭐가 있다고. 자, 자세히 봐. 내가 무서워? 아니지 않아?"

실루엣만 봤을 때는 인간인가 싶었지만, 꼼짝도 못 하고 있는 내게로 '보스'가 가까이 다가오자 희미한 불빛 아래서 그 정체가 드러났다. 드물기로는 탑승 기능에 비할 바가 아닌, 이제는 어디에서도 만들지 않는 인간형 오토마톤. 놀란 내 표정을 본 보스가 깔깔 웃으며 재잘거렸다.

"다들 반응이 그렇더라! 좋아, 기대대로야. 콩베르사시옹에서 마지막으로 나온 인간형 모델이니까, 갈아타기 전에 즐겨 두려고. 브리가데이로처럼 튼튼한 걸로 하나 뽑아야지. 아, 진짜 저 무식하게 커다란 동체를 쓴다는 건 아냐. 어차피 지건 니커보커 글로리 제품이라 호환도 안 돼! 아무튼 만나서 반가워. 괴터슈파이제라고 해."

"아, 그게, 바, 반가워요."

생각보다 당황스러운 사람이었다. 방송에 한 번도 모습을 안 비춘 이유가 납득이 될 정도로. 갱단 보스 괴터슈파이제는 괜히 친근하게 굴며 끊임없이 수다를 떨었고, 주변 부하들도 그런 보스의 모습이 아무렇지 않은 듯했다.

"이렇게 만난 것도 인연인데, 내 방에 올래? 너 거주 구역에서 살지? 거긴 비좁잖아. 난 그런 데서는 답답해서 못 살겠더라. 일부러 더 작은 동체로 바꾸는 애들도 있는 거 알아? 내 방에 신기한 거 엄청 많다? 이 공동묘지엔 굉장한 물건이 많거든! 아, 여기 안내부터 해 줄까?"

"저기요, 그, 저 사람을 찾으러 왔는데요."

"맞다, 맞다, 그 애지? 요 아까 전에 여기로 막 달려온, 다리 멋있는 거 달고 있는 애. 이름도 들었는데. 자허, 음, 자허토르테! 맞지! 똑똑한 괴터슈파이제! 걱정하지 마. 안전하게 보호하고 있으니까."

정말일까? '안전하게 보호하고 있다'는 말이 잔인한 반어법인 건 아닐까? 반신반의하는 나를 괴터슈파이제는 태연히 판데무에르토 갱단 기지로 안내했다. 온갖 잡동사니가 널려 있는 그곳에는 과연 내 동료가 있었다. 아주 멀쩡하게, 심지어 케이크까지 먹으면서. 그 모습을 보니 안심이 되기보다는 일단 화를 내고 싶어졌다.

"심정은 이해하지만, 무작정 여기로 뛰어나오면 어쩌자는 거야? 바나나 스플릿은 무슨 수로 찾으려고? 이 사람들한테 물어보고 다니기라도 할래? 만나선 뭘 할 생각이었는데?"

"만나서 뭘 할지는 안 정했는데, 어떻게 찾을지는 생각하고 왔거든."

너무나도 당당한 자허토르테의 대답에 내 기세가 살짝 밀렸다. 바나나 스플릿을 찾아내겠다고? 방송에 나올 만큼 유명한 청부업자들이라 해도 거주지는 기밀로 하는 경우가 대부분이고, 물론 보안도 비싼 녀석으로 걸어 둔다. 드롭스를 웬만큼 지불해서는 위치를 특정할 수도 없단 소리다. 당연히 자허토르테한테 그만한 저축이 있을 리가 없다.

  "무슨 소리야? 드롭스는 필요 없어."

  내 걱정에 자허토르테는 고개를 갸웃하며 대답했다.

  "우리 직업이 뭔지 잊었어?"

  그로부터 얼마 뒤, 나와 내 동료는 27번 구역을 가로질러 살금살금 걷고 있었다. 짐을 싣고 조심조심 굴러가는 연두색 오토마톤으로부터 일정한 거리를 유지한 채. 긴장되기는 했지만, 과연 익숙한 일이기도 했다. 조사관이 누굴 미행하는 경우는 얼마든지 있으니까.

  [정말 쟤만 따라가면 돼?]

  아무래도 마음이 놓이지 않았기에, 메시지로 조용히 의심을 전달해 보았다. 곧 도착한 자허토르테의 답장은 자신감으로 가득했다. 그리고 정말 다행스럽게도 자신감의 근거 역시 적혀 있었다.

  [크라나칸이라고, 파손되기 쉬운 부품 배달 전담하는 업자야]

  [아까 전에 희귀 부품들이 대규모로 낙찰됐고]

[아는 배달업자 몇 명이 움직이기 시작했어]

[처음부터 걔네를 따라온 거야]

[생각 없이 움직인 게 아니라!]

애초에 이딴 곳에 혼자서 들어오는 것부터가 생각 없는 짓이다. 하지만 지금은 최소한의 안전장치가 손안에 있다. 자허토르테의 계획을 들은 괴터슈파이제가 친절하게도 무기를 몇 개 빌려준 것이다. 아크틱 롤, 미시시피 MUD, 평소에는 만져 볼 일도 없는 흉악한 물건들. 이걸로 청부업자를 상대할 수 있을지 물어보니, 이런 답이 돌아왔다.

"뭐? 에이, 말도 안 되지. 프로는 프로야. 걔네들이 맨손이어도 너희같이 어설픈 애들은 안 돼. 하지만 그런 어설픈 애들이 양손에 아크틱 롤 하나씩 들고 뛰어들면, 증거는 못 잡아도 눈치는 챌걸? 뒤에 아주 무서운 사람이 하나 버티고 있다는 걸 말이야."

조직 사이의 분쟁을 만들기는 싫으니 직접 나서 주지는 못하겠지만, 판데무에르토 갱단의 위세 정도는 빌려주겠다는 의미였다. 분쟁을 피하고 싶은 건 바나나 스플릿도 매한가지일 테니 결과적으로 위험한 충돌은 피할 수 있을 것이다. 문제는 그다음이지만.

[저 건물에 들어갔다 나왔어]

[이제 위치는 알았는데]

[슬슬 만나면 무슨 말 할지도]

"넌 여기서 기다리고 있어! 내가 다 끝장내고 올게!"

이건 이론의 여지 없이 무모한 짓이었다.

한편 이번에도 나는 생각보다 몸을 먼저 움직였다.

동료의 뒤를 따라 청부업자들의 거처에 쳐들어간 그 순간, 시간이 멈추었다.

아니, 정말로 멈췄다는 건 아니다. 정말로 멈춘 것처럼 보였다는 말이지. 내가 들이닥쳤을 때 이미 자허토르테는 꼴사납게 쓰러져 있었으며, 두 청부업자는 그런 자허토르테의 스위치를 끄기 직전이었는데, 전기 충격이 막 동료를 강타하려던 찰나에 나와 두 청부업자의 시선이 마주쳤다. 순간 그 둘의 동작이 얼어붙었다.

"적인 줄 알았다. 어두워서. 딱히 아니다, 정지시키려던 건, 절대로."

"놀라서 반사적으로 움직여 버렸어. 분명히 청부업자 직업병이야! 끔찍해!"

두 청부업자가 슬금슬금 물러나자 자허토르테도 곧 몸을 일으켰다. 어떻게든 위기는 넘어간 모양이었다. 괴터슈파이제한테 받은 무기 덕분인가? 정작 그건 꺼내지도 못했는데? 아무튼 상황이 진정되고 나니 다행스럽게도 일은 술술 풀려나갔다. 저쪽이 이상하리만치 저자세로 나오자 자허토르테는 곧 기고만장해져 목소리를 높였고,

"남의 꿈을 이렇게 방해하면 어쩌자는 거야? 청부업자면 청부업이나 계속하지, 부품 장사에 왜 손을 대? 판 죄다 말아 먹으면서 그렇게 드롭스 챙기려고 들면 너희라고 무사할 거 같아?"

두 청부업자는 몰아붙이는 기세에 눌려 변명만 웅얼거릴 뿐이었다. 방송에서는 전혀 본 적이 없는 모습이었다. 솔직히 말해 약간 환상이 깨지는 기분이기도 했다.

"더러운 짓인 거 아는데, 드롭스 때문이 아니라, 아니, 아무튼 그런 게 아니란 말이야!"

"미안하게 됐다. 하지만 아니다, 이런 문제는, 우리 담당이."

"아니, 너희가 일 벌여 놓고서 무슨 너희 담당이 아니기는…."

무스탈레브리아가 우물쭈물하며 천장을 가리켰다. 시선을 올려 보니 보이는 것은 가로세로로 놓인 레일 여러 줄, 그 위를 따라 설치된 모니터와 스피커와 카메라, 그리고 편리해 보이는 팔 다섯 개. 일견 난잡해 보이는 그 천장 한가운데에 고정형 오토마톤 동체 하나가 자리를 잡고 있었다. 외부기기랑 저런 식으로 연결해도 되는 거였나? 저러면 천장에서 못 내려올 텐데, 안 불편할까? 이윽고 스피커를 통해 축 처진 소리가 흘러나왔다.

"작전 담당 라자라키아입니다…. 아, 나 같은 게 있는지도 몰랐다는 표정이다. 그야 전 방송에 안 나왔죠, 그렇죠…."

"인사는 됐어. 작전 담당이면, 네가 이딴 작전 짠 놈이냐?"

"그게, 그렇긴 한데요, 딱히 부품 거래에 관심이 있었던 게 아니라, 저희도 의뢰를 받은 거라서…. 청부업자잖아요. 의뢰를 받으면 무슨 수를 쓰든 완수해야 해요."

"부품 시세를 낮추라는 의뢰를 받았다고?"

천장 여기저기에 달린 팔이 그게 아니라는 듯 붕붕 흔들렸다. 스피커에서 나오는 소리는 더욱 우울하게 떨리고 있었다.

"의체와 오토마톤 부품을, 고가의 희귀 부품을 포함해서, 종류 가리지 않고 가능한 한 많이, 비밀스럽게 구해 줄 것. 누군가 부품을 수집하고 있다는 사실조차 알지 못하게 할 것. 의뢰 내용은 이상이었고, 으, 이런 거 원래 말하면 안 되는데요!"

들어 본 적 없는 기묘한 종류의 의뢰였다. 원하는 물건을 구해 달라는 의뢰는 많고, 심지어 레드 벨벳에서도 종종 과거의 오토마톤 부품을 보내 달라는 의뢰가 내려오곤 하지만, 자신이 무엇을 원하는지 이렇게 두루뭉술하게 말하는 의뢰인은 아무래도 드무니까. 그리고 이 기묘한 의뢰를 해결하기 위한 라자라키아의 작전은, 자신감이라곤 없는 말투와는 대조적으로 꽤 훌륭했다.

"가능한 한 비밀스럽게 작업해 달라는 주문이라서, 그럼 평소처럼 작동 정지시키고 빼앗아 올 수도 없잖아요. 그래서 수집가들이 자발적으로 부품을 시장에 내놓도록 해 보자, 그런 상황에 처하도록 그, 협박을 해 보자고나 할까…? 그게 운 좋게 잘 돼서 부품도 그럭저럭 모였어요. 이제 의뢰인께 보내 드리기만 하면 또 한고비 넘기는 건데…."

어떻게 생각하면 다행스러운 일이었다. 문제의 의뢰인이 비밀 엄수에 신경을 조금만 덜 썼다면 라자라키아는 덜 정교한 계획을 짰을 테고, 지금쯤 자허토르테는 바나나 스플릿의 손에 이미 작동이 멎었을지도 모른다는 소리니까. 하지만 그건 내 감상이고, 정작 당사자는 전혀 다른 생각을 하고 있는 모양이었다.

"너네 의뢰인이 비밀리에 희귀 부품을 모은다고?"

"네. 아, 이 이상은 못 알려드려요. 의뢰인 신분이 노출됐다는 게 알려지면 우리 사업이 다 끝나거든요. 대신 10만 드롭스는 안 내셔도 되니까, 이걸로 봐주시면 감사하겠습니다…."

"그건 당연히 안 내도 되는 상황이고. 다른 요구 하나만 더 해도 돼?"

아무래도 자허토르테는 위기를 넘긴 것만으로는 만족하지 않을 모양이었다.

요구는 간단했다. 지금까지 모은 부품을 보여 줄 것. 당연히 거절할 이유가 없는 요구이기도 했다. 고정형 오토마톤 대신 두 청부업자의 안내를 받아 지하 창고로 도착하니, 그곳에는 과연 희귀한 부품들이 가득 쌓여 있었다. 희귀하다는 걸 내가 보고서 알 수 있다는 말은 아니다. 내 동료의 반응을 보건대 그럴 것 같다는 소리지.

"아직도 이렇게 상태 좋은 미나즈키 모터가 있어? 난 야츠하시 거 구하는 데도 엄청 고생했는데! 어, 잠깐만. 이거 진짜로 판포르테에서 나온 거야?"

자허토르테에게는 황홀한 감상의 시간이었고, 나로 말할 것 같으면 너무 지루해서 스위치를 끌 뻔했다. "과연", "그럴 줄 알았지", "아, 이건 복제 부품이네" 같은 소리를 중얼거리면서 내 동료는 쌓여 있는 부품을 기어이 전부 확인한 것이다. 본색을 드러낸 것은 그 직후였다.

"거기 둘, 의뢰 내용이 '부품을 많이 구해 달라'는 거였다고 그랬지?"

고개 끄덕. 그리고 다음 질문.

"그럼 이 중에 한두 개 정도를 나한테 판다고 해도, 의뢰 내용에 어긋나는 건 아니겠네? 두 개 빠져도 많은 건 많은 거 잖아."

두 청부업자가 잠깐 시선을 교환하더니, 다시 고개 끄덕.

"그럼 이거랑 이거 두 개만 줘. 얼마에 샀어? 200 드롭스씩 더 얹어 줄게."

"400."

"250."

"300. 안 된다, 이 아래론."

"알았어. 300씩. 쩨쩨한 놈들 같으니."

[그래도 평소 시세의 절반이지롱!]

자허토르테의 만족스러운 메시지가 눈앞에서 깜박였다. 10만 드롭스도 굳었고, 평소에는 꿈도 못 꿨을 가격에 희귀 부품까지 획득. 굉장한 전화위복이 된 셈이다. 이제 이 무시무시한 27번 구역을 떠나 일상으로 돌아가기만 하면 되는 일. 하지만 바나나 스플릿의 거처를 나서면서 안도감에 차 그렇게 말했더니, 내 무모한 동료로부터는 이런 선언이 되돌아왔다.

[무슨 소리야?]

[챙긴 건 챙긴 거고, 사태의 원인은 아직 못 만났잖아]

[이제 그 의뢰인이란 놈을 만나 봐야지]

자허토르테는 멈출 생각이 없었다. 그리고 나는 이 녀석이 또 혼자 위험에 뛰어들도록 놔둘 수가 없었다. 그러니 안타깝게도 할 일은 하나뿐이었던 것이다. 그 의뢰인이라는 작자를 직접 만나서 이야기를 듣는 것. 하지만 바나나 스플릿으로부터 의뢰인의 신원을 알아낼 수 없다면, 어떻게 그 사람을 찾아낼 수 있을까?

"우리가 찾아낼 필요 없어. 그쪽에서 나오게 하면 돼."

"무슨 뜻이야?"

"의뢰 내용을 생각해 봐, 도나우벨레. 이상하지 않아? 특정한 부품이 아니라 아무 희귀한 부품이나 다 원한다면서, 또 그 사실을 알리지 않으려고 애를 썼어. 도대체 목적이 뭘까? 청부업자 시켜서 부품 모아 오라고 하는 사람이 왜 이렇게 겁쟁이일까? 내 경험상, 부품 수집가 중에 이렇게 겁 많은 부류는 딱 하나야. 기업 몰래 뭘 하는 게 목표인 놈들."

청부업자들에게 맞서는 게 무모한 짓이라면, 기업과 싸우는 건 말 그대로 직접 자기 스위치를 끄는 행위다. 기업은 드롭스가 많고, 당연히 뭐든 할 수 있다. 개인 의체 제작자는 건드리지 않는 래밍턴조차 누군가 대량생산에 뛰어든다면 즉시 청부업자를 대거 고용해 보복에 나설 것이다. 다른 업계도 마찬가지다. 블랙 포레스트의 인간은 전부 스모어, DBC, 암브로시아에서 생산한 제품이다. 니커보커 글로리, 콩베르사시옹, 모나카가 오토마톤 업계 후발주자를 어떻게 짓밟았는지는 공공연한 비밀이다. 의체와는 달리 개인 제작 오토마톤 동체가 없는 데에는 다 이유가 있다.

"그러면 의뢰인은 오토마톤 동체를 직접 만들려고 한 거구나! 중고로 풀린 부품을 모아서! 기업에 안 들키려고 '아무 부품이나 다 모아 달라'고 의뢰했지만, 실제로 원하는 부품은 그중에서 한 종류뿐일 테고⋯ 너 설마 그게 뭔지도 알겠어?"

"희귀 오토마톤 모델을 손수 제작하는 게 꿈이라면, 목표로 삼을 만한 녀석은 딱 하나밖에 없거든."

방금 구매한 부품을 양손에 들고 흔들며 자허토르테가 싱긋 웃었다.

"생귀나시오 돌체의 좌측 상부 외골격과 79번 관절. 방금 급처분 광고 올렸는데, 베이지뉴라는 사람이 바로 반응을 하네. 직접 만나서 받아 가라고 하면 바로 뛰어나올걸?"

청부업자들이 자허토르테를 꾀어낸 수법을 역으로 써먹게 된 셈이었다. 우리가 그 문제의 인물을 만난 것은 과연 그로부터 얼마 지나지 않아서, 약속 장소인 5번 상업 구역의 어느 골목에서였다.

긴장을 좀 풀려고 할루할로와 메시지로 수다를 떨고 있자니, 이 모든 소동의 근원답지 않게 조금 소심한 인상의 인간이 천천히 걸어오는 게 보였다. 푸석푸석한 긴 머리가 이리저리 흔들렸다. 가까이서 보니까 심지어 두 다리는 래밍턴 제품이기까지 했다. 다만 눈만큼은 꽤 좋은 모델인지, 자허토르테가 내민 오토마톤 부품을 확인하는 동안 초점을 조절하며 미세하게 반짝거리는 것이 보였다.

"내부 흠집도 없고, 표면 곡률도 그대로. 잠깐 중량 확인해 볼 수 있겠습니까?"

그러고서는 부품을 손에 조심스레 올려놓고서 어색한 포즈로 흔들흔들. 수집가들의 세계에는 신경 쓸 것이 참으로 많은 모양이었다. 한편 신중하게 물건을 살피는 베이지뉴를 앞에 두고, 자허토르테는 끊임없이 이 생귀나시오 돌체라는 모델에 대해서 시시콜콜 떠들어댔다.

"끝내주죠? 상부 외골격이 디자인의 핵심이잖아요. 이런 디자인을 유지하면서 하이엔드급 카탈로그 스펙을 달성했다는 게 놀랍죠. 오토마톤 시장에 뛰어들기 전까진 칩밖에 만들어 본 적 없는 기업이, 어떻게 단시간에 이 정도 결과물을 냈는지 모르겠다니까요."

이건 오토마톤 업계에서는 유명한 이야기라고 한다. 칩 시장에서 도미노슈타인에 밀려난 투파히예가 활로를 뚫기 위해 오토마톤 시장에 발을 들여, 이미 시장을 선점하고 있던 세 기업과 경쟁하고자 혼신의 힘을 다해 만들어 낸 환상의 오토마톤 모델. 하지만 미려한 디자인과 고성능에도 불구하고 그 모델은 오히려 투파히예에게 치명상을 입히고 말았다.

"정말 카탈로그상 스펙을 낼 수만 있었다면, 하다못해 기본적인 작동이라도 제대로 됐다면 어땠을까요? 경쟁사에서 생산 라인을 사보타주했다는 음모론이 생길 만도 하죠. 직접 재현해 보고 싶다는 사람이 나올 만도 하고."

자허토르테의 의미심장한 말이 분위기를 반전시켰다. 즉시 몇 발짝 물러나는 베이지뉴의 표정은 차갑게 굳어 있었다. 두 눈이 정교하게 움직이며 골목을 긴장감으로 가득 채웠다. 손에는 부품을 가만히 든 채, 한껏 낮아진 목소리로 상대방이 먼저 질문을 던졌다.

"…정체가 뭡니까."

"어, 우리 방송에도 나왔는데. 못 보셨나? 아무튼 청부업자는 아니에요."

"그럼 왜 불러낸 거죠? 용건을 말하세요."

용건이라고 하면, 자허토르테가 자신의 꿈을 방해한 괘씸한 놈에게 되갚아주기 위해 세운 계획이 있었다. 상대방의 목적을 기업에 알리겠다고 협박해서 드롭스든 부품이든 좀 뜯어내겠다는 작전이었다. 하지만 이 작전이 성공하려면 상대방이 겁을 먹고서 원하는 대로 행동해 주어야 하는데, 지금 상황은 별로 그렇지 못했다. 자신의 위험천만한 속셈이 다 들킨 와중에도 흔들리는 기색이라곤 전혀 없었다.

[수상한데]

갑자기 메시지창이 눈 앞을 가렸다. 시야 가장자리에서는 자그마한 시야 공유 아이콘도 깜박이기 시작했다. 할루할로였다. 내가 뭘 하고 있는지 궁금해진 걸까? 그것보다 도대체 뭐가 수상하다는 얘기지? 답장을 보내 물어보기도 전에 메시지 두 통이 연속해서 도착했다.

[베이지뉴라는 사람 검색해 봤는데]

[이름 변경 기록에 보안이 걸려 있어]

이 내용을 읽는 순간 목덜미가 싸늘해졌다. 이름이야 바꾸고 싶으면 얼마든지 바꾸는 거지만, 그 기록에 보안을 걸어 두었다니. 알리기 싫은 과거가 있다는 의미였다. 별것 아닐 수도 있다. 하지만 갱이며 청부업자 같은 위험한 사람들을 계속 마주치고 나니, 보안을 뚫는 데 필요한 1,200드롭스가 그리 아깝게 느껴지지는 않았다.

[보안 해제]

[이름 변경 기록을 표시합니다 : 1건]

과연 눈앞의 상대는 예전에 한 번 이름을 바꾼 적이 있었다. 그리고 예전 이름은 꽤 익숙하기도 했다. 방송에서 자주 언급되는 걸 들었으니까. 현업 청부업자들의 자문을 받아 과거 전설적이었던 청부업자의 수법을 재현해 보는 인기 방송 시리즈, 〈당신도 올류-지-소그라처럼 될 수 있다〉에서.

"올류-지-소그라."

무심코 그 이름을 입에 담는 순간, 베이시뉴의 래닝턴제 다리가 말도 안 되는 속도로 지면을 박찼다. 다음 순간 이미 내 목은 단단히 붙잡혀 있었다. 힘이 풀린 다리는 이내 무너져 내렸다.

"그 손 떼지 못해!"

자허토르테의 목소리가 희미하게 들렸다. 베이지뉴가 혀

를 차는 소리도. 곧 목에서 손이 떨어졌고, 아크틱 롤을 겨눈 내 동료의 모습이 눈에 들어왔다. 덕분에 작동 정지의 위기는 넘겼지만, 상대방은 무기가 바로 눈앞에 겨누어진 상황에서도 태연할 뿐이었다.

"확실히 청부업자는 아니군. 프로라면 롤을 그렇게 잡지 않으니까."

베이지뉴, 과거 이름은 올류-지-소그라, 과거 수많은 사람의 작동을 정지시킨 베테랑 청부업자가 가라앉은 목소리로 말했다. 자허토르테는 흠칫 놀라며 아크틱 롤을 고쳐 잡으려 했지만, 그 틈을 노린 청부업자는 놀랍도록 매끄러운 동작으로 무기를 낚아챘다. 상황의 주도권이 완전히 저쪽으로 넘어간 것이다.

"사실 너희가 누구든, 목적이 무엇이든 상관은 없다. 정지시키면 그만이니까. 혹시 그러면 안 될 이유가 있나?"

위험했다. 정말 많이 위험했다. 어떻게든 변명거리를 생각해 내야 하는데, 솔직히 협박해서 드롭스 뜯으려고 온 것이기 때문에 당장 떠오르는 변명이 없었다. 긴장으로 얼어붙은 뇌는 아무런 도움이 되지 않았다. 절망 속에서 구원의 손길을 내밀어 준 것은 고깃덩어리가 아닌 칩이었고, 칩을 통해 전달된 룸메이트의 메시지였다.

[분명 사연이 있는 사람이야]

[그쪽으로 화제를 돌려 봐]

사연, 그래, 사연이 있긴 할 것이다. 과거엔 전설적인 청부업자였으면서, 지금은 청부업자의 최대 고객인 기업이 제일 싫어하는 짓을 하고 있으니까. 일하는 동안 기업에 원한이라도 생긴 걸까? 하지만 굳이 생귀나시오 돌체를 재현하기로 선택했다는 건, 혹시 더 개인적인 이유가 있어서? 생각을 더 진전시키기 위해서는 조언이 한 번 더 필요했다.

[생귀나시오 돌체의 실패 말인데]

[음모론이 있다면서]

왜 할루할로가 이 얘기를 꺼냈는지는 모르겠지만, 아무튼 흔해 빠진 음모론이었다. 예상 스펙에 비해 성능이 떨어지고 치명적인 결함이 여럿 있었던 이유는, 경쟁자의 등장을 눈엣가시로 여긴 다른 기업에서 생산 과정을 사보타주했기 때문이라는 이야기. 물론 기업 사람들이 직접 사보타주했다는 얘기는 아니다. 언제나 그렇듯이 청부업자를 시켜서-

"-당신이었군요."

"무슨 말이지?"

"음모론이 사실이었어요. 그래서 생귀나시오 돌체를 재현하려고 한 거야. 당신이 망가뜨렸으니까. 당신 책임이니까."

찰나에 이어진 생각이 거의 무의식적으로 말이 되어 흘러나왔다. 실수한 것은 아닐까? 근거도 뭣도 없이, 완전히 잘못 짚었을 뿐이라면 어쩌지? 하지만 전설적인 청부업자는 가만히 침묵을 지켰다. 그것은 분명 인정하는 의미의 침묵이었다.

잠시간의 고요가 지난 뒤 전직 청부업자는 천천히 입을
열었다. 누가 시키지도 않았는데, 오래도록 품어 두었던 이야
기를 이제는 털어놓고 싶다는 듯이. 똑바로 겨누고 있던 아
크틱 롤은 조금 내려놓은 채였다. 목소리에는 날카로운 경계
심 이상의 무언가가 배어 있었다.

"길고 까다로운 의뢰였다. 신제품 생산 직전 단계부터 투
파히예에 잠입해 있었으니까. 모나카의 주문이었다. 확실하
고 은밀하게, 양산에 이르는 과정을 조금씩 망가뜨려서, 결
함투성이 제품이 시장에 풀리도록 만들라는 것이. 모나카는
투파히예가 다시는 재기할 수 없도록 만들고 싶었던 것이다."

그리고 올류-지-소그라는 명성에 걸맞게 성공적으로
임무를 완수했다. 무수히 많은 사보타주가 행해졌고, **빡빡**한
일정과 조여 오는 압박 속에서 투파히예는 불길한 움직임을
눈치조차 채지 못했다. 그렇게 환상의 모델, 생귀나시오 돌체
는 오류 가득한 결함품으로 전락하고 만 것이다. 하지만 그
모든 오류를 수정할 수 있는 사람이 블랙 포레스트에 단 한
명 남아 있었다.

"당신이 만든 결함이에요. 어떤 부분을 망가뜨렸는지, 어
떤 부품이 잘못 제조되도록 했는지 기억하고 있겠죠. 그러니
까 당신만큼은 완벽한 생귀나시오 돌체를 재현할 수 있어요.

부품을 전부 모으기만 하면 말이죠."

그렇게 한다면 걸작을 망가뜨린 책임을 질 수 있다. 오
랜 시간이 지났고, 투파히예는 이미 도산했지만, 무슨 의미
가 있을지 모르겠지만, 그것이 이 사람의 꿈이라면. 납득할
수 있는 이야기였다. 올류-지-소그라 본인도 부정하지 않
았다. 오직 한 사람, 내 룸메이트만이 약간 불만스러워할 뿐
이었다.

[이게 전부일 리가 없어]

[한참이나 지나서 갑자기 복원 시작했잖아]

[절박한 사정이 있을 거야]

글쎄, 이젠 작동 정지는 면할 수 있을 것 같은 분위기고,
괜히 더 캐물어서 위험 요소를 늘리고 싶지 않았다. 하지만
할루할로는 집요했다. 계속 메시지를 보내며 나를 재촉해댔
다. 도대체 왜 이러는 거지? 뭔가 더 생각하는 게 있나?

[알았다]

[하나만 물어봐봐]

[지금 당장]

아무래도 정말 더 캐물어야 할 모양이었다. 청부업자의
손에는 아직도 무기가 들려 있었고, 경계심을 완전히 푼 것
같지도 않았지만, 그래도 할루할로가 시키는 일이니까. 차가
운 시선으로부터 필사적으로 눈을 돌리며 나는 메시지에 적
힌 그대로 질문을 던졌다.

"혹시… 생귀나시오 돌체 모델을 데리고 계시나요?"

자허토르테는 어이가 없다는 표정으로 이쪽을 쳐다보았다. 어이가 없기는 나도 매한가지였다. 하지만 올류-지-소그라는 질문을 무시하지도, 무슨 소리냐며 화를 내지도 않았다. 대신에 그저 대답을 해 주었다. 예상하지 못한 대답을.

"위에빙. 그 애 이름이다."

할루할로는 말했다. 갑작스레 생귀나시오 돌체 모델을 재현하기 시작한 이유가 있을 거라고. 단순히 과거의 잘못을 책임지기 위해서가 아니라, 현재 그 모델이 필요해진 계기가 있을 거라고. 하지만 오토마톤 동체를 필요로 하는 사람은 당연히 대부분 오토마톤이고, 또 메모리와 동체는 같은 기업 제품끼리만 호환이 된다. 그러니까 투파히예의 유일한 걸작을 필요로 하는 오토마톤은, 같은 투파히예의 걸작밖에 없다는 뜻이다.

"잠깐만, 생귀나시오 돌체랑 같이 산다고요? 작동하는 모델을? 그런 게 있어요?"

내 동료가 놀라는 것도 당연했다. 사보타주 때문에 제대로 작동하는 제품이 없을 지경이었던 모델이니까. 하지만 그 사보타주를 실행한 본인, 올류-지-소그라에게는 정상 작동하는 모델을 손에 넣을 방법이 있었다.

"위에빙은 생귀나시오 돌체 모델의 프로토타입이다. 프

로토타입이 완벽하게 작동했기 때문에 대량생산에 돌입했고, 내가 사보타주한 건 그 부분이지. 내가 만들어 낸 결함들은 위에빙에는 없다."

그야말로 환상의 오토마톤. 이제는 소문으로밖에 남지 않은 투파히예 최후의 걸작. 올류-지-소그라는 걸작의 대량생산을 망치는 데에는 성공했지만, 결함 없는 프로토타입까지 파괴할 수는 없었다. 위에빙은 완벽했으니까. 너무나도 아름답고, 성능도 뛰어나며, 더없이 가련하고 비극적인 오토마톤이었으니까. 할루할로가 이렇게 단언할 만도 했다.

[너무 사랑스럽잖아]

[웬만한 사람은 반해 버릴 거야]

그래서 투파히예가 도산할 무렵, 올류-지-소그라는 사랑하는 사람을 위해 평소였다면 절대로 하지 않을 시도를 감행했다. 위에빙을 몰래 빼돌린 것이다. 그리 어려운 일은 아니었다. 기업은 신경을 쓸 여력이 없었고, 의심 많은 모나카에서도 대량 생산된 동체와 바꿔치기한 것을 구분할 수는 없었으니까. 그렇게 두 사람은 계속 함께할 수 있게 되었다.

"위에빙은… 내가 뭘 했는지 알았지만, 이해해 주었다. 곁에 있어 주었다. 그러니까 나도 위에빙을 위해서는 뭐든 해야겠다고, 그렇게 생각했을 뿐이다."

"위험을 무릅쓰고 새 동체를 만들어 주는 일이라도 말이죠. 아예 동체를 교체해야 하는 상황이라면, 혹시 큰 사고라도 당했나요?"

"설계상의 오류가 있었다."

내 물음에 청부업자는 쓸쓸히 대답했다. 의아한 대답이었다. 물론 이 분야에 관심이 많은 자허토르테에게는 더더욱 의아하게 들렸겠지.

"잠깐, 프로토타입에는 결함이 없다고 하지 않았어요? 그런데 왜…"

"그렇다고 생각했지. 나도, 투파히예도, 경쟁사들도. 프로토타입이 잘 작동하니까 바로 대량생산에 들어갔고, 치명적인 결함 때문에 순식간에 시장에서 사라졌으니, 장기간 작동 시의 문제에 대해서는 알 수가 없었다. 디자인 때문에 좁은 공간에 빽빽이 집어넣은 나노 구동축이 발열로 플라스틱을 녹이고, 그러면서 배열이 조금씩 뒤틀리는… 알아챘을 땐 이미 손을 쓸 수가 없었다. 고칠 수도 없었다. 내가 만든 결함이 아니었으니까."

의체도 오토마톤도 다른 기계도, 처음엔 멀쩡하지만, 장기간 작동시키면 문제가 발생하는 것들이 종종 있다. 별로 대단한 일은 아니다. 특히나 오토마톤들은 동체를 쉽게 교체할 수 있으니까. 메모리가 호환되는 새 모델을 사서 바꿔 넣기만 하면 된다.

위에빙은 그렇게 할 수 없었다.

"점점 망가져 가는 모습을 두고 볼 수가 없었다. 시간이라도 벌고 싶었다. 부품을 모아서, 새 동체를 만들어서, 내가 고칠 수 있는 결함을 수정한 다음 옮겨 주려고 했다. 또 한동안은 같이 있을 수 있도록."

그 안타까운 목소리를 들으며, 나는 문득 이 청부업자의 말이 방송에 흔히 등장하는 이야기 같다고 생각했다. 어느 방송 그룹이든 이런 이야기를 한두 편씩은 반드시 편성하여 틀어 준다. 사랑하는 두 사람이 나오고, 엔터테인먼트가 나오고, 한 사람이 비극적으로 작동을 멎어 가는 동안 다른 한 사람은 어떻게든 이를 막아 보려 애쓰는…. 그러니까 이건 시한부 로맨스였다. 자허토르테가 협박당한 것도, 바나나 스플릿이 기묘한 의뢰를 받은 것도, 전부 시한부 로맨스의 일부였던 것이다.

차이점이 있다면, 방송에는 시한부 오토마톤이 등장하지 않을 뿐이다.

이 블랙 포레스트에서 시한부 로맨스가 가능한 오토마톤은 단 한 사람뿐이니까.

올류-지-소그라의 이야기가 끝난 뒤, 자허토르테는 매우 감동했다며 거의 다리에 매달리다시피 했다. 자신이 나노 구동축 문제를 좀 도와줄 수 있을 거라고도 말했다. 경계심 가득한 청부업자조차도 흔들릴 수밖에 없는 제안이었다. 그리고 한 번 제안을 승낙하고 나면 그 뒤로는 흥정이 찾아오는 법이다.

"별거 바라지도 않아요. 아주 사소한 대가만 주시면 돼요!"

"무슨 대가 말이지?"

"이번에 부품 잔뜩 구하신 거, 진짜로 필요한 건 생귀나시오 돌체 것밖에 없잖아요? 다른 부품은 그냥 위장용이고? 그럼 이쪽에 저렴하게 좀 넘겨주세요. 공짜로 달라곤 안 할 테니까."

이렇게 해서 내 동료의 작전은 정말 성공하고 말았다. 예상치 못한 사건의 연속으로 예상과는 좀 달리 흘러가긴 했지만 스위치가 꺼진 것도 아니고, 누구한테 원한을 사지도 않았으며, 환상의 오토마톤을 직접 보고 수리해 볼 기회에다가 희귀한 부품까지 잔뜩. 10만 드롭스를 뜯기기는커녕 결과적으로는 어마어마한 이득을 본 것이다.

하지만 누군가가 이득을 보면 누군가는 또 손해를 입는 것이 블랙 포레스트의 규칙. 남의 시한부 로맨스에 대차게 휘말린 결과, 나는 뭘 얻기는커녕 보안을 뚫으려고 도미노슈타인에 고스란히 갖다 바친 1,400드롭스의 지출만 발생했다. 안전을 되찾고 나니 그 드롭스가 그렇게 아까울 수가 없었다. 방에 돌아간 뒤에도 계속 생각이 날 정도로.

"이거 잘 생각해 보면 네 책임도 있잖아, 할루할로. 직접 보안 풀어서 알려줘도 되는 거 아니었어? 정말 급한 일 생기면 드롭스 써 준다면서?"

침대에 누운 채로 그렇게 투덜거리자, 할루할로는 이렇게 대답했다.

[좀 너무한데]

[네가 위험한 짓 하고 다니는 동안]

[누가 널 지켜 줬을 것 같아]

이게 도대체 무슨 말인지 처음에는 알 수가 없었다. 그야 위험한 장소에 가서 위험한 사람들을 잔뜩 만나기는 했지만, 갱단 보스 괴터슈파이제에게는 결과적으로 도움을 받았고, 청부업자들도 먼저 물러나 주었다. 생각하던 것보다 훨씬 덜 위험한 사람들이었다.

[다들 너무 친절했지]

[이상할 정도로]

이 메시지를 보고서 잠깐 정적. 이상하리만치 친절했던 사람들의 태도가 머릿속을 스쳐 지나갔다. 할루할로는 어느새 몸을 일으켜 나를 빤히 내려다보고 있었다. 생각 좀 하라고 말하는 것 같은 눈빛으로. 물론 상식적으로 생각하면 터무니없는 이야기였지만, 상대는 꿀 케이크가 되었다가 전신 의체로 돌아온 전력이 있는 수수께끼의 룸메이트였다. 설마, 설마.

"할루할로 너 그쪽에도 연줄이 있어? 언제 27번 구역 놈들하고 얼굴을 터놨어? 도대체 나 없을 때 무슨 일을 하기에ㅡ"

[도나우벨레]

룸메이트의 두 팔이 나를 붙들었다. 이번에도 나는 옴짝달싹할 수 없었다. 지난번보다 더 강한 힘이 팔을 눌렀고, 완벽하게 설계된 두 허벅지가 반은 고깃덩어리인 내 다리를 양쪽에서 눌러 고정했다. 저항할 수 없는 내 얼굴을 향해 할루할로의 머리가 천천히 내려왔다.

[고맙다는 인사를 아직 못 들은 것 같은데]

채 고맙다고 말하기도 전에, 이번에는 합성 입술이 내 입술을 눌러 붙들었다. 정교한 기계 손가락이 몸을 더듬기 시작했다. 고기로 된 몸과 4분의 3짜리 팔다리로는 결코 이길 수 없다는 것을 깨닫고, 나는 그 움직임에 그냥 맞춰 주기로 했다. 또 사무실에 늦으면 그 벌금은 기필코 할루할로에게 뜯어내겠다고 결심하면서.

계산상의 오류

사람 앞일이란 정말 알 수 없는 것이다.

지금처럼 괜찮은 거주 구역과 직장을 잡기 전, 나는 레드 벨벳에 옷을 납품하는 기업, 소프트 서브에서 일했다. 칩에 기본으로 입력된 구인 광고만 갖고 고른 첫 일자리였다. 그 구인 광고라는 것이 드롭스만 내면 아무렇게나 입력할 수 있는 거짓말 덩어리라는 사실을 생산 직후였던 내가 알 리 없었다. 그 결과 내 삶은 하필이면 19번 공업 구역에서 시작되고 말았다. 블랙 포레스트에서 가장 나쁜 시작법이었다.

매일 똑같이 생긴 옷에다 조금씩 다른 자수를 놓았고, 그렇게 만든 옷 중 절반은 그대로 폐기되었다. 무늬가 살짝만 비뚤어져도, 실밥이 조금만 튀어나와도 레드 벨벳의 부자들한테는 보낼 수 없으니까. 불량품을 다 골라내고 나면 할

당량은 이미 아득해진 뒤. 그것만으로도 모자라서 정기적으로 방해꾼까지 찾아왔다. 사방팔방 들쑤시며 캐묻고 다니는 게 일인 를리지외즈의 감시팀 놈들이었다.

"자, 어디까지 했죠? 이 장비 얘기 계속합시다. 78번 나사를 이번 분기에 몇 번이나 교체했는지, 그거 알려주실 차례입니다."

"그런 것까지 알아야 해요…?"

"네, 다음 취침 시간 전까지 1팀에 보내야 됩니다. 그래야 데이터를 제때 레드 벨벳에 전달할 수가 있어요. 또 그래야지 디비니티가 다음 분기 지시 사항을 정확하게 계산해서 우리한테 줄 수가 있습니다."

칩의 기본 정보에도 들어 있는 이야기다. 레드 벨벳은 어마어마하게 똑똑한 오토마톤 '디비니티'에 의해 완벽하게 관리된다. 거기에는 물론 블랙 포레스트에서 레드 벨벳으로 납품되는 각종 물건의 생산량도, 공장에서 일을 할 인원의 생산량도, 그 인원들이 들어갈 거주 구역과 먹을 케이크의 생산량조차도 포함된다. 그러니 생산과 납품을 담당하는 각 기업과 디비니티 사이에, 데이터를 모아 보내고 계산 결과를 전달하는 중간 관리 조직이 필요하게 된다. 그야말로 비극의 시작이라 하겠다.

"그러니까, 음, 다섯 번 교체했어요. 아닌가? 하난 지난 분기였나? 네 번으로 할게요."

"알겠습니다. 네 번. 그럼 다음으로 넘어가서, 79번 나사는 몇 번이나 교체했습니까?"

문제의 기계는 이전 시대에 만들어진 고물 방직기였고, 나사 몇 개가 너무 빨리 닳아서 한 분기에 열 번은 교체해야 했다. 하지만 이걸 곧이곧대로 말했다간 디비니티가 나쁘게 여길지 모른다는 게 소프트 서브 상부의 생각이었다. 만사가 이 따위 급한 땜질의 연속이었으니 공장이 멀쩡하게 돌아갈 리가 없었다. 일은 줄지 않았고, 사고는 시도 때도 없이 터졌다.

이런 엉망진창 속에서 작동을 이어 가려면 꿈이 필요했다. 어떤 동료들은 디비니티에게 자신의 꿈을 걸었다. 그 똑똑하다는 오토마톤이 언젠가 기적적인 방법을 계산해 내, 블랙 포레스트도 레드 벨벳만큼 부자로 만들어 줄 것이라고 믿으며 묵묵히 기다리고 또 기다렸다. 한편 나는 다른 곳에서 돌파구를 찾았다. 불량품을 한 상자 가득 폐기 처분하던 도중이었다.

"이렇게 멀쩡한 걸 도대체 왜 다 버려? 최고급 원단이잖아! 무늬 좀 잘못된 걸 누가 신경이나 쓰냐고! 이렇게 다 버릴 바에야 차라리 어디에 내다 팔면-"

분노 속에서 번뜩인 그 깨달음 이후로는 삶이 급격히 괜찮아졌다. 암시장을 통해 드롭스를 잔뜩 마련하자마자 일단 일부터 때려치웠고, 오른 다리를 의체로 바꿨으며, 방송에서 본 이래로 줄곧 하고 싶었던 조사관 구인 광고도 찾아냈다. 쁘띠-4의 업무는 방송처럼 흥미진진하지는 않았지만, 그래도 공장 일보다는 훨씬 나았다. 좋은 동료들도 만났고, 팔다리도 순조롭게 하나씩 교체해 나갔다. 더 나은 거주 구역으로 옮기고 싶단 생각을 할 무렵에는 예기치 못한 행운이 찾아오기도 했다. 항상 사람으로 북적거리는 DBC 공장 근처의 상가에서, 분실물 찾기 의뢰를 받아 탐문 조사를 하던 도중이었다.

[조사관이라고 했지]

[그럼 이것저것 많이 알겠네]

혹시 목격한 게 있는지 좀 물어보려고 했을 뿐인데, 어느새 내가 목격자의 질문에 더 많이 대답해 주고 있었고, 그렇게 대화가 길어지면서 상대방이 마침 거주 구역을 구하는 중이라는 사실도 알게 되었다. 둘이서 방세를 나눠 내면 부담이 덜하지 않겠느냐는 말을 거의 무의식적으로 뱉었는데, 이런 대답이 돌아왔다.

[잘 부탁해]

그렇게 해서 좋은 거주 구역도, 수수께끼 같은 룸메이트도 내 삶의 일부가 되었다. 절반의 방세라도 적은 금액은 아니었으니 더 열심히 일해야 했지만, 드라마틱한 사건을 겪으면서 방송을 탄 이후로는 그 문제도 어느 정도 해결되었다. 더 많은 고객이 쁘띠-4 사무실을 찾기 시작했고, 의뢰의 스

케일도 점점 커지더니, 마침내 지금 눈앞에는,

"잠깐만요! 정말 잠깐이면 돼요! 의뢰 내용을 다 정리해 뒀는데, 어느 폴더에 저장했는지 도대체가 보이지를 않아서, 아잇, 도대체 어디로 가 버린 거야…."

단정한 검은 머리, 타이트한 검은 옷, 2번 구역의 큰길에서나 제대로 걸을 수 있을 것 같은 가느다란 두 다리, 사무실 전체를 불안감으로 채우려는 듯 안절부절못하는 모습. 보고 있는 나까지 괜히 심란해질 정도였다. 아마 자허토르테도 마찬가지였던 모양이다. 새로 바꾼 팔다리를 괜히 움찔거리며 자세만 이리저리 바꾸다가, 결국에 이런 메시지까지 보내는 걸 보니.

[진짜 쟤 맞아?]

그야 의문이 생길 만도 하다. '엄청나게 중요한 의뢰인'이라는 말에 일찌감치 사무실에 나왔는데, 그 의뢰인이란 사람이 한참이나 저러고 있으니까. 하지만 이번 의뢰는 레이디 핑거가 오래도록 따내려고 애를 써 온 종류의 일거리. 의뢰인의 신원은 확실히 알아보았을 것이다. 물론 대답도 확실했다.

[진짜야, 자허. 릴리지외즈 감시 1팀 4급 사무원 바나나큐.]

[이번 의뢰인이셔.]

메시지창 너머의 의뢰인은 여전히 울먹이며 눈만 이리저리 굴리고 있었다. 그 모습을 보고 있자니 심란함 속에서 벅찬 뿌듯함이 슬쩍 고개를 들었다. 19번 공업 구역을 뛰쳐나온 지 얼마나 되었을까, 드디어 이날이 오고야 만 것이다. 를리지외즈 감시팀의 직원이 지금 내 앞에 있다. 공장이 어떻게 돌아가는지 시시콜콜 물어보려는 게 아니다. 그 대단하신 를리지외즈에 뭔가 단단히 문제가 생겨서, 우리 쁘띠-4에 의뢰를 하려고 온 것이다.

"찾았다! 찾았어요! 여기 있을 줄 알았다니깐!"
'엄청나게 중요한 의뢰인' 바나나큐가 기쁨에 차 그렇게 외쳤을 때, 나는 차오르는 뿌듯함 속에서 막 졸기 시작하려던 찰나였다. 아마 이만큼 중요한 의뢰가 아니었다면 벌써 잠들었을 것이다. 하지만 지금은 집중해야 할 때. 이번에야말로 드롭스를 잔뜩 벌어서 왼쪽 다리를 새로 맞추고 싶다. 이왕이면 할루할로의 전신 의체와도 맞서 볼 만한 걸로.

"저도 참 정신이 없다니까요. 도대체 어디다가 저장을 해 뒀는지 아세요? 그게 말이죠…!"

"그것도 듣고 싶지만, 먼저 의뢰 내용을 말씀해 주시면 감사하겠습니다."

아직도 정신이 없는 의뢰인과는 대조적으로, 레이디펭거의 목소리는 대단히 침착했다. 놀라울 정도였다. 어마어마한 일거리를 따 왔으니 기뻐 날뛰면서 자랑을 해도 이상하지 않은데, 이만큼 일이 커지면 오히려 냉정을 유지할 수 있는 걸까?

"그렇죠! 의뢰 내용을! 네, 네, 그러려고 온 거니까요. 세부 사항을 직접 전달하고, 여러분이 어떻게 일을 시작해서 진행하시는지 전부 정리해서 보고하고, 그러라고 들었어요. 감시 1팀이 완전 위기거든요! 온 블랙 포레스트가 엉망이에요!"

"정확히 어디가 엉망인지 말씀해 주셔야 할 것 같은데요. 죄다 엉망 아니었어요?"

자허토르테가 짓궂게 묻자, 바나나큐는 손을 마구 내저으며 부산스럽게 답했다.

"전부 엉망이에요. 정기 보고 기한이 다가와서, 2팀이랑 3팀이랑 4팀이 보내 준 기업 감시 데이터를 모아서 디비니티한테 전달하려고 했거든요? 근데 그 전에 확인 한번 하려고 봤더니, 완전히 난장판이었어요! 기업이란 기업이 다 문제투성이였다고요!"

"자허, '기업은 항상 문제 있잖아'란 말할 거면 입 다물어. 의뢰인님, 기업에 구체적으로 무슨 문제가 생겼다는 거지요?"

"음, 잠깐만요! 여기 다 적혀 있으니까 이 파일을 보내 드리면 되겠는데, 그게 정말 많거든요? 그래도 일단 받으세요!"

[문서 파일(이렇게_많아요_진짜)이 도착했습니다. 저장하시겠습니까? (5드롭스)]

[고속 저장 기능을 사용하시겠습니까? (25드롭스)]

"거기서 22쪽부터 보시면 되는데요, 너무 많죠? 정말 중요한 것부터 봐 주세요! 맞다, 그러니까 뭐가 중요한가 하면요…."

문서를 채 열어 보기도 전에, 바나나큐는 벌써 그 내용을 재잘재잘 말하기 시작했다. 도미노슈타인의 이번 분기 수익이 급감했고, 암브로시아는 인간 생산 속도를 못 맞춰서 17번 공업 구역 전체가 인력 부족이고, 콩베르사시옹은 반대로 오토마톤을 너무 많이 만들었고, 레이디 볼티모어는 새 케이크 생산 라인 건설에 차질이 생겼고, 투티프루티는 운송 지연이 엄청나게 늘었고, 파르브르통은 건설 자재가 부족하고, 소프트 서브는 할당량의 절반도 못 채울 상황이고….

"잠깐, 잠깐만요. 그 기업이 전부 다?"

"그렇다니까요! 이런 일은 없었는데!"

기업은 항상 문제가 좀 있다. 자허토르테뿐 아니라 블랙 포레스트의 누구라도 아는 사실이다. 소프트 서브에서 할당량을 한참 못 채우는 일도 가끔은 생기게 마련이었다. 하지만 기업이란 기업마다 온갖 문제가 동시에 일어났다면? 우연의 일치일 리는 없다. 뭔가 다른 원인이, 감지되지 않는 요인이 있을 게 분명했다.

"그래서, 원인이 뭐라고 생각하세요?"

이제 겨우 의뢰 내용을 들은 우리에게 바나나큐는 정말

무리한 질문을 던졌다. 당연히 이쪽에서 해 줄 수 있는 답변은 고작 이런 정도였다.

"글쎄요. 이건 좀 알아봐야겠는데요."

"빨리 되겠죠? 보고 기한이 얼마 안 남았어요! 디비니티가 이 데이터를 갖고 계산해서 지시를 내린다고 생각해 봐요! 다음 분기는 정말 파국적일 거라고요!"

보통 디비니티의 지시는 '지난 분기에 비해 생산량을 15% 늘릴 것' 정도이고, 기업은 이걸 바탕으로 자체적인 계산을 거쳐 계획을 세운다. 이 이상의 변화는 기업에서 결코 원하는 바가 아니다. 하지만 이 전무후무한 난장판 데이터가 레드 벨벳에 그대로 전달된다면? '파국적'이라는 말은 확실히 바나나큐의 과장이지만, 피곤해지는 사람이 많을 것은 자명하다. 새 지시 내용을 반영해 계획을 전면 수정해야 하는 기업, 지시를 전달하는 를리지외즈 통제팀, 그리고 만사가 지시 사항대로 진행되고 있는지 확인해야 하는 감시팀까지. 과연 우리에게 의뢰할 만도 했다.

"일 늘어나는 건 싫어요. 잔업은 싫어요. 취침 시간엔 취침을 하고 싶어…"

"알겠습니다. 지금부터 당장 조사를 시작하도록 하죠. 저와 자허는 문제가 발생한 기업을 조사해 보도록 하고, 벨레는… 따로 맡아 줬으면 하는 일이 있어."

여전히 레이디핑거는 혼자 침착했다. 그리고 그런 레이디핑거의 말에 난 더욱 흥분하지 않을 수 없었다. 이 중대한 의뢰를 맡은 상황에서, 특별히 나한테만 맡길 일이 있다고? 우리 리더가 날 그렇게 높이 평가하고 있었나? 두근거림과 어리둥절함 속에서 메시지창이 조용히 하나 떠올랐다.

[사타안다기를 좀 봐줬으면 해.]

그럴 리가 있나.

사람 감정을 기막히게 잘 읽는 할루할로였다면, 아마 메시지를 받기도 전에 알아챘을 것이다. 어쩌면 사무실에 들어오자마자 깨달았을지도 모른다. 한 번도 지각한 적이 없는 사타안다기가 하필 이 중요한 순간에 없었으니까. 반면에 나는 이어지는 메시지를 읽고 나서야 겨우 상황을 파악했다.

[이번 의뢰는 나한테는 정말 중요한 일이야.]

[그걸 사타도 이해해 줄 거라고 생각했어.]

레이디핑거가 조사관 팀 쁘띠-4의 리더로서 가장 몰두해 있던 업무는, 레드 벨벳과 조금이라도 관련된 의뢰를 찾아 어떻게든 따내는 일이다. 쁘띠-4의 명성을 높이기 위해 안간힘을 쓰는 것도, 사방팔방에 인맥을 만드는 것도 전부 그 일환이었다. 레드 벨벳의 부자들이 내건 의뢰는 를리지외즈 통제 8팀을 통해 적절한 조사관 팀에 할당된다. 그 의뢰를 맡으려면 조사팀의 이름이 알려져야 할뿐더러, 통제 8팀에 영향력도 행사할 수 있어야 한다. 비버테일이나 토르텔처럼 큰 팀에게도 쉽지 않은 그 일을 레이디핑거는 몇 번이고 해냈다.

자기 입으로는 한마디도 한 적 없지만, 레이디핑거의 속마음이 무엇일지는 나도 대충 파악하고 있었다. 레드 벨벳과 관련된 의뢰에 그토록 매달리는 마음이 무엇일지는 뻔하다. 블랙 포레스트와는 달리 모든 것이 풍족하고 완벽하다는 장소, 1번 구역의 플로트를 타고 올라가야만 도달할 수 있는 환상의 공간을 동경하는 사람이 한둘은 아니니까. 혹시라도 입 밖에 내면 비웃음을 당할까 주저하면서도, 레드 벨벳과 가까워지고픈 꿈을 계속 좇아 왔겠지. 이번 일은 그 꿈을 향한 커다란 한 발짝이다.

그런데도 레이디핑거는 전혀 기뻐 보이지 않았다.

지나치게 침착했다. 말도 안 되는 일이었다.

다른 일에 온 마음을 빼앗기지 않고서는.

[레드 벨벳에서는 인간과 오토마톤이 구분돼서 살아간다고 하잖아.]

[초월적인 오토마톤이 직접 관리하는 곳이니까.]

[그래서 부탁했거든. 일 끝날 때까지만 거리를 두자고…]

혹시라도 자신과 사타안다기의 관계가 를리지외즈를 통해 레드 벨벳에 전해지지는 않을지, 만일 그랬다간 더는 레드 벨벳과 관련된 일을 맡을 수 없게 되는 건 아닐지, 레이디핑거는 그것을 염려했을 것이다. 이런 상황에서조차 사타안다기와 '사귄다'는 말만큼은 끝까지 하지 않을 정도로. 하지만 그런 태도를 사타안다기가 좋게 받아들였을 리 없다. 할루할로가 아닌 나라도 이 정도는 알 수 있다.

[나랑 같이 있기도 싫은가 봐.]

[혼자 다른 의뢰 맡겠다고 나가 버렸어.]

[벨레 네가 따라가 주지 않을래?]

[얘기도 좀 들어 주고.]

그러니까 이것이 내가 할 일인 것이다. 쁘띠-4 역사상 가장 큰 의뢰를 해결하는 데에 힘을 보태는 대신, 단단히 화가 나 버린 오토마톤을 잘 달래서 기분을 풀어 주는 것. 정말이지 조사팀의 일이라는 건 방송에서 보던 것하고는 달라도 너무 달랐다. 이래서 사람 앞일이란 건 알 수가 없는 법이다.

사타안다기가 맡았다는 '다른 의뢰'란 흔하디흔한 사람 뒷조사. 예전에는 쁘띠-4의 주 수입원이었지만, 지금은 우선순위에서 밀리는 경우가 대부분이다. 네 사람이 나눠 맡을 수 있는 일에는 한계가 있으니까. 처음에는 그렇게 방치되어 있던 의뢰를 사타안다기가 적당히 골라 핑계로 삼은 게 아닌가 싶었다. 자세한 내용을 확인해 보고 나서는 생각이 조금 바뀌었지만.

[제 지인인 나리콜-라루가 갑자기 이상해졌습니다. 넷에서 만나 한동안 가까이 지냈는데, 원래는 얌전하고 말 없는 애였습니다만 지금은 매일 9번 구역의 클럽에서 사람들하고 놀기만 합니다. 이름도 '팝시클'로 바꾸었습니다. 포럼에는 최근 들어 '원격조종 인간'에 대한 소문이 돌고 있는데, 어쩌면 그 애도 소문처럼 칩을 통해 누군

가에게 조종당하고 있는 것은 아닐까 아무래도 걱정이 됩니다. 무슨 일이 일어난 것인지 밝혀 주세요. 비엔메사베.]

그러니까 넷에 돌아다니는 뜬소문이나 믿고서 해 온 의뢰라 이거지. '원격조종 인간'이라는 얘기 자체가 터무니없는데, 그렇게 말해 주었을 때 이 비엔메사베라는 의뢰인이 받아들일 것 같지도 않을뿐더러, 드롭스는 아예 기대를 접어야 할 판. 이건 무작위로 고른 의뢰일 리가 없었다. 사타안다기는 분명 레이디핑거가 가장 싫어할 만한 의뢰를 일부러 찾아 맡은 것이다. 다시 말해서, 정말 단단히 화가 난 것이다 – 이 사실을 깨닫고 나니 9번 구역으로 향하는 발걸음이 그렇게 무거울 수가 없었다.

그래도 내 추론에 오류가 있기만을 간절히 바랐건만, 9번 상업 구역 중앙 광장에 도착하자마자 포착된 둥근 동체는 그런 작은 희망마저 산산이 부숴 버렸다. 팔을 안쪽으로 단단히 집어넣고서 움직이지도 않는 저 모습은 누가 봐도 분노에 찬 오토마톤인데, 으으, 그래도 말을 걸어야겠지….

"사타안다기, 화 많이 났어?"

"보다시피."

아니나 다를까. 이미 사타안다기는 분노로 부글부글 끓고 있었다. 섣불리 손을 댔다간 고깃덩어리에서 의체까지 전부 녹아 버릴 정도로. 불붙은 폭발물을 앞에 둔 사람처럼 다리가 괜히 후들후들 떨렸다. 안 나오는 목소리를 쥐어짜 상황을 타개하려 해 봤지만, 그 결과는 이러했다.

"그, 기분 전환 겸 어디 놀러 갈래? 기껏 9번 구역까지 왔잖아."

"싫다."

"그럼 7번 구역은? 어, 오토마톤 정비소! 정비소가 새로 생겼다던데!"

"싫다."

나도 싫어! 싸운 건 두 사람 문제인데, 제삼자인 내가 사이에서 이렇게 짜부라지는 건 싫다고! 게다가 벌써부터 레이디펑거는 [만났어?] [사타는 좀 어때?] 따위 메시지를 보내기 시작했다. 이젠 결심할 때였다. 머리를 짜내 마지막으로 한 번만 더 시도해 보고, 실패하면 그대로 도망쳐서 아무 클럽에나 들어가 놀아 버릴 것이다.

"맞다, 의뢰받고 온 거였지? 그럼 다 잊어버리고 일에나 집중하자. 아니, 들어 봐! 네가 무슨 목적으로 그 의뢰 수락했는지 나도 아는데! 그래도 맡아 놓고서 손을 안 대면 의뢰인이 뭐라고 생각하겠어. 그치? 아무리 말이 안 되는 의뢰라도 조사하는 시늉은 해 봐야 한다고. 괜찮지? 응?"

머리를 짜냈다기보다는 떠오르는 대로 주워섬긴 것뿐인데, 이 말이 정말 다행스럽게도 성공을 거두었다. "싫다" 대신 나지막한 긍정의 웅웅 소리가 대답으로 돌아온 것이다.

물론 여전히 근본적인 문제는 전혀 해결되지 않은 상태다. 하지만 시시한 뒷조사를 하는 동안 어쩌면 사타안다기의 기분이 좀 풀릴 수도 있잖아? 이 녀석을 달랠 좋은 방법이 떠오를지도 모르잖아? 딱 그 정도의 희박한 기대만을 품은 채 나는 앞장서 발걸음을 옮겼다.

"의뢰인한테 물어봤더니, 여기가 그 팝시클이란 사람이 제일 자주 드나드는 클럽이래."

9번 상업 구역의 어느 골목에서 나는 가능한 한 활기차게 말했고, 사타안다기는 여전히 시한폭탄 모드였다. 정말이지 나도 같이 폭발해 버리고 싶었다. 9번 구역은 화가 난 오토마톤과 거닐기에는 최악의 장소였으니까. 여럿이 의체를 개조하거나, 방송을 보거나, 아니면 쾌락 중추 자극 앱 따위를 공유하는 클럽 밀집 지역답게 이 주변은 어딜 가나 들뜬 분위기로 가득하다. 우리 목표인 논퍼렐 클럽이 그나마 인적 드문 곳에 있어서 다행이었다.

회원제 클럽이라 멋대로 들어갈 수는 없었지만, 입구에 적힌 대로 오너 피에스몽테에게 메시지를 보내 사정을 설명하니 곧 문이 열렸다. 그 안에 있는 건 어두운 조명, 유행 지난 음악, 수십 개의 방과 나지막한 목소리들. 그냥 사교 클럽인 걸까? 깊이 생각하기도 전에 문제의 원격조종 인간이 그 모습을 드러냈다. 소프트 서브 스타일의 치렁치렁한 가운을 걸친 사람이었다.

"어머, 조사관들이 여긴 웬일?"

조종당하고 있단 의심까지 살 정도면 좀 이상한 구석이라도 있을 줄 알았는데, 정작 등장한 사람은 그런 기색이라고는 전혀 없었다. 암브로시아에서 만든 인간 특유의 길쭉한 체형을 제외하면 어딜 보나 평범함 그 자체. 용건을 꺼내기조차 미안해질 정도였다. 그래도 일은 해야 했지만.

"조사를 의뢰받고 왔습니다. 팝시클 맞으시죠?"

"비엔메사베가 시켰구나? 웃기는 애라니까."

가벼운 한숨이 팝시클의 입술 사이로 흘러나왔다. 한숨은 내가 쉬고 싶었지만, 지금은 이야기를 들어야겠지. 일단은 조사하는 중이니까.

"그냥 스타일을 좀 바꿔 봤을 뿐인데, 조종당하는 거 아니냐고 진지하게 묻지 뭐야. 착한 애지만 소문을 너무 잘 믿어. 괴담 포럼 알아? 거기서 만났거든."

"어, 얘기는 들었어요. 들어가 본 적은 없지만."

"언제 한번 구경해 봐. 별 이상한 소문이라든지, 직접 경험한 무서운 사건, 뭐 그런 거 올리는 데야. 비엔메사베는 거기서 꽤 유명하거든. 괴담을 엄청 많이 알더라니까? 하나 들어 볼래?"

전혀 듣고 싶지 않았다. 내가 괴담 포럼에 한 번도 안 가본 데에는 다 이유가 있다. 왜 무서운 이야기를 일부러 찾아

봐야 해? 하지만 미처 화제를 돌려놓을 시도조차 하기 전에, 팝시클은 벌써 입을 열고 있었다.

"16번 구역에서 실제로 있었던 일이래. 그쪽에는 자기 방이 없어서 그냥 나와서 사는 사람이 많잖아? 그런 사람들한테 배급하는 케이크를 가끔 도둑맞아서, 참다못한 몇 명이 잠복을 한 끝에 현장에서 범인을 덮쳤대. 그런데 몸싸움하는 와중에 그 인간이 머리를 잘못 맞아서 딱 끝나 버렸다는 거야. 작동 정지된 칩은 회수해서 팔 수 있으니까, 당연히 그 사람들이 머리를 갈라 봤겠지. 그랬더니… 그 안에 뭐가 들어 있었는지 알아?"

여기서 팝시클은 갑자기 말을 끊었다. 으스스한 침묵이 내렸다. 뭐야? 머릿속에 있는 게 고깃덩어리랑 칩 말고 더 있어? 그런 의문을 품은 순간,

"고기. 그것밖에 없었대."

"네?"

"칩이 없었다고. 제작 공정에 오류가 나서, 칩을 안 넣고 만들어 버린 거야."

이해하고 싶지 않았는데, 이래서 안 듣고 싶다고 했는데! 이미 들어 버린 이상 상상할 수밖에 없잖아! 칩이 없으면, 식별 번호도 이름도 드롭스도 없고, 당연히 뭘 사고팔 수도 없고, 무엇보다 곁에 있지 않은 사람하고는 대화도 나눌 수 없을 것이다. 블랙 포레스트의 나머지 부분과는 완전히 단절되

어서, 영원히 고독하고 또 무력하게….

"아하하, 우리 조사관님 완전 창백해지셨네. 이런 거 더 궁금하면 포럼에 가 봐. 근데 취침 시간에 못 자도 내 책임 아니다?"

"안 가요! 아무튼, 그냥 스타일만 바꿨다는 거죠? 원격조종 그런 거 아니죠?"

"아니야, 아니야. 비엔메사베한테 제발 걱정하지 말라고 전해 줘."

생글생글 웃는 팝시클을 뒤로 하고, 나는 사타안다기의 팔을 붙잡아 황급히 클럽을 빠져나왔다. 더 조사할 것도 없었다. 저 사람은 아무리 봐도 원격조종을 당하는 게 아니고, 비엔메사베의 의뢰는 완벽한 헛소리였으며, 무서운 얘기를 더 듣는 건 딱 질색이었고, 이 모든 불필요한 고생은 전적으로 사타안다기와 레이디펭거 두 사람 잘못이었다.

뭐, 시간이 지나고 나니 그렇게까지 무섭지는 않았지만. 오히려 좀 재미있기까지 했다. 이야기는 결국 이야기일 뿐이니까. 정말 두려운 것은 이야기 속의 칩 없는 사람이 아니라 피할 수 없는 현실 문제다. 이를테면 아직도 화가 안 풀린 오토마톤을 사무실까지 억지로 끌고 돌아오는 일 같은 거. 돌봐 달라는 부탁을 받았으니 9번 구역에 버려두고 올 수는 없었지만, 그렇다고 지금의 사타안다기를 레이디펭거와 만나게 두고 싶지도 않았다. 사무실 문을 여는 순간 폭발이 일어나기라도 할 것 같아 괜히 앞에서 우물쭈물하고 있었는데,

"밖에 누구 있나? 저기요! 지금 리더 없으니까 나중에 오세요!"

구원의 목소리가 들려왔다. 냉큼 들어가 보니 과연 레이디핑거는 부재중. 대신 자허토르테와 바나나큐만 빈둥거리며 잡담이나 하고 있었다. 기업 조사하러 간다고 하지 않았나? 내 미심쩍은 표정을 본 자허토르테가 급히 변명을 늘어놓았다.

"야, 나 놀고 있던 거 아니다? 레이디핑거랑 같이 가려고 했는데, 아무래도 지금 걷기가 좀 힘들어서 그래. 다리 바꿨잖아."

"적응 기간 되게 기네. 난 잠깐이면 되던데."

"그건 무난한 모델 얘기지. 난 이번에 모험을 조금 해 봤거든. 지난번에 얻은 것 중에 미나즈키 모터랑 살미아키 8번 관절이 있어서…. 아무튼 구동 방식이 완전히 달라. 조금만 속도 내면 넘어질 것 같더라니까."

이건 자허토르테가 하는 변명치고는 꽤 괜찮았다. 고기 팔다리를 본뜬 무난한 의체와는 달리, 특수한 기능이 붙었거나 작동 방식이 이질적인 모델은 익숙해지기까지 시간이 꽤 걸린다고 하니까. 유명한 업자에게 맞췄다면 적응을 돕는 앱이라도 딸려 오겠지만, 하필 자허토르테의 의체는 직접 만든 물건. 걷기 어렵다는 말도 납득이 간다.

"그래서 사무실에서 놀고 있었던 거야? 중요한 의뢰인이랑?"

"아니, 레이디핑거가 보내 주는 자료 정리해서 같이 살펴보려고 했는데, 별로 오는 게 없더라고. 너희도 한번 볼래?"

사타안다기는 대꾸도 없이 구석에 틀어박혀 게임을 시작했지만, 나는 큰 일거리에 손을 대 볼 기회를 마다하지 않았다. 남의 연애나 봐 주려고 조사관이 된 건 아니니까. 비버테일이나 토르텔처럼 근사하게 사건을 해결하고 싶어서 공장을 나온 거니까. 하지만 그런 열정만으로 사건이 해결되는 게 아니라는 사실은 자료를 좀 훑어보자 바로 명백해졌다.

"진짜 별거 없네."

"내가 괜히 빈둥거린 게 아니거든."

아무래도 우리의 리더는 꽤 어려움을 겪고 있는 모양이었다. 지금쯤이면 여러 기업을 돌아다녀 보았을 텐데, 정작 보내온 건 도미노슈타인의 회계 기록이 전부였으니까. 파르브르통과 투티프루티는 조사 자체를 거부했다. 암브로시아에서 근무하는 레이디핑거의 지인도 별 이야기를 해 주지 않았다. 단서가 이렇게나 없으니 부질없는 추측만 난무했다.

"이거 아닐까? 봐, 도미노슈타인의 매출 감소는 대부분이 계산 기능 때문이야. 기업이 자주 쓰는 기능이잖아? 여기에 뭔가 문제가 생겨서 기업이 일을 몇 번 망쳤고, 그래서 더는 안 쓰게 된 거라면…"

"계산 기능은 우리도 자주 쓰잖아. 사건 발생 장소 넣으면 범인 거주 구역 대충 찍어 주는 거. 최근에 그거 써서 뭐 잘못된 적 없었는데?"

"그러게. 하기야 계산 기능 문제였으면 기업에서 말을 안 해 줄 이유도 없겠다. 자기네들 잘못도 아니니까."

그렇다면 이번 일의 원인은 기업 쪽의 실수라는 뜻이다. 하지만 어떻게 유수의 기업들이 동시에 비슷한 실수를 저질렀을까? 단서가 더 필요했지만, 기업은 자기네들 잘못을 결코 쉽게 알려 주지 않는다. 감시팀에 발각되면 귀찮아진다는 사실을 잘 아니까. 우리 같은 조사관이 억지로 알아내려고 했다가는 정지당해도 할 말이 없을 정도다. 내가 소프트 서브에서 보고 들은 일을 아무 데서나 떠들고 다니지 않는 이유다.

"진짜 뭐 어떻게 해야 하나? 모르겠다. 일단 좀 쉴래."

"그럴 줄 알았지."

내가 고생하는 동안 의뢰인하고 수다나 떨던 자허토르테가 말하니 좀 얄미웠지만, 이젠 나도 달리 할 일이 없었다. 시간이나 때울 겸 같이 수다나 떠는 수밖에. 마침 들려줄 얘기가 하나 있기도 했다.

"…칩이 없었던 거야."

비명이 사무실을 가득 채웠다. 팝시클에게 들은 괴담의

효과는 과연 확실했다. 공포에서 자유로운 것은 구석에서 청각을 차단하고 게임 삼매경에 빠진 사타안다기뿐이었다. 겨우 진정한 자허토르테가 아직 떨리는 목소리로 물었다.

"그래서, 그 사람도 이 얘기를 넷에서 봤대?"

"자기가 그러던데. 이런 괴담 올리는 포럼이 있다나 봐."

"아! 제가 알아요! 주소 찾아서 보내 드릴게요!"

바나나큐가 불쑥 끼어들었다. 사무실을 깨뜨리기라도 할 것처럼 제일 크게 비명을 질러 놓고선, 회복하는 속도는 또 의외로 빠른 모양이었다.

"감시 6팀에 있는 친구가 가르쳐 줬거든요! 여론 담당 부서인데, 블랙 포레스트에 떠도는 이야기는 진실이든 아니든 다 수집한대요. 그걸 우리가 또 정리해서 디비니티한테 보내죠!"

"디비니티한테 괴담까지 모아 보내요? 왜 자기가 직접 안 읽고? 별일을 다 시키네."

"그럼 제 친구는 실직자 되잖아요. 그것까지 다 계산대로라고요!"

이길 수 없는 논리 앞에서 자허토르테는 바로 입을 다물었다. '모든 것이 똑똑한 디비니티의 계산대로'라는 논리는 소프트 서브 시절에 여러 번 접해 보았고, 경험상 말을 안 섞는 게 최선이었다. 갈 수도 없는 레드 벨벳에 사는 오토마톤의 성능 따위보다 더 중요한 일이 블랙 포레스트에는 널리고 널렸으니까. 이를테면 '바나나큐는 언제쯤 포럼 주소를 찾아내서 보내 줄 것인가' 같은.

"아! 찾았다! 메모가 왜 기밀 서류 폴더에 들어가 있었을까요? 진짜 이상하죠?"

바나나큐의 저장 공간 정리 능력은 물론 이상했지만, 괴담 포럼에서 본 온갖 이야기에 비하면 아무것도 아니었다. 밟은 사람의 작동을 정지시키는 광고 타일, 갱 오토마톤이 부품을 뜯어 가려는 라이벌 조직원을 겨냥해 심어 둔 치명적 악성 코드, 유명한 음악 재생 앱에 숨은 비밀…. 대부분은 이렇게 터무니없었지만, 개중에는 조금 더 그럴듯한 괴담도 있었다. 친구의 친구에게서 들었다거나, 친구가 직접 경험했다거나 하는 이야기들이었다.

"아, '원격조종 인간'도 여기 있네. DBC 생산 라인에서 막 나온 사람이 갑자기 멋대로 움직이는 걸 관리자가 목격했는데, 회사에서는 무작정 은폐하려고만 했다나 봐. 하기야 이런 얘기가 디비니티한테 들어가면 무슨 지시가 내려올지 모르긴 해."

"이런 얘기를 믿어? 도나우벨레 넌 더 현실적인 줄 알았는데."

"현실이 그러니까 그렇지. 여기 소프트 서브 얘기도 하나 있는데, 이건 괴담이 아니라 – 아니다, 그만 말하자."

소프트 서브의 8번 포장 라인에는 안전사고가 엄청나게

자주 일어나는 기계가 하나 있다. 괴담에 나온 대로 아무 이유도 없이 오작동하는 건 아니다. 조작 레버가 이상한 데에 달려 있어서 지나다니다가 툭툭 건드려지는 바람에, 내가 근무하던 동안에만 세 명을 작동 정지시켰을 뿐이지. 아무튼 이 포럼에 올라와 있는 '현실적인' 괴담 중에는 이런 이야기가 많았다. 조금 과장을 섞었을 뿐, 어느 기업에서나 충분히 있을 법한 이야기. 자허토르테도 몇 편을 읽어 보더니 곧 내 의견에 수긍한 모양이었다.

"*하지만 비버테일의 조사관들은 조사를 거부하고 있다.* 이게 정말 사실이라면, 래밍턴 의체 성능이 왜 그 모양인지도 설명이 되네. 왜 그딴 걸 계속 만드는지도."

"'케이크 제조 공정에서 일어난 사고.' 으, 케이크 맘 놓고 먹으려면 이건 안 읽어야겠다. 그건 그렇고 자허토르테, 이 괴담들 역시 좀…."

마침 뭔가 떠오르려는 순간이었는데, 하필 레이디펑거가 문을 벌컥 열고 들어왔다. 곧이어 사타안다기는 아무 말도 없이 홱 퇴장. 무슨 일이 일어난 건지 머리가 깨닫기도 선에 어마어마한 싸늘함이 후폭풍처럼 온 사무실을 휘감았다. 생각은커녕 버티고 있기조차 힘든 그 분위기로부터 바나나큐가 급히 도망쳤고, 리더도 "다음 시간에 계속하자"라는 말만 남긴 채 떠났다. 나는 그다음이었다.

고생스러운 일과를 보낸 뒤에는 아무래도 말이 많아진다. 케이크를 먹으면서, 의체를 닦으면서, 침대에 앉아 노닥거리면서도 겪은 일을 계속 이야기하게 된다. 고맙게도 내 두서없는 푸념을 룸메이트 할루할로는 항상 가만히 들어 준다. 제대로 듣는 건지, 아니면 안 듣고 텍스트나 읽는 중인지 사실 외관상으로는 구분할 수가 없지만.

[의심하는 모양이네]

[제대로 듣고 있어]

"정말?"

[계속 그 둘 얘기 했잖아]

그야 의뢰보다도 레이디핑거와 사타안다기의 싸움이 훨씬 고생스러웠으니까. 이 냉랭한 감정싸움이 앞으로도 지속된다면 정말 출근하기가 싫어질 것이다. 문제는 이게 시간이 지난다고 알아서 잘 해결될 것 같지가 않다는 사실이다. 사타안다기가 아주 단단히 화가 났으니, 오히려 점점 심해지지만 않으면 다행일까.

"이런 문제는 네 전문 아냐, 할루할로? 걔네 사귀는 것도 방송 힐끗 보고서 알았잖아."

[네가 둔한 거야]

"그래, 그렇다 치자. 둔한 룸메이트한테 조언 좀 해 줄 수 없겠어? 걔네 화해부터 안 시키면 정말 일이고 뭐고 못 할 것 같단 말이야."

열심히 아부를 하며 매달리자 과연 반응이 있었다. 내 몸을 살짝 밀쳐 내고, 가볍게 한 번 끄덕이고, 생각에 잠긴 채 침묵. 전신 의체의 부드러운 작동음을 듣고 있으려니 곧 메시지가 잔뜩 도착했다. 역시 믿을 수 있는 룸메이트였다.

[두 사람 일은 둘이서 해결하는 거야]

[하지만]

[싸움의 원인을 제거해 주면]

[해결은 더 빨라지겠지]

[릴리지외즈 의뢰에 집중해]

[괴담은 신경 끄고]

과연 생각해 보니 두 사람이 싸우게 된 계기는 릴리지외즈의 의뢰였다. 레드 벨벳과 연관된 일이라서 레이디핑거가 사타안다기와 거리를 두고 싶어 한 게 문제니까, 그 의뢰를 해결해 버리고 나면 둘 사이를 가로막은 장벽도 사라지는 셈. 나는 평소처럼 일에 집중하기만 하면 된다는 명쾌한 해답이다.

"그러면 정말 금방 화해할까?"

[무슨 소리야]

[그때부터 시작이지]

이런 절망적인 부분에서까지 명쾌한 것도 할루할로답고. 하지만 뭘 해야 할지 알겠다는 사실만으로도 벌써 머리가 가벼워지는 느낌이었다. 이런 기분이라면 할루할로한테 정말 들려주고 싶었던 이야기를 드디어 해 줄 수도 있을 것이다. 내 고민을 들어 준 룸메이트에게 조금 미안한 짓이기는 했지만, 역시 이런 날은 기분 전환이 좀 필요하다.

"할루할로, 내가 진짜 무서운 얘기 하나 알아 왔다?"

반응이 재밌었으면 좋겠는데!

[시시하네]

[제법 긴장했는데]

[칩이 없는 게 뭐]

정말 말도 안 되는 반응이었다. 이럴 리가 없었다. '칩 없는 사람'은 지금까지 들은 가운데서도 가장 무서운 괴담이었는데, 어떻게 저렇게까지 무덤덤할 수가 있지? 원래 무표정한 데다 지금은 전신 의체인 것까지 고려하더라도, 조금도 놀라지 않는 할루할로의 모습은 그 자체로 괴담 소재가 될 정도였다. 혹시 조금이나마 표정이 바뀐 건 아닐까, 가까이서 보려던 나는 또 밀려나고 말았다. 역시 공포의 흔적조차 보이지 않는 움직임이었다.

[아니]

[뭘 무서워하란 건지 모르겠는데]

"칩이 없었다고 하잖아! 그 사람이 어땠을지 생각을 해 봐! 엄청 외롭고, 아무것도 못 하고, 그렇게 계속 살았을 거 아냐!"

[그런 게 그렇게 중요한가]

칩을 통해서만 의사소통하는 애한테서 나오리라곤 정말 상상도 못 한 발언이었다. 이 블랙 포레스트 사람이라면 누구나 이해하고 두려워할 만한 이야기인데도, 역시 내 룸메이트는 예상대로 나오는 법이 단 한 번도 없었다. 이어진 메시지 역시 예상을 훌쩍 뛰어넘긴 마찬가지였다.

[칩이 없으면 불편하겠지]

[하지만 자유롭잖아]

[광고도 없고]

[감시도 없고]

상상해 본 적조차 없는 관점 앞에서 잠시 머리가 멍해졌다.

광고와 감시로부터 자유로워진다는 건 블랙 포레스트에선 말도 안 되는 일이다. 짜증 나는 광고 타일도, 도미노슈타인의 드롭스 갈취도, 위치 추적도 피할 방법은 없다. 생산되는 그 순간부터 머릿속에 칩이 들어 있으니까. 하지만 '칩 없는 사람'은 다르다. 광고도 볼 필요 없고, 무슨 짓을 저지른들 위치도 알 수 없고, 그 존재조차 드러나지 않는다. 만일 그런 게 정말 가능하다면….

"그래! 그럼 설명이 되잖아! 이론상으로는 가능해!"

끊겨 있던 회로가 이어지기라도 한 것처럼 머릿속이 순간 번뜩였다. 왜 블랙 포레스트의 중요한 기업들이 죄다 문제를 일으키기 시작했는가? 도미노슈타인의 매출은 왜 감소

했고, 기업들은 왜 입을 다무는가? 이 모든 수수께끼를 해결할 수 있는 가설 하나가 괴담 속에 숨어 있었던 것이다. 아직 확실한 건 아니었지만, 확인해 보려면 약속도 잡고 사람도 좀 만나 봐야 하겠지만, 그래도 이건 걸어 볼 만한 가능성이었다. 물론 적중한다면 결정적인 힌트를 준 룸메이트 덕분인 거고!

"고마워, 할루할로! 보너스 타면 선물 사 줄게!"

그렇게 외치면서 와락 껴안았는데도 할루할로는 여전히 무뚝뚝했다. 평소에는 자기가 먼저 달려드는 주제에. 하지만 점점 더 밀착해 가는 내 몸을 거부하지는 않았고, 침대에 쓰러뜨리는 동안에도 매끄러운 전신 의체는 저항 없이 힘을 받아들였다. 금빛 인공안구만이 복잡하게 움직이며 이쪽을 올려다보고 있었다. 그리고 다음 순간,

[초조해하긴]

[걱정하지 마]

[우리 사이는 괜찮아]

그 메시지와 함께 기계장치 팔이 나를 휘감아 붙들자, 주도권은 순식간에 할루할로의 손에 들어갔다. 달을 틈조차 나지 않아 눈앞에서 흔들리는 메시지창은 내가 처음부터 이 녀석한테 휘둘리고 있었다는 증거. 레이디핑거와 사타안다기가 싸우는 걸 봐서 어쩐지 조급해졌고, 우리 사이에는 아무 문제도 없다는 것을 어서 확인하고 싶어졌으며, 그래서 계속

내 쪽에서 달라붙으려 했다는 걸 할루할로는 이미 알고 있었던 것이다. 그렇다면야 이젠 이길 수 없는 룸메이트에게 몸을 맡기는 수밖에.

취침 시간이 끝난 뒤에도 격렬한 엔터테인먼트의 여파는 왼쪽 다리를 얼얼하게 했지만, 의뢰를 해결해야 한다는 생각에 몸을 빠릿빠릿하게 움직였다. 할 일은 간단했다. 내 가설을 증명해 줄 사람에게로 찾아가 몇 마디 물어보기만 하면 끝이니까. 다만 그러려면 먼저 쁘띠-4의 리더인 레이디핑거, 그리고 의뢰인 바나나큐, 두 사람에게 이 간단한 계획을 납득시킬 필요가 있었다. 이건 그렇게 간단하지 않았다.

"꼭 여기 들어가야 하나요? 아니, 물론 여러분이 가시면 저도 따라가서 확인하는 게 맞는데요! 그래도 제가 공동묘지에 발 들이려고 를리지외즈 사무관 된 건 아니라서!"

"맞아, 벨레. 게다가 갱단이랑 만날 거라면서. 걔네가 정말 단서를 갖고 있다고 확신해? 로나랑 리아한테 경호라도 부탁해 볼까?"

걱정으로 가득한 이 둘을 27번 구역까지 데려올 수 있었던 데에는 자허토르테와 사타안다기의 공이 컸다. 자허토르테는 지난번에 한 번 와 보았으니만큼 전혀 두려움이 없었고, 새 의체에도 어느 정도 적응됐는지 폐허 사이로 바나나큐를 부축해 가며 잘 움직였다. 한편 사타안다기는… 아무런 말도 없이 따라왔다. 아마 사타안다기가 무작정 오겠다고 하지 않았으면 레이디핑거도 안 왔겠지. 현재진행형인 둘 사이의 냉랭함이 조금이나마 도움이 된 셈이다.

파국의 상흔이 그대로 남은 '파리들의 공동묘지' 한복판에 도착하자 곧 사방에서 기척이 느껴졌다. 이 구역을 지배하는 판데무에르토 갱단은 침입자를 결코 내버려두지 않는다는 무자비한 녀석들. 레이디핑거와 바나나큐는 두려움에 완전히 움츠러들었지만, 나는 무서워할 이유가 없다는 사실을 알았기에 오히려 크게 외쳤다.

"저기요! 아까 연락하고 온 도나우벨레인데요! 보스한테로 안내 좀 해 주시겠어요?"

이윽고 저 멀리서 오토마톤 하나가 슬쩍 손짓하는 게 보였다. 어깨를 으쓱하고서 가장 먼저 앞장선 것은 나였고, 자허토르테와 사타안다기가 그다음. 머뭇거리던 나머지 둘도 27번 구역의 어두컴컴한 뒷골목으로 마지못해 따라 들어왔다.

"그래서, 뭘 확인하려고 여기까지 온 거야?"

미로처럼 복잡한 골목을 따라 목적지까지 가는 도중 자허토르테가 속삭이듯이 물었다. 물론 확인하고 싶은 건 이번 사건의 진상이다. 여러 기업에서 동시다발적으로 발생한 문제의 원인은 바로 이곳에 숨겨져 있으리라는 것이 내 추리였으니까. 그 단서는 진작부터 우리 손에 들어와 있었다.

"다른 기업들은 생산량을 못 맞추거나 작업에 차질이 생겼지만, 도미노슈타인의 문제는 매출이 크게 떨어진 거였어. 회계 기록에 따르면 그건 계산 기능이 안 팔렸기 때문이고. 그렇다면 역시 계산이랑 관련된 일 아닐까? 난 지난번 추측이 꽤 근접했다고 생각해."

"계산 기능에 오류가 있어서, 문제가 계속 일어나니까 기업에서 안 쓰게 됐다는 거? 그건 말이 안 된다고 내가 그랬잖아. 우리도 똑같은 앱 썼는데 아무 문제도 없었다고."

"맞아. 말이 안 되지. 그럼 이렇게 가정해 보면 어떨까? 기업에서 계산 기능을 안 쓰게 된 이유는 문제가 있어서가 아니라, 대체할 수단을 찾아냈기 때문이라고. 도미노슈타인에 드롭스를 안 내고도 복잡한 계산을 할 수 있는 방법 말이야."

그런 방법이 존재한다면 기업에서는 쓰지 않을 이유가 없다. 도미노슈타인에 계산을 맡길 때마다 발생하는 적지 않은 지출을 없앨 수 있을 테니까. 물론 이 추측에는 한 가지 치명적인 결점이 있다.

"그런 게 있으면 도미노슈타인에서 진작 처리해 버렸을 걸? 자기네 서비스랑 조금이라도 비슷한 앱 나오면 어떻게 하는지 알잖아. 계산 앱 만드는 건 자기 스위치 끄는 짓이야."

"앱이라면 그렇겠지. 칩에 들어 있는 건 감시할 수 있으니까. 하지만⋯."

때마침 갱단 기지에 도착했기에 잠시 말을 멈추어야 했다. 입구에 버티고 선 거대한 오토마톤을 보고서 바나나큐가 거의 기절하려고 했으니까. 갱단 2인자의 위압감 앞에서는 사타안다기조차 동요를 숨기지 못했다. 이윽고 그 오토마톤은 우리 존재를 확인하고서 크게 소리를 질렀다.

"보스! 손님 오셨어! 나와서 인사!"

그 말에 작은 주행식 오토마톤이 기다렸다는 듯 달려 나왔다. 각진 동체 아래에 바퀴가 여섯 개 달린 콩베르사시옹의 내구형 모델이었다. 지난번과는 전혀 다른 모습이었기에 잠깐 헷갈릴 뻔했지만, 과연 활기차게 떠들어대는 소리만큼은 그대로였다.

"도나우벨레랑 자허토르테! 그리고 그 친구들이랑, 를리지외즈의 끄나풀도 있네? 하하, 농담이야. 들어와서 편하게 있어. 이 괴터슈파이제한테 물어볼 게 뭔지는 모르겠지만!"

판데무에르토 갱단의 보스 괴터슈파이제. 파리들의 공동묘지를 지배하는 공포의 제왕. 이 오토마톤이야말로 이번 의뢰의 결정적인 단서를 갖고 있을지도 모르는 사람이었다.

"이전 시대의 물건? 그야 잔뜩 있지. 부자 수집가가 드롭스 잔뜩 주면서 닥치는 대로 파내 달라고 했거든. 하지만 원하는 거 있으면 자허토르테한테는 특별히 싸게 해 줄게! 착한 괴터슈파이제!"

고작해야 질문 한마디 했을 뿐인데, 괴터슈파이제는 묻지 않은 말까지 신나서 재잘재잘 대답했다. 지난번에 들은 그대로였다. 본인이 직접 '이 공동묘지에서 나온 굉장하고도 신기한 물건들을 갖고 있다'는 얘기를 했으니까. 27번 구역은 끔찍한 파국을 맞이해 버린 이전 시대의 잔해가 묻힌 장소. 블랙 포레스트가 만들어지기도 전의 골동품을 구할 수 있는 곳은 오직 여기뿐이다. 그중에서도 내가 찾으려는 것은,

"딱히 뭘 사러 온 건 아닌데, 혹시 이런 물건 본 적 있어? 이전 시대에 계산을 하기 위해서 만들어진 장치인데, 전문가용이라 되게 복잡한 계산까지 가능한 거야. 그러니까 칩에 딸린 계산 기능하고 비슷하면서도 인제 칩은 없는 거지. 이전 시대 물건이니까."

이론상 가능하다는 사실만 아는 장치를 상상해서 설명하느라 조금 횡설수설했지만, 괴터슈파이제는 내 말을 바로 알아듣고서 부하 하나를 어딘가로 보냈다. 얼마 후 그 부하는 생전 처음 보는 물건을 들고서 다시 나타났다. 커다란 스크린과 버튼 수십 개가 달린, 무슨 복잡한 조종 장치처럼 생긴 전자 기기였다. 장치 상단에 적힌 이름이 먼저 눈에 들어왔다.

"443형 아라모드 114-45… 이게 그 물건이야?"

"맞아. 상태 좋은 걸 잔뜩 찾아냈는데, 도대체 뭔지 모

르겠더라고. 그래서 수집가한테 상자째 가져갔더니 설명서를 번역해 주더라니까? 이름하야 '공학용 계산기'라는 녀석이래!"

이거야말로 할루할로의 말을 듣고 불현듯 떠올린 바로 그 물건이었다. 갑작스러운 도미노슈타인의 매출 하락에서부터 기업의 온갖 문제까지, 이 모든 소란을 일으킬 수 있는 이전 시대의 위험한 파편. 마지막 단서가 손에 들어왔으니 이제는 진상을 밝힐 때였다.

그러니까 이렇게 된 것이다.

골동품 수집가의 부탁을 받고 폐허를 파헤치던 판데무에르토 갱단이 '공학용 계산기'라는 물건을 잔뜩 발굴한다. 수집가에게 물어보니 놀랍게도 이것은 이전 시대에 복잡한 계산을 할 때 쓰던 물건. 괴터슈파이제는 이 물건이 가진 가치를 바로 깨달았을 것이다.

"이전 시대에는 칩도 도미노슈타인도 없었어. 당연히 이 장치도 칩에 연결되어 있는 게 아니지. 계산이 공짜인데 도미노슈타인에서는 알 방법도 없다고. 괴터슈파이제, 이걸로 드롭스 좀 벌지 않았어?"

"두말하면 잔소리지. 똑똑한 괴터슈파이제는 이런 사업 기회를 놓치지 않으니까!"

디비니티의 지시를 바탕으로 매 분기 계획을 짜야 하는

기업들에, 이 계산기는 그야말로 기적의 장치나 마찬가지다. 도미노슈타인에 지불해야 할 막대한 계산 비용을 아껴 주는 물건이니까. 괴터슈파이제가 이런 장치를 기업에 잔뜩 팔아 넘겼다면, 당연히 도미노슈타인의 매출은 급락할 수밖에 없다. 물론 기업에선 도미노슈타인에 이 사실이 알려지지 않도록 철저히 함구령을 내렸을 테고.

"잠깐, 도미노슈타인은 알겠는데, 그럼 다른 기업에선 왜 문제가 생겼죠? 역시 이 기계에 결함이 있었던 거군요! 불량품을 판 거네요!"

"글쎄요? 그럴 수도 있지만, 전 아니라고 생각해요. 계산기가 멀쩡하게 작동하더라도 문제는 생길 테니까요. 자, 보이시죠?"

그렇게 말하며 계산기를 불쑥 내밀었더니, 바나나큐는 깜짝 놀라면서도 그 복잡하게 생긴 전자 기기를 뚫어지게 응시했다. 뭐가 뭔지도 모를 수십 개의 버튼, 알 수 없는 언어로 적힌 문장, 처음 보는 기호… 슬슬 그냥 정답을 가르쳐 줘야겠다고 생각할 때쯤 바나나큐가 울먹이며 말했다.

"너무 복잡해요! 하나도 모르겠어요!"

"정답이에요. 너무 복잡하죠."

이것이 기적의 공짜 계산 장치가 가진 치명적인 단점이다. 지금까지 계산을 죄다 칩에 맡겨 온 사람이 쓰기엔 사용법이 너무 어렵다는 것. 아마 이전 시대의 불쌍한 전문가들은 이 기기를 오래도록 쓰면서 조작법을 손에 익혀야 했으리라.

"기업의 높으신 분들이야 드롭스를 아끼고 싶었을 테니, 앞으론 칩 대신 이걸로 계산하란 지시를 내렸겠죠. 하지만 이렇게 복잡한 걸 갑자기 쓰라고 하면 어떻겠어요? 당연히 실수가 잔뜩 생기지 않을까요?"

"아, 의체처럼 말이지? 이 다리 길들이느라 힘들었던 것처럼?"

자허토르테가 말한 대로다. 의체를 바꾼 직후에는 쉽게 비틀거리거나 넘어지는 것처럼, 계산기를 처음 쓰는 사람은 어처구니없는 실수를 연발하게 될 것이다. 무심코 숫자 하나를 잘못 입력하면 오토마톤이 두 배나 많이 만들어진다. 설명서를 잘못 읽고 엉뚱한 기호를 집어넣으면 필요한 건설 자재의 양도 엉뚱하게 계산된다. 시간에 쫓겨 계산을 다시 체크하지 못하면 배달 동선을 엉망으로 짜게 된다. 단순한 실수에서 생겨난 이토록 많은 계산상의 오류 - 그것이 이번 사건의 진상이었다.

"과연 그렇군요! 이제 직접적 원인 적었고, 정황 적었고, 대책은… 이건 뭐라고 써서 보고하면 될까요?"

"글쎄요, 그냥 내버려둔다? 새 의체도 적응 기간 지나면 잘 움직이잖아요. 계산기도 똑같겠죠, 뭐. 도미노슈타인은 이 기회에 혼 좀 났으면 좋겠고."

이 대답에 바나나큐의 얼굴은 지금까지 본 적 없을 정도로 환해졌다. 이대로 기다리기만 하면 해결될 문제라는 말은, 디비니티의 지시가 크게 바뀔 것을 걱정하지 않아도 된다는 뜻이니까. 지시 변경이 없으면 혼란도 없고 잔업도 없다. 놀랍도록 행복한 결말이었다.

결말은 행복하게 끝났는데, 행복하지 않은 사람이 아직 둘 남아 있었다. 레이디핑거와 사타안다기 사이를 틀어 놓은 의뢰는 마무리되었지만, 바나나큐와 헤어져 사무실로 돌아가는 동안에도 둘은 서로 한마디도 하지 않았다. 할루할로의 말대로 이제부터가 진짜 시작인 셈이다. 먼저 용기를 내움직인 것은 레이디핑거였다.

"미안해, 사타. 아무리 의뢰가 중요해도, 널 화나게 할 생각은 없었는데⋯."

이걸로 마무리되면 얼마나 좋았겠느냐마는 사타안다기의 대답은 단호했다. 대꾸조차 하지 않고 그대로 몸을 돌려, 사무실과는 반대 방향으로 굴러가기 시작한 것이다. 역시 사과 한마디로 풀릴 화가 아니었다. 그리고 그 불똥은 자연스레 나에게로 튀었다.

"벨레, 부탁 한 번만 더 해도 될까?"

"보너스나 챙겨 줘. 이번에야말로 다리 갈아 치우게."

어차피 이렇게 될 줄 알고 있었다. 레이디핑거는 발이나 동동 구르면서 어쩔 줄 모르고, 사타안다기는 화해할 생각

138

이라고는 전혀 없어 보이니, 여기서는 다시 내가 나서야겠지. 물론 나는 할루할로처럼 남의 감정을 꿰뚫어 보고 적절한 해결책을 제시할 수는 없다. 하지만 아마 화나는 일을 잠깐 잊게는 해 줄 수 있을 것이다. 마침 괜찮은 방법도 하나 떠올려 둔 참이었다.

힘껏 굴러가는 오토마톤을 따라잡는 건 쉬운 일이 아니었지만, 다행히도 사타안다기는 튜브 정거장 앞에 멈춰 섰다. 레이디핑거한테서 가능한 한 멀리 도망치려는 모양이었다. 그런 녀석을 붙잡아서 데려갈 생각은 없다. 일단은 같이 가면서 얘기나 좀 들어 주는 것부터 시작이다.

"저런 사과는 받아 줘도 의미가 없다."

이쪽은 쳐다보지도 않고 게임에 빠져든 채, 사타안다기가 단호하게 말했다.

"지금은 사과하지만, 그다음엔? 또 레드 벨벳하고 관련된 의뢰가 오면, 레이디핑거는 또 똑같이 굴 거다. 근본적인 해결이 되질 않는다."

레이디핑거한테는 미안하지만 솔직히 맞는 말이었다. 레드 벨벳과 가까워지는 것은 레이디핑거의 꿈이다. 중요한 순간에는 사타안다기의 우선순위가 밀릴 수밖에 없겠지. 그렇다고 해서 꿈을 바꾸라고 요구하는 건 말도 안 되는 일이다. 이 사실을 깨닫고 나니 사타안다기가 단지 화가 났다기보다는, 슬퍼하고 있는 것처럼 보이기도 했다. 해답이 없는 상황에 갇힌 셈이니까.

"있지, 돌아가기 싫으면 지난번 의뢰나 마저 해결할래?"

슬픔에 잠긴 오토마톤도 이 말에는 놀람을 감추지 못했다. 그야 '지난번 의뢰'라고 하면 사타안다기가 공들여 고른, 가장 쓸모없고 레이디핑거가 가장 싫어할 만한 일거리니까. 하지만 이번에는 머리를 짜내 아무 제안이나 내뱉은 게 아니었다. 그 쓸모없는 의뢰를 해결하는 일이 생각보다 쓸모없지도 않을뿐더러, 사타안다기에게 긍정적인 자극이 될지도 모른다는 가능성에 걸었을 뿐. 왜냐하면,

"네 덕분에 좀 짜증 나는 일을 막을 수 있을 것 같거든."

지인이 괴담 속 '원격조종 인간'일지 모르니 조사해 달라는 터무니없는 의뢰. 이것만 봐선 쁘띠-4가 나설 일은 전혀 아니다. 조종당하고 있다는 문제의 인물, 팝시클을 만나고 나서는 그 생각이 더욱 굳어졌다. 하지만 공교롭게도 팝시클에게서 소개받은 괴담 포럼이 의심을 품는 계기가 되었다. 갖가지 말도 안 되는 괴담에 슬쩍 섞여 든, 조금 더 말이 되는 이야기 때문이었다.

"소프트 서브에서 일어난 사고 얘기가 있었어. 좀 부풀려져 있긴 했지만, 지어낸 이야기가 아니라 사실이더라고. 그걸 읽고 나니까 다른 괴담들도 좀 달리 보이지 뭐야."

래밍턴의 의체 디자인 절차부터 레이디 볼티모어의 케이크 제조 공정까지, 기업 여기저기에서 충분히 일어날 수 있는 일들이 '괴담'이라는 이름으로 포럼에 올라오고 있었다. 이야기를 조금 더 재미있게 만들어 주는 약간의 과장만이 섞인 채로. 그렇다면 괴담 포럼은 더 이상 순수하게 괴담만을 즐기는 곳이 아니다. 기업의 내부 고발이 은밀히 이루어지는 장소다.

"나도 돌이켜 보면 까발리고 싶은 거 엄청 많았거든? 사람 팔이 날아가든, 작동 정지가 되든 이놈의 기업들은 관심이 없단 말이야. 대놓고 말하고 다녔다간 입막음이나 당하고. 블랙 포레스트에는 이런 고발의 장이 필요해."

"나는 잘 모르겠다."

침묵을 지키던 사타안다기가 별안간 목소리를 냈다. 좋은 징조였다. 그 모든 분노와 슬픔에도 불구하고, 내가 꺼낸 화제에 조금이나마 관심이 생겼다는 뜻이니까.

"고발을 해서 얻는 게 뭔가? 포럼에서 괴담인 척 불평해 봐야 아무 일도 일어나지 않는다. 케이크 제작 공정에 무슨 문제가 있더라도 안 먹을 수는 없고, 소프트 서브는 계속 옷을 납품할 거다. 우리가 기업을 바꿀 방법은 없다."

"아주 정론이긴 한데, 그래서 이 괴담 포럼이 재미있는 방법인 거야."

바나나큐의 말에 따르면, 를리지외즈 감시 6팀은 진위와 무관하게 모든 소문을 수집해서 디비니티에게 보낸다. 디비니티는 그런 뜬소문마저 변수로 삼아 계산을 진행하고, 를리지외즈를 통해 그 결과를 블랙 포레스트의 주요 기업으로 전달한다. 사타안다기의 말대로 우리가 아무리 불평을 늘어놓은들 달라지는 건 없지만, 그 불평이 디비니티에게 전해진다면? 혹시 모른다. 바뀌지 않을 수도 있지만, 바뀔 수도 있다.

"물론 불확실한 방법이지. 디비니티가 뜻대로 움직여 준다는 보장은 전혀 없으니까. 그래도 시도해 볼 만은 하잖아?"

"그렇다면 그렇지만…. 역시 안전하지 않다. 기업이 눈치를 채면? 포럼 게시글은 얼마든지 역추적당할 수 있다. 불확실한 가능성만을 믿고 그런 위험까지 감수할 직원은 없으리라고 생각한다."

"동의해. 직접 올리는 건 너무 위험하지. 그럼 괴담을 빙자한 내부 고발은 도대체 누가 올리고 있는 걸까? 그것도 일부러 과장까지 좀 섞어 가면서?"

디비니티의 계산에 영향을 크게 끼치려면 소문이 널리 퍼질수록 좋을 것이다. 그러려면 고발 내용을 솔직하게 적는 것만으로는 부족하다. 자극적이고 실감 날수록 포럼에서 인기를 끌 가능성이 높아질 테니까. 하지만 이런 생각은 내부 고발자 본인들이 할 만한 게 아니다. 괴담의 '편집자'라면 모를까.

"도나우벨레 네 말은, 이 일에 제삼자가 개입하고 있단 뜻인가?"

"그것도 프로의 개입이지. 괴담 포럼을 내부 고발에 이용하는 것부터가 그 사람 아이디어일 거야. 기업에 들키지 않도록 철저히 뒤에 숨어서… 하지만 사실 난 정체를 알 것 같거든."

문제의 '내부 고발 브로커'는 여러 기업 직원에게서 제보를 받아, 그 내용이 디비니티에게 전달되도록 소문을 퍼뜨리는 일의 전문가일 것이다. 고발 내용이 실제에 비해 과장된 것도 이 사람의 작업 결과. 그리고 어쩌면 몇 가지 수를 더 쓸지도 모른다. 이를테면 포럼의 유명 인사 비엔메사베와 친분을 맺은 뒤, '원격조종 인간'이 연상되도록 갑작스레 이름과 성격을 바꾼다면 어떨까? DBC 생산 라인에서 일어난 사건 이야기가 더 인기를 끌 수 있지 않을까?

물론 포럼 사람만 이용하는 것은 아니다. 괴담에 불길한 분위기를 더하기 위해, 그 사람은 비엔메사베에게 '나한테 무슨 일이 생기면 쁘띠-4에 의뢰를 해 달라'고 미리 귀띔을 해 두었을 것이다. 의뢰가 받아들여지지 않을 것을 예상하고, 오로지 '쁘띠-4는 조사를 거부하고 있다'는 흥미진진한 소문을 덧붙이기 위해서. 만에 하나 받아들여질 가능성은 미처 생각하지 못했겠지만.

내가 말하는 '내부 고발 브로커'가 누구인지 샤타안다기도 깨달은 눈치였다. 마침 우리는 그 사람을 만날 수 있는 장

소도 아주 잘 알았다. 사타안다기의 방황에 목적지가 정해
진 셈이었다.

9번 상업 구역 골목의 논퍼렐 클럽을 다시 찾았을 때, 팝
시클은 지난번과 다름없이 태연하게 우리를 맞이했다. 어떤
의혹을 제기하더라도 받아넘길 수 있을 듯 한없이 매끄러운
모습이었다. 하지만 정작 '당신의 정체를 알고 있다'는 말을
꺼내자마자 그런 겉 포장은 산산이 깨져 나갔다. 본격적인
추궁을 미처 시작하기도 전이었다.

"아, 너무 욕심부렸네."

"뭐라고요?"

"당신들이 온 것부터가 꼬인 거였어. 그러면 좀 사렸어야
되는데, 유명한 조사관님들한테 포럼을 알려 주면 소문이 더
빨리 퍼지지 않을까? 이런 생각을 해 버렸지 뭐야. 들킬 빌미
를 준 셈이잖아."

입이 딱 벌어질 만큼 명쾌한 자백이었다. 절대 들키는 일
이 없도록 치밀하게 계획해서 내부 고발을 추진해 온 사람
이, 고작 한 마디 공격에 이렇게까지 쉽게 굴복한다는 것이
이상할 정도로. 태연함은 어느새 기이한 체념으로 변해 있었
다. 말투마저 차분하게 바뀌었다.

"하지만 실수는 바로잡으면 되니까."

그 순간 수십 개의 시선이 이쪽으로 쏠렸다. 로비에서 거

닐던 사람들, 방문을 열고 나온 사람들이 천천히 다가오고 있었다. 모두 똑같이 치렁치렁한 가운을 입은 채로, 사타안다기와 나를 노려보면서. 이건 전혀 예상하지 못했던 상황이었다. 브로커가 팝시클 한 명이 아닐 줄이야, 이 논퍼렐 클럽 전체가 놈들의 아지트일 줄이야.

뭔가 심상찮다는 사실을 더 일찍 깨달았어야 했다. 애초에 내부 고발 브로커는 뭘 위해서 일하는 걸까? 이게 사업일 리는 없다. 내부 고발을 대신해 달라며 드롭스를 지불하기까지 할 사람이 얼마나 되겠는가. 하지만 소프트 서브 시절에 어떤 동료들은 좀 이상한 사고방식을 갖고 있었다. '언젠가 디비니티께서 모든 문제를 해결해 주실 것'이라고 굳게 믿었다. 가능성이 작다는 걸 알면서도 시도해 보는 게 아니라, 언젠가는 확실히 이루어질 것이라 믿어 의심치 않는 사고방식– 그 시절에도 도저히 받아들일 수 없었던 사상이었다.

"믿음의 동지들이여, 진정합시다."

주위를 포위해 버린 무리 사이에서 누군가가 우아하게 걸어 나왔다. 걸친 가운도 제일 화려한 데다가, 다른 사람들이 숨죽여 물러나는 것을 보아하니 아마도 이 중에서는 가장 높으신 분이겠지. 팝시클이 그 사람에게로 다가가 조심스럽게 말했다.

"마스터 피에스몽테, 이놈들이 우리 정체를 알아냈어.

내 실수야."

"우리는 디비니티가 아니니, 누구나 실수를 범할 수 있습니다. 만사를 연산하여 그대로 따를 능력이 우리에게는 없으니까요. 중요한 것은 그 이후입니다."

피에스몽테의 날카로운 시선이 나를 향했다. 굉장한 압박감이 몸을 사로잡았다. 말 한마디로 내 작동을 정지시킬 수 있는 사람과 대화를 나누는 건 결코 유쾌한 일이 아니었다.

"우리의 이름은 '수백수천의 속삭임'. 온 땅에 퍼진 동지들의 목소리를 속삭이고 또 속삭여, 그 응답을 구할 뿐인 믿음의 공동체. 그런 우리를 조사하여 무엇을 하실 생각이었지요? 혹 기업과 연관된 분은 아니신지?"

"아니, 그냥 부탁 하나 하려고 온 건데."

좋아, 심호흡하고. 겁먹지 말고. 혀 꼬이지 않게.

"그거 알아? 나도 기업 싫어해. 바뀌었으면 좋겠다고. 하지만 그 와중에 우리한테까지 피해 가는 건 더 싫거든? 조사팀은 신뢰가 제일 중요한데, 괴담 끝에 '쁘띠-4는 조사를 거부하고 있다' 이런 게 붙어 돌아다니면 사람들이 우릴 어떻게 보겠어? 기업 눈치나 보는 놈들이라고 생각할 거 아냐. 알아서 책임지시지."

내가 원하는 건 이것뿐이었다. 굳이 이곳까지 찾아와 문제의 '내부 고발 브로커'를 직접 만나려 한 것도, 상대방이 정체를 드러내도록 몰아붙인 것도 전부 이 얘기를 하기 위해서. 쁘띠-4에 대한 나쁜 소문이 퍼져 버린 뒤에는 늦는다. 그러니 소문이 제대로 만들어지기 전에 손을 쓰는 수밖에.

"이런, 우리가 실수를 하고 말았군요. 디비니티가 아니니 어쩔 수 없지요."

다행스럽게도 피에스몽테는 내 말을 바로 이해해 주었다. 이 수백수천의 속삭임이 아무리 이해할 수 없는 믿음으로 움직이는 조직이라고 해도, 그 조직의 리더쯤 되면 생각보다는 말이 통하는 사람인 걸까.

"실수를 범했다면 바로잡는 것이 순리. 혹여 나쁜 이미지가 생기는 일이 없도록, 마음에 드실 만한 소문을 따로 퍼뜨려 드리겠습니다. '조사를 거부하고 있다'가 싫으시다면, '조사는 모종의 압력으로 급작스럽게 중지되었다'는 내용이 어떠신지요?"

"그러면 또 외압에 굴복한 것 같잖아. 기업에 대드는 것처럼 보여도 안 되지만, 굽실거린다는 인상을 줘도 안 된다니까. 차라리 '결정적인 증거는 찾아내지 못했다'는 어때? 이러면 어쩐지 반쯤 성공한 것 같고."

"확실히 그렇군요. 하지만 그 뒤에 '그러나 가능성을 부정하지는 않았다'를 덧붙이면 더욱 좋으리라 생각합니다. 이러면 더 흥미로운 이야기가 되니, 소문도 더 잘 퍼지겠지요."

"어, 그거 맘에 드는데? 역시 전문가는 다르네."

이렇게 합의가 이루어지자 즉시 피에스몽테의 지시가 뒤

따랐다. 모여 있던 사람들이 제각기 임무를 받아 움직이기 시작했다. 보아하니 '원격조종 인간' 괴담에 합의 내용을 덧붙여 퍼뜨리는 일은 실수를 저지른 팝시클에게 맡겨진 모양. 결과적으로는 공짜 광고나 다름없는 소문이 퍼지게 되었으니 이 이상 만족스러울 수가 없었다. 예상 이상으로 위험하기는 했지만, 예상 이상의 성과를 거둔 셈이다.

하지만 진짜 예상 이상의 성과는 클럽을 나선 뒤에 찾아왔다. 계획보다 좀 더 아슬아슬했던 경험이 사타안다기의 기분을 좀 낫게 만들었을지, 하다못해 분노와 슬픔을 좀 잊게 해 주었을지 궁금해서 살짝 떠 보았을 때였다.

"굉장했다."

그렇게 말하는 사타안다기는 어째서인지 들떠 있었다. 덜 가라앉은 분노 따위가 아닌 명백히 긍정적인 흥분이었다. 시간이 지날수록 그 흥분은 더욱 거세져, 급기야는 길 한복판에서 둥근 동체를 빙빙 돌리면서 격앙된 소리로 이렇게 외치기까지 했다.

"저 사람들은 정말로 근본부터 바꾸려고 하고 있다. 디비니티에게 직접 영향을 끼치려고! 생각해 보지 못한 접근 방법이다…. 내가 틀렸을지도 모른다. 근본적인 해결은 가능할지도 모른다. 뭔가, 뭔가 알 것 같다."

그리고 다음 순간,

[사타안다기가 화해하자고 했어! 정말 고마워. 네 덕분이야!]

[보너스 기대해도 좋아.]

도대체 저 오토마톤이 무엇을 깨달았단 건지는 짐작이 가지 않았지만, 적어도 한 가지는 확실했다. 모든 문제가 깨끗하게 해결되었다는 것. 를리지외즈의 중요한 의뢰도, 어쩌면 꽤 거슬리는 일이 되었을지도 모르는 괴담도, 레이디핑거와 사타안다기의 영원할 것만 같았던 싸움도 문제없이 마무리되었다. 이제 걱정할 건 아무것도 없었다.

걱정이 전부 사라졌으니 방에 돌아가서도 푸념을 늘어놓을 필요가 없었다. 그저 문제 해결의 일등 공신인 할루할로를 껴안고서 잔뜩 엔터테인먼트만 즐기면 될 뿐. 언제나 그렇듯이 나는 중간부터 에너지를 다 쓰고 축 늘어져 있었지만, 할루할로의 전신 의체는 지치는 일 없이 그런 내 몸을 쓰다듬고 또 괴롭혔다. 아마 평소보다 그 괴롭힘이 조금 더 길었는지도 모른다. 엔터테인먼트가 끝나자마자 거의 실신하다시피 잠들어 버려서, 흔들어 깨우는 손길에도 한참이나 정신을 못 차리고 있었으니까.

"뭐야, 할루할로?"

간신히 눈을 떠 그렇게 물었지만, 대답은 돌아오지 않았다. 특유의 무표정한 얼굴로 나를 빤히 쳐다볼 뿐. 내가 깨어난 것을 확인하자마자 그대로 굳어 버리기라도 한 것 같았다. 그렇게 침대 위에 가만히 앉은 룸메이트가 이윽고 조금씩 떨기 시작했다. 내 얼굴 위로 흘러내린 긴 갈색 머리카락이 진동을 고스란히 전했다.

[미안해]

창백한 메시지창이 시야 한가운데에 떠올랐다. 동시에 할루할로의 몸이 크게 흔들렸다. 그다음 순간에는 손을 마구 내젓고 있었다. 곧 바닥으로 굴러떨어져 경련했고, 혼란스럽게 발버둥을 쳤다. 보이지 않는 무언가와 싸우는 사람처럼. 전부 내가 정신을 채 차리기도 전에, 무슨 상황인지 깨닫기도 전에 벌어진 일이었다. 의체 오류인가? 그럼 누구한테가 봐야 하지? 이런 고급 의체는 어디서 수리하지? 얼얼한 다리를 어떻게든 움직여 할루할로에게 향하는 동안, 삐걱대는 뇌를 억지로 헤집는 동안 똑같은 메시지가 계속 도착해 눈앞을 푸르스름하게 물들였다.

[미안해]

[미안해]

[미안해]

[미안해]

메시지의 연쇄가 사그라질 즈음, 격렬한 몸부림도 내 품 안에서 함께 잦아들었다. 진정되어 가는 것처럼 보이지는 않았다. 차라리 몸부림칠 힘조차 빠진 것 같았다. 여전히 몸을 이리저리 비틀면서, 하지만 그마저도 버거워하면서 할루할로는 의체를 꼭 껴안은 내게 다시 메시지를 보냈다. 이번에는 다른 내용이었다.

[마들렌을 찾아]

그 메시지를 마지막으로 할루할로의 움직임이 완전히 멈췄다. 의체는 멀쩡하게 작동하고 있었지만 어떤 말에도 대답하지 않았고, 메시지를 보내 봐도 답장이 없었으며, 몸을 아무리 흔들어도 반응하지 않았다. 취침 시간이 끝나도록 할루할로는 그대로 축 늘어진 채였다. 나는 그 몸을 끌어안고 망연자실하게 주저앉아서, 수수께끼의 메시지가 방 안을 둥둥 떠다니는 모습을 보며 문득 생각했다. 모든 문제가 해결되었다고 생각했는데, 걱정이 전부 사라졌다고 생각했는데―

사람 앞일이란 정말 알 수 없는 것이라고.

돌작살의 오류

침대 위에서 꿈틀거리는 스스로의 몸을 내려다보며, 나는 잠들기 전에 영상 끄는 걸 깜박했다는 사실을 깨달았다. 영상을 반복 재생해 둔 채로 잠이 들면, 고깃덩어리 뇌가 쉬는 동안에도 칩은 끊임없이 시각 자극을 전달하고, 그 자극을 재료 삼아 수면 중의 환각이 만들어진다. 스스로가 영상 속에 들어가 있는 듯 느껴지는 것이다. 잘 알려진 오작동이고, 엔터테인먼트 목적으로 쓰는 사람도 많다. 지금의 내 경우에는 아니지만.

"아으, 으, 아, 잠깐, 또 온다, 또⋯."

내 몸이 이상한 소리를 내며 데굴데굴 굴렀다. 꼴사나운 추태였지만, 지울 수 없는 과거의 기록이기도 했다. 잠들기 직전까지 보고 있던 것은 내 블랙박스에 저장되어 있던 영상. 고기 강탈자 사건으로부터 얼마 지나지 않았을 때의 일이었다.

코겔모겔의 방송 흥행에 힘입어, 그즈음 쁘띠-4에는 기존엔 접하기 힘들었던 종류의 의뢰도 하나둘 들어오는 중이었다. 그중에는 신종 쾌락 중추 자극 앱과 관련된 일도 하나 있었다. 의뢰 자체는 수월하게 해결되었는데 그놈의 호기심이 문제였다. 조사 과정에서 입수한 문제의 '씬 민트'라는 앱을 사무실에서 살짝 실행해 봤더니 도저히 몸을 못 가눌 지경이 되어서, 방까지 돌아오기 위해 자허토르테에게 큰 신세를 져야 했던 것이다. 앱의 후유증은 취침 시간까지 계속되었다. 그 결과가 이거였다.

"할루할로! 아직 정비, 아, 안 끝났어? 나 좀 어떻게 해 줘!"

[기다려]

[나사 하나가 안 보여서]

[아]

[찾았다]

할루할로의 무심한 메시지가 환각 속의 내게도 희미하게 떠올랐다. 이윽고 수수께끼의 룸메이트 본인도 그 모습을 드러냈다. 침대로 향하는 그 움직임은 다소 뻣뻣했고, 몇 발짝 걷다가 멈춰서 몸 여기저기를 움직이길 반복하고 있었다.

[조절은 했는데]

[아직 좀 어색하네]

[그래도]

[곧 적응될 것 같아]

당시의 나는 '저런 고급 의체도 적응 기간이 필요하긴 하구나' 같은 생각을 잠깐 했지만, 밀려오는 쾌락의 파도 속에서 한 가지 생각을 유지하는 것은 거의 불가능했다. 할루할로가 침대 가장자리에 앉았을 즈음 내 뇌는 이미 정상적인 작동을 포기한 상태였다. 아무 말이나 반쯤 무의식적으로 흘리는 과거의 내 모습이 바로 눈앞에서 재생되기 시작했다.

"야, 할루할로, 들려? 나 할 얘기 이써."

[너 술 취한 것 같아]

[앱이 그런 효과도 있네]

"모르겠는 말 그만 쓰고! 매번 그래, 뭔 소릴 하는지, 뭔 생각 하는지도 모르겠고, 지난번엔 멋대로 위험하게 막, 그고기 개한테, 응? 내가 얼마나 걱정했는지 알아요?"

알아들을 수 없는 소리를 내뱉으면서 내 몸은 할루할로의 의체를 향해 달려들었다가, 바로 다음 순간에 밀려나 꼴사납게 나동그라졌다. 하지만 정말 꼴사나운 것은 그다음 행동이었다. 씬 민트의 자극 때문에 통제할 수 없게 된 뇌에서 감정이 마구 쏟아져 나왔고, 고장 나 버린 내 몸은 그걸 그대로 다 내뱉었으니까. 보기 괴로운 광경이었다.

"드롭스도, 응, 그렇게 많았는지 몰랐고, 엄청 쎈 보안도 걸렸다 그리고! 할루할로 너 뭐야? 너는 나 막 훤히 들여다보면서, 난 왜 널 아는 게 하나도 없을까? 이거 응, 많이 불공평하지 않나?"

당시에 이런 생각을 잠깐 했던 건 사실이다. 할루할로의 모든 것을 내가 알아야 할 이유는 없고, 나는 수수께끼의 룸메이트인 할루할로를 있는 그대로 좋아했지만, 항상 뇌가 멀쩡하게 작동하지는 않는다. 룸메이트가 고기 반죽이 되었다가 고가의 전신 의체로 돌아오는 상황 속에서는 정상적인 작동이란 걸 기대하기가 더더욱 힘들기도 하고.

[미안해]

그때 할루할로는 이런 메시지를 보냈다. 오작동하는 내 몸을 꼭 껴안으면서. 아무리 생각해도 앱에 휘둘려서 민폐나 끼친 내가 미안해할 상황이었는데, 과연 수수께끼의 룸메이트다웠다. 저항할 수 없는 의체의 품에 안긴 채 나는 눈앞에 떠오르는 메시지창을 멍하니 바라보았다. 여전히 무슨 소린지 모르겠다고 생각하면서.

[알게 될 거야]

[내 일이 끝나면]

[그리고]

[보답도 할게]

할루할로의 의체가 내 몸을 더욱 강하게 껴안았다. 움직일 수 없게 된 몸은 이내 안정 단계에 접어들어, 간헐적으로 몰려오던 쾌락의 파도도 곧 잦아들었다. 끊임없이 몸을 긴장

시키던 자극이 물러나자 피로가 그 자리를 채웠다. 과거의 내가 잠에 빠져든 것은 그로부터 몇 초 후였다. 의미를 알 수 없는 메시지만이 마지막까지 눈앞을 맴돌다가 사라졌다.

잠에서 깨어났을 때도 그 메시지창이 희미하게 보이는 것 같았기에, 혹시 자는 동안 할루할로가 새 메시지를 보낸 게 아닐까 하는 생각이 머릿속을 스쳤다. 그래서 벌떡 일어나 즉시 옆자리를 확인해 보았더니, 아니나 다를까, 헛된 생각이었다. 존재하지 않는 메시지창이 보이는 현상은 블랙 포레스트에선 흔하디흔한 뇌의 착각이다. 할루할로는 가만히 누워 있었다. 미동조차 없이, 나를 껴안으려는 거부할 수 없는 움직임도 물론 없이. 갑작스레 멈춰 버린 그 순간 이후로 줄곧 그랬듯이.

한편 할루할로가 움직이지 않는 만큼 나는 더욱 바삐 돌아다녔다. 블랙 포레스트 전역의 의체 전문가란 사람은 죄다 찾아가 봐야 했으니까. 그야 그 일이 있었던 직후에는 겁이 나고 혼란스러워 어쩔 줄을 몰랐지만, 좀 진정하고 보니 아무튼 의체 자체의 전원이 내려간 것은 아니었고, 그렇다면 전문가들이 어떻게든 해 줄 수 있으리라고 생각했다. 고깃덩어리 몸보다 덜할 뿐이지 의체도 종종 오작동을 일으킨다. 그리고 대부분의 오작동은 고치면 그만이다.

하지만 할루할로의 의체를 제작한 4번 상업 구역의 고급 공방 샤를로트 로열은 아무 도움도 되지 않았다. 아무리 검사해 봐도 이상이 없다는 말뿐이었다. 내가 가장 애용하는 업자 하만타시도, 하만타시에게 추천받은 정밀 의체 전문 수리공 크루미리도 마찬가지였다. 16번 구역에서 갱들 사이의 싸움으로 완전히 망가진 의체들을 전담한다는 정비사 풋차이코도 만나 보았는데, 워낙 소문이 무성하기에 꽤 기대했건만 결국 똑같은 말밖에 들을 수가 없었다. 할루할로는 지금 아주 멀쩡하게 작동하고 있다는 것이다.

"아니, 말이 안 되잖아요. 멀쩡하게 작동하는 애가 왜 움직이질 않는데요?"

"자기가 안 움직이고 싶으니까? 야, 말도 안 된다는 표정 짓지 마. 내가 할 수 있는 말이 이것뿐인데 어쩌겠냐."

그렇게 아무 소득도 없이 방에 돌아왔을 때에야 비로소 진짜 절망이 몸을 감싸 안았다. 캐리어에서 의체를 꺼내 침대에 눕히고, 가만히 그 옆에 누운 채로, 정말 아무것도 할 수가 없었다. 전문가들도 다 포기했는데 도대체 내가 뭘 해야 해? 차라리 아예 멈췄으면 나도 진작 포기했지, 이렇게 그냥 축 늘어져 버리는 게 어디 있어? 그런 생각에 질척질척 잠겨서는 예전 영상이나 돌려 보다가 잠들어 버린 것이다. 한심한 짓이었다.

[그러게]

[정말 한심하네]

존재하지 않는 메시지가 또 떠올랐다가 사라졌다. 여전히 할루할로는 움직이지 않았다. 환각에까지 비난을 당하는 것은 비참한 일이었지만, 덕분에 정신이 번쩍 들기는 했다. 이렇게 있어서는 안 된다. 시간 낭비하지 말고 움직여야 한다. 하지만 어떻게? 전문가란 전문가는 다 찾아가 봤는데?

[알고 있잖아]

[뭘 해야 할지]

짜증스럽게도 환각은 옳은 소리를 하고 있었다. 지금까지 찾아간 전문가들은 전부 의체 전문가였고, 의체에는 아무 문제가 없단 사실을 보증해 주었다. 문제없는 의체가 움직이지 않는다는 건 정말 이상한 일이다. 그리고 블랙 포레스트에서 이상한 일이 일어났을 때 할 일은 정해져 있다.

일단은 드롭스가 얼마나 있는지 확인한다. 의체 검사 비용으로 이래저래 지불하기는 했지만 아직 저축은 꽤 남았다. 어째 왼쪽 다리를 맞추는 일이 점점 멀어져만 가는 느낌이지만─이건 지금 생각할 일이 아니다. 지금 생각해야 할 일은 이 드롭스를 누구에게 지불해야 하는지다.

아마 가장 일반적인 선택지는 비버테일이나 토르텔일 것이다. 비버테일은 기업 의뢰를 주로 받고 토르텔은 일상적인 사안을 더 다룬다는 차이점은 있지만, 둘 다 아주 잘 알려진 조사팀이고 신뢰도도 높다. 하지만 내가 정말로 믿고 매달릴 수 있는 팀은 따로 있다. 대규모의 위기부터 사소한 괴담에 이르기까지, 정말 이상한 의뢰라도 기꺼이 맡아 준다면서 최근 더욱 이름을 알린 조사팀이다. 사무실은 5번 상업 구역 24번 소형 빌딩 3층. 지름길로 가면 훨씬 빨리 도착할 수 있다.

"의뢰할 게 있어."

한동안 출근도 안 하던 주제에 갑작스레 들이닥쳐서는, 동료들이 눈에 보이자마자 일단 용건부터 말했다. 뻔뻔한 짓이었지만 어쩔 수 없었다. 쁘띠-4야말로 내게 유일하게 남은 희망이니까. 마지막 수단에까지 시간과 드롭스를 아껴서는 안 되는 법이다.

의뢰를 받아 주지 않으면 방을 빼든 의체를 팔든 해서라도 드롭스를 더 마련할 생각이었는데, 다행스럽게도 동료들은 내 상황을 충분히 이해해 주었다. 레이디핑거는 "그러잖아도 바쁜데 일을 거들기는커녕 더 가져왔네"라며 투덜거리면서도 의뢰비를 절반이나 깎아서 받았다. 자허토르테는 내 꼴이 말이 아니라면서 호들갑을 떨었고, 사타안다기는 조용히 다가와서 손을 꼭 잡아 주었다.

"난 괜찮아. 작동 잘하고 있으니까 걱정 안 해도 돼."

말은 그렇게 했는데, 정작 의뢰 내용을 말하려니 감정을 주체할 수가 없었다. 할루할로에게 일어난 일을 동료들에게 전부 이야기해 주어야 했으니까. 취침 시간에 갑자기 일어나서 어떻게 행동했는지, 나한테 무슨 메시지를 남겼는지…. 몇 번이나 멈추고서 숨을 몰아쉬어야 했고, 그때마다 자허토르테는 나를 진정시켜 주었다.

"마, 마들렌을 찾으라고, 그렇게 말했어! 마들렌이야. 들어 본 적 있어? 레이디펭거 너 아는 사람 많잖아. 어디서 들어 보기라도 하지 않았어?"

"그래, 그래, 도나우벨레. 우리가 한번 알아볼게. 얘기 계속해 줘."

"알겠어. 미, 미안해. 나도 확인은 해 봤어. 없는 사람이더라고. 하지만 예전 이름일 수도 있고, 아니면 이름이 아니라 단체명이라거나, 그럴지도 몰라. 여기서부터는 내가 혼자 할 수가 없어. 너희 도움이 필요해."

어떻게든 이야기를 마치긴 했는데, 세 사람의 표정이 좋지 않았다. 어려운 사건을 앞에 두고 골치 아파하는 그런 게 아니었다. 좀 더 단순한 난감함이 동료들 사이에서 꿈틀거리고 있었다. 그 내용을 구체적으로 정리해서 알려 준 것은 레이디펭거였다.

"정보가 부족해, 벨레."

"뭐? 난 전부 다 말했잖아! 그때 있었던 일은―"

"그때 일 말고, 네 룸메이트에 대한 정보 말이야."

또 감정에 휘둘리려는 나를 제지하며, 레이디펭거는 리더답게 딱 잘라 말했다.

"너는 개가 수수께끼 같다고 했지만, 우린 개랑 제대로 얘기해 본 적도 없어. 어떤 면이 수수께끼였는데? 평소에 이상했던 점은? 사건 전에는 특별한 기색 없었어? 네 룸메이트한테 무슨 일이 일어났는지 알려면, 먼저 개가 어떤 애였는지 알아야 해."

너무나 당연한 말이었다. 조사관의 본분을 잊고 있던 바람에 깨닫지 못했을 뿐. 제대로 돌아가는 구석이 없는 이 블랙 포레스트 기준으로도 할루할로는 정말 이상한 애였는데, 그런 애한테 이상한 일이 생겼으니, 먼저 할루할로가 어떻게 이상한 사람이었는지 파 보아야 하는 게 당연하다. 갖가지 이상한 점들 사이에 어떤 관련이 있을지 모르니까. 그렇다면 지금으로서는 할루할로가 어떤 사람이었는지에 관한 내 기억이 결정적 실마리인 셈이었다.

[궁금하네]
[너한테 난]
[어떤 애였어?]
"글쎄, 그, 일단 엄청 부자였고,"
"그건 알아."

레이디핑거가 딱 예상대로 대답했다. 할루할로에 대해 생각하면 가장 먼저 떠오르는 특징이 '부자'라는 건 조금 켕겼지만, 그래도 부정할 수 없는 사실이었다. 샤를로트 로열에서 자세한 의체 가격을 알아보고 난 뒤에는 더더욱. 최고급 전신 의체를 맞추려면 기업 하나의 운명을 뒤흔들어 놓을 수 있을 정도의 드롭스가 드는데, 그마저도 할루할로의 말에 따르면 '저축 절반'에 불과했다. 정말이지 터무니없는 부자인 것이다.

"또, 그러니까, 케이크는 두 가지 맛 번갈아 가면서 먹어."

"그러는 사람 많지 않아? 어, 자허 너는 안 그래? 아무튼 더 말해 봐."

"항상 메시지로만 말하고."

"다른 건?"

"취미도 이상했어. 번역 앱이랑 단어 데이터베이스랑, 저런 걸 도대체 누가 드롭스 내고 사지? 싶은 데에 엄청 낭비했거든. 여러 번 뭐라고 했는데도….."

자허토르테가 고개를 갸웃하는 것이 보였다. 번역 앱의 주 수요층이 누구인지 알기 때문이겠지. 공장에 널린 고물 기계를 다뤄야 하는 정비공 중에는. 기본 번역 기능의 광고가 귀찮다고 더 좋은 앱을 구매하는 사람도 있다. 하지만 내가 아는 한 할루할로에게는 그런 직업이 없었다.

"그럼 어디다가 썼는데?"

"텍스트 읽는 데에."

"솔직히 진짜 이상하다, 야."

나도 동감이었다. 이전 시대에 등록된, 앱 없이는 이해도 안 되는 텍스트에 할루할로는 무슨 이유로 그토록 푹 빠져 있었을까? 고기 강탈자 바바로아처럼 이전 시대의 기술을 재현하려는 꿈이 있었던 것도 아니고, 그냥 무의미한 정보로 시간을 흘려보내려는 것처럼-나로서는 끝까지 이해할 수가 없는 취미였다.

"그것이 전부가 아니었을지도 모른다."

"무슨 말이야?"

"단순한 가정이다. 할루할로가 이전 시대에 관심이 있었다는 것은 확실하지 않은가? 과거의 기록을 뒤지는 사람이라면, 과거 물건도 찾아다녔을지 모른다."

"사타 말 들으니까 생각난 건데, 이전 시대 골동품 수집가 얘기 어디서 안 들었어? 왜 있잖아, 지난번에 공동묘지 갔을 때."

레이디핑거가 지난번 를리지외즈 의뢰 이야기를 꺼낸 그 순간, 까맣게 잊고 있었던 단서 하나가 스파크처럼 번뜩였다. 27번 구역에서 갱단에게 드롭스를 주고 발굴을 의뢰하는 수집가의 존재. 문제의 수집가 때문에 '공학용 계산기'라는 물건이 등장해 작은 파란을 일으켰는데, 마침 그 사람은 계산기에 동봉된 설명서를 번역해 줄 수 있는 인물이라고도 했으며- 한편 할루할로는 이렇게 말한 적이 있다.

[네가 위험한 짓 하고 다니는 동안]

[누가 널 지켜 줬을 것 같아]

오토마톤 부품 거래에 얽힌 문제를 해결하려고 27번 구역에 갔을 때의 일이었다. 무단 침입자였던 나에게 그곳 사람들은 왠지 너무 친절했는데, 할루할로는 분명 그 모든 일이 자기 덕분이었다는 식으로 말을 흘렸다. 갱단이나 청부업자들과 연줄이 있다는 의미였다. 그렇다면 이런 결론도 섣부르지만은 않을 것이다.

"할루할로가 그 수집가야. 이걸 왜 몰랐지? 왜 연결을 못 시켰지?"

"그러니까 네 룸메이트가 갱하고 일했다는 얘기네. 그거 안 좋아."

수긍하기 싫었지만 자허토르테의 말은 사실이었다. 27번 구역의 갱단과 사업을 벌인다고 꼭 위험해지란 법은 없지만, 그럴 가능성은 분명히 커지니까. 정말로 이전 시대의 골동품을 수집하는 게 전부였을까? 나한테 말할 수 없을 정도로 위험한 일이 얽혀 있었던 건 아닐까? 사업상의 관계가 결국 틀어지고 만 걸까? 확인하기 위해서는 주요 용의자를 직접 만나 볼 필요가 있었다.

어쩌다 보니 자주 만나게 되어 익숙해지긴 했지만, 그래도 판데무에르토 갱단의 보스 괴터슈파이제가 무시무시한 인물이라는 점에는 이론의 여지가 없다. 폐허의 황제라는 호칭은 거저 주어지는 것이 아니다. 방송에서 다뤄지는 내용조차 아마 극히 일부에 불과하겠지. 그런 사람을 용의자 취급하는 건 정말이지 위험한 일이라고밖에 말할 수 없다. 하지만 그보다 더 위험천만한 게 있다면,

"너 할루할로 알지? 혹시 걔하고 무슨 일 있었어?"

"정확히 내가 묻고 싶은 말이야, 도나우벨레."

바로 괴터슈파이제에게 용의자 취급을 받는 일이다. 조그만 동체에서 소름 끼치도록 음산한 소리가 흘러나왔고, 상황이 생각과는 좀 다르다는 걸 깨달았을 땐 이미 부하 둘이 퇴로를 막고 있었다. 당장이라도 우리 쁘띠-4 전원에게 미시시피 MUD가 마구 처박힐 것 같은 분위기였다. 무슨 영문인지도 모른 채로.

"그러잖아도 찾아가려고 했어. 비즈니스에 큰 문제가 생겼는데, 아무래도 제일 수상한 게 너니까. 상냥한 괴터슈파이제가 일에 훼방 놓는 사람한테까지 상냥하지는 않아!"

"무슨 소리야? 내가 언제 훼방을 놓았다고 그래?"

"소중한 비즈니스 파트너랑 갑자기 연락이 끊겼는데, 그 파트너가 예전에 "도나우벨레라는 사람한테는 내 이름을 언급하지 마"라고 말한 적이 있거든. 그럼 이 시점에서 누가 가장 의심스러울까? 마침 제일 의심스러운 사람이 제 발로 걸어 들어와서, 비밀이었어야 할 정보를 자신만만하게 떠벌렸는데 말이야!"

그제야 상황이 좀 보이는 것 같았다. 할루할로가 괴터슈

파이제와 함께 일했다는 우리 추측은 정확했고, 이를 나에게 비밀로 한 것 역시 예상대로 할루할로의 의사였다. 그런데 할루할로와 갑작스레 연락이 두절되고 나니 이 갱단 보스에게는 그 모든 사실이 나를 의심할 단서가 된 것이다. 불행 중 다행이었다. 괴터슈파이제가 범인이 아니라는 뜻일뿐더러, 마침 오해를 풀 방법도 있었으니까.

"그, 할루할로는 갑자기 멈춰 버렸어. 우린 그 원인을 찾는 중이고. 널 의심한 건 미안해."

"재미난 해명이네! 지금 이 괴터슈파이제를 놀리는 걸까? 응?"

"풋차이코라는 정비사 알지? 걔한테 메시지 보내 봐. 아마 확인해 줄 거야."

16번 구역까지 의체를 끌고 갔을 땐 아무 도움도 주지 못한 사람이지만, 그래도 풋차이코는 갱단 사이에서 신뢰도가 높은 정비사. 할루할로에게 무슨 일이 일어났는지 설명해 주기에는 그만한 사람이 없다. 과연 의심이 놀람으로, 다시 미안함으로 바뀌기까지는 그리 오랜 시간이 필요하지 않았다.

"정말 어떻게 사과해야 할지 모르겠어! 도나우벨레는 그러잖아도 많이 힘들 텐데, 터무니없는 의심이나 하고! 나쁜 괴터슈파이제!"

동작상의 오류

악명 높은 갱단 보스에게 이렇게까지 격렬한 사과를 받는 건 상당히 이상한 기분이었다. 특히나 이번에는 서로 의심할 만한 이유가 있었을 뿐이니까. 지금 해야 할 일은 남 탓이나 자책이 아니라, 서로 아는 사실을 모아 실마리를 찾아보는 것이다.

"그래서, 할루할로랑은 구체적으로 무슨 일 한 거야?"

"네가 아는 대로야. 우린 공동묘지에서 물건을 찾아 보여 주고, 할루할로는 원하는 만큼 가져가고. 뭐든 새로운 걸 파내기만 하면 500드롭스! 너무 좋은 조건이라 한동안은 땅만 팠다니까?"

"정말 그게 다야? 그런 걸 왜 나한테 비밀로 해?"

뭔가 다른 게 있으리라고 생각했건만, 폐허에서 골동품을 긁어모으는 일뿐이라면 위험한 사업과는 거리가 멀다. 갱단이 끼어 있긴 해도 충돌이 생길 일은 아니니, 따지고 보면 옛날 텍스트를 다운로드받는 것이나 다를 것도 없는 셈. 다른 단서가 필요했다.

"할루할로는 보통 뭐 가져갔어? 비싼 것도 있었어?"

"글쎄? 사실은 그걸 잘 모르겠어. 정말 아무거나 가져갔으니까! 옛날 오토마톤 부품, 플라스틱 상자, 천 조각, 뭔지도 모를 기계⋯. 괴터슈파이제의 추측을 들어 볼래? 할루할로는 자기가 진짜 원하는 게 뭔지 나한테도 숨기려고 했던 거야! 그래, 분명해!"

일리 있는 추측이었다. 생귀나시오 돌체 모델의 부품을 기업 몰래 구하려고 전직 청부업자 베이지뉴가 쓴 방식도 그랬으니까. 죄다 사들인 다음 필요한 물건만 골라내는 것. 문제는 할루할로가 도대체 이전 시대의 잡동사니 중에서 뭘 노리고 있었느냐는 부분이다. 말이 좋아 골동품이지, 죄다 낡아 빠진 쓰레기인데.

이를테면 이전 시대의 폐허에도 오토마톤 부품은 널려 있지만, 기능이 떨어지는 데다가 비슷비슷한 인간형 모델뿐이라서 수요가 거의 없다. 가끔씩 클리지외즈 통제 8팀을 통해 상태 좋은 물건을 구해 달라는 의뢰가 내려올 뿐이다. 부자들이나 취미로 사는 물건이라는 소리다. 제일 쓸모가 있는 부품이 이 정도인데 플라스틱? 천 조각? 말할 필요도 없다.

"이제 가자, 벨레. 여기서 고민하고 있어서는 답이 안 나올 것 같아."

"그럼 뭘 어떻게 해?"

"할루할로가 수집한 게 뭐였는지부터 한번 보자. 드롭스 주고 사 모았으니까, 어디 소중히 모아 뒀을 거 아냐. 짐작 가는 데 있어?"

괜히 짜증이나 내는 나와는 달리 레이디핑거는 이번에도 리더다웠다. 물론 할루할로가 잡동사니를 어디에 쌓아 두었는지는 나도 전혀 몰랐고, 괴터슈파이제도 들은 바가 없는 모양. 그렇다면 다음에 할 일은 정해진 셈이었다. 할루할

로의 비밀 창고가 과연 어디에 있는지, 그것부터 먼저 알아
내야 했다.

할루할로한테는 드롭스로 뚫을 수 없는 보안이 걸려 있
으니, 평소에 어딜 쏘다녔는지 검색해서 알아내는 건 불가능
하다. 하지만 흔적이란 넷에만 남는 것이 아니다. 수집품을
일정한 장소에 숨겨 두었다면 방문하는 동안 분명 다른 사
람과도 마주쳤을 것이다. 그리고 탐문조사는 쁘띠-4 업무의
기본 중 기본이다. 블랙 포레스트에서 구역을 넘어 이동하려
면 튜브를 타야 하니, 일단 튜브 직원과 친분을 쌓아 두면 별
로 어려운 일도 아니고.

[레디핑거가 알아냈다]

[15번 구역 8번 정거장]

[항상 그곳에서 내렸다고 한다]

사타안다기의 메시지를 받자마자 나는 일단 방으로 달
려갔다. 15번 구역은 레이디 볼티모어의 케이크 생산 공장
이 위치한 곳으로, 자동화된 설비에서 소음과 악취가 뿜어
져 나와 인적은 극히 드물다. 그런 데에서 개인이 물건을 쌓
아 둘 장소라면 튜브 정거장의 보관함일 터. 그리고 보관함
은 주인밖에 열 수 없다. 침대에 눕혀 둔 할루할로의 몸을
다시 캐리어에 집어넣는 동안 메시지가 떠올랐다가 서서히
사라졌다.

[불안해하고 있네]

[나에 대해서]

[뭘 알게 될지]

또 시작이었다. 괴터슈파이제와 있는 동안에는 긴장해서 억눌려 있던 감정이, 위기를 벗어나자 다시 날뛰면서 뇌의 오작동을 유발하는 것이다. 환각 속의 할루할로가 나를 가지고 놀기라도 하는 것처럼. 돌이켜 보면 할루할로는 언제나 예상외의 뭔가를 숨겨 두고 있었고, 나는 매번 거기에 넘어가서 깜짝 놀라는 게 일상이었다. 지금도 마찬가지였다. 비밀을 겨우 하나 알아냈는데, 이젠 그 비밀의 더욱 깊은 곳으로 들어가야 하고, 도대체 뭐가 숨어 있을지는 짐작조차 할 수가 없다.

이건 할루할로와 나 사이의 게임이었다. 상대편은 이쪽 마음을 훤히 꿰뚫어 보고 있는데, 나는 상대에 대해 도무지 아는 게 없는 불공정한 게임. 힌트가 전부 주어져 있었는데도, 나는 할루할로의 골동품 수집을 미리 깨닫지 못했다. 아마 다음 스테이지는 그것보다도 더 어렵겠지. 더 예상치 못한 진실을 알게 되겠지. 불안하지 않다고 스스로를 속이는 것은 불가능했다.

[그래도]

[이미 시작됐어]

[잘 부탁해]

물론 여기서 물러설 수는 없었다. 이젠 환각인지 아닌지 구분하기조차 힘들어진 메시지창을 애써 무시해 가며, 나는 캐리어를 끌고 힘껏 목적지로 향했다. 그리고 동료들이 기다리는 8번 정거장에 내리자마자 다짜고짜 이렇게 외쳐 물었다.

"보관함은 어딨어?"

정거장 전체에 사용 중인 보관함은 겨우 세 개. 그 하나하나마다 할루할로의 텅 빈 얼굴을 가까이 가져다 대 보자, 세 번째 보관함이 인공안구에 반응해 덜컹 열렸다. 먼지 냄새가 훅 풍겨왔다. 내용물은 전부 한 종류였고, 어쩐지 예상한 대로이기도 했다.

할루할로가 번역 앱과 단어 데이터베이스에 드롭스를 낭비한 이유는, 이전 시대의 텍스트를 읽기 위해서. 그렇다면 27번 구역에서 수집한 골동품은 무엇일까? 마찬가지였다. 지금은 아주 드물게만 사용되는 재료에 기록된, 넷 바깥을 돌아다니는 정보의 형태. 보관함에 쌓여 있는 것은 낡고 해진 종이 더미였다. 맨 위에 놓인 종이로 시선을 향하자 예전에 사 둔 번역 앱이 자동으로 켜졌다. 색 바랜 광고에 커다랗게 박힌 글자는 이러했다.

[인류에게 다시 젖과 꿀을: 블랙 포레스트 계획 설명회]

[카라 파르샤드 박사 주최]

[9월 16일(화요일) 오후 2시 30분]

글자 하나하나를 눌러 확인해 보아야 하는 난해한 문장의 연속이었다. 다른 종이도 전부 마찬가지. 그나마 비슷비슷한 단어가 반복되는 것을 보며 개략적인 내용 정도는 추정할 수 있었다. 할루할로는 아무 종이나 수집한 것이 아니었다. 케이크 만드는 법이라든가 이전 시대의 이야기책 따위는 없었다. 보관함 안에 가득한 것은 이 블랙 포레스트가 만들어지던 시기의 문서였다.

"아무래도… 할루할로는 역사를 궁금해한 것 같아."

항상 좀 이상한 애라고 생각하긴 했지만, 그래도 이렇게까지 이상할 줄은 몰랐다. 블랙 포레스트의 역사? 왜 그렇게 쓸모없는 데에 관심을 가졌을까? 어쩌면 그 이유야말로 수수께끼 중의 수수께끼, 할루할로가 감춘 비밀의 핵심이 아닐까 하는 생각이 문득 들었다.

만일 누군가 오토마톤과 관련된 사업을 시작하려고 한다면, 방송에서 〈오토마톤 기술 발전사〉 같은 다큐멘터리를 찾아보는 일이 꽤 도움이 될 것이다. 어떤 개인과 기업들이 어떻게 망하고 살아남았는가 하는 교훈적인 이야기니까. 생산 중단된 오토마톤 모델을 정리해 둔 넷 포럼의 게시물도 자허토르테 같은 사람에게는 항상 수요가 있겠지. 하지만 할루할로가 몰두한 것은 그런 유용한 역사와는 거리가 멀었다.

"〈블랙 포레스트 계획〉, 〈파국을 넘어서〉, 〈낙원을 세우자〉, 다 이런 거네. 무슨 내용일지 안 읽어 봐도 알겠다."

"정말 이상하긴 하네. 역사는 칩에 기본적으로 입력돼 있잖아."

"레이디핑거 넌 그걸 다 읽었어?"

그렇게 말하는 자허토르테와는 달리 나는 [블랙 포레스트의 역사] 문서를 읽어 보긴 했다. 생산 직후에 어쩌다 보니 시간이 좀 비었으니까. 하지만 '이전 시대는 거대한 파국으로 인해 끝났고, 생존자들이 그 폐허 위에 레드 벨벳과 블랙 포레스트를 세웠다' 같은 정보를 안다고 딱히 도움이 되진 않았다. 하다못해 엉터리 구인 광고에 속는 일을 막아 주지도 못했다.

맞아, 구인 광고는 전부 엉터리였어.

그럼 [블랙 포레스트의 역사]가 진실이란 법도 없잖아?

"어쩌면 할루할로는 뭔가 오류를 찾았을지도 몰라."

지겹도록 이전 시대의 텍스트만 붙들고 있었으니, 칩에 입력된 역사와 실제 기록 사이의 모순점을 깨달았을지도 모른다. 그래서 더욱 종이 뭉치 수집에 열을 올린 게 아닐까? 이전 시대의 폐허 속에 숨겨진 진실을 찾아내려고? 그렇다면 할루할로에게 무슨 일이 일어났는지 이해하기 위해서, 나 또한 같은 일을 할 필요가 있었다.

"일단, 일단 다 읽어 보자. 양이 좀 많긴 한데, 우린 넷이잖아. 나눠 읽으면 생각보다 금방일 거야."

"지금 여기서 읽을 생각인가?"

"아, 음, 당연히 아니지. 일단 사무실에 가져가서⋯."

"우리가 가져가서 읽을 테니, 그만 방으로 돌아가는 게 좋겠다."

사타안다기의 갑작스러운 말에 뭐라고 항변하려 했는데, 다른 동료들도 전부 고개를 끄덕이고 있었다. 내가 오기 전부터 이미 합의해 둔 사안이라는 듯이. 합의 사항에 대해 먼저 입을 연 것은 레이디핑거였다.

"손 떼라는 건 아니야, 벨레. 하지만 이건 셋이서도 읽을 수 있잖아. 넌 방에서 푹 쉬면서, 혹시라도 빼먹은 거 없는지 다시 처음부터 생각해 봐. 네 룸메이트에 대해서 가장 잘 아는 사람은 너잖아."

여기에 자허토르테가 몇 마디 덧붙였다. 안쓰러움이 가득 담긴 목소리였다.

"의체 정비도 좀 하고. 기껏 좋은 거 맞췄으면서 상태가 그게 뭐야? 그러다가 고장이라도 나면 수리비가 더 나간다고."

솔직히 이건 할 말이 없었다. 고가의 전신 의체를 끌고서 온 블랙 포레스트를 돌아다니는 동안, 정작 내 의체는 제대로 닦아 두지조차 않았으니까. 이대로 계속 굴리다간 손상될지도 모른다. 그리고 의체에 손상이 갈 정도면, 고기는 이미 되돌릴 수 없는 수준으로 망가지고 말겠지. 생각이 거기에 미치고 나니 동료들의 주장에 반박할 마음이 들지 않았다.

"대신 뭐라도 알아내면 바로 메시지 보내. 진짜 사소한 거라도. 알겠지?"

"알았으니까 룸메이트 데리고 빨리 돌아가. 마침 튜브도 왔네."

그래도 미련이 남아 종이 몇 장이라도 가져가려는 나를, 자허토르테는 힘껏 떠밀어 튜브에 태워 버렸다. 문이 요란한 끼리릭 소리를 내며 닫히자 곧 할루할로가 남긴 의미 불명의 단서 무더기도, 동료들의 걱정 어린 시선도, 15번 구역 8번 정거장에 남겨진 채 빠르게 멀어져 갔다. 아무도 없는 객차에 홀로 앉아서, 할 수 있는 일이라고는 리더 말대로 그저 생각하는 것뿐이었다. 다시 처음부터, 놓치는 것 없이, 수수께끼의 룸메이트가 감추고 있던 수많은 수수께끼에 대해서….

오래 생각할 문제는 아니었다.

할루할로라는 녀석이 어떤 사람이었는지 생각하려 하면, 언제나 똑같은 주제가 가장 먼저 떠오르게 되어 있었으니까. 이번에도 어김없이 그 한 단어가 꺼지지 않는 광고처럼 머릿속을 가득 채우고야 말았다. 캐리어 속의 할루할로가 놀리듯이 메시지를 보내왔다.

[좀 실망스러운데]

[역시 그게 제일 중요하구나]

[드롭스 말이야]

가장 중요하고 언제나 필요한 것. 블랙 포레스트의 모든 가치의 척도. 당연히 절대로 거저 주어지는 법이 없건만, 할루할로는 터무니없이 많은 드롭스를 갖고 있었다. 그러니 블랙 포레스트의 그 누구라도 할루할로에 대해선 가장 먼저 이런 의문이 들 수밖에 없을 것이다. 도대체 쟤는 어디서 어떻게 드롭스를 벌었을까?

전신 의체를 맞추고서 돌아온 직후에 몇 번 물어보긴 했지만, 할루할로는 언제나 능숙하게 말을 돌릴 뿐이었다. 말하고 싶지 않다는 것이 명백했으니 나도 더 물을 수가 없었다. 갱과 사업을 했단 걸 알았을 땐 혹시 그쪽이 출처인가 했는데, 정작 밝혀진 건 드롭스를 벌어들이기는커녕 쓰레기 구매하는 데 낭비만 했다는 사실뿐. 왜 드롭스를 들여 쓰레기를 샀는지에 관한 의문은 동료들이 풀어 줄 테니, 나는 남은 의문에 집중하면 된다. 어쩌면 할루할로에게 일어난 일과도 연관되어 있을지 모른다는 희망을 품고서.

"자, 그럼 어디서부터 파헤쳐 볼까?"

본격적인 조사는 방에 도착하자마자 시작되었다. 침대에 눕혀 둔 할루할로에게 말을 걸면서, 칩으로는 빠르게 검색 키워드를 정한다. '드롭스 많이 버는 법' 따위를 검색하는 건 소용없다. 지금 필요한 건 그 정도 '많이'가 아니다. 개인이 보유한 드롭스로는 이 블랙 포레스트에서도 아득한 최상위권에 들 정도의 액수. 혼자서 기업 수준의 드롭스를 벌어들일 방법이 넷에 공공연히 떠돌아다닐 리가 없다.

기업 수준이라고 하니 머릿속을 스치는 것이 있었다. 기업에서 드롭스가 오갈 땐 당연히 블랙 포레스트 전체에 절대적인 영향을 끼친다. 그렇다면 할루할로가 드롭스를 벌어들였을 때는? 단기간에 얻었다면 온 블랙 포레스트가 뒤집혔을 테지만, 내 기억에 특별히 그런 일은 없었다. 그러니까 내가 생산되기 전에 어마어마한 사건이 있었거나, 아니면 오랜 기간에 걸쳐 서서히 드롭스를 불려 나간 거겠지. 어느 쪽이든 해답은 나와 할루할로가 만나기 전의 과거에 있을 것이다.

"자, 자, 말해 줘. 나랑 만나기 전엔 뭘 하고 지냈어? 기업의 높으신 분? 아니면 그것보다도 더 굉장한 무언가?"

아무리 강한 보안을 걸어 놓는다 하더라도, 넷에 남은 흔적을 전부 지워 버리는 것은 불가능하다. 블랙 포레스트의 모든 사람은 온종일 넷에 연결되어 살아가니까. 포럼의 게시물 하나, 이미지의 태그 하나, 앱 스토어의 리뷰 하나라도 찾아낸다면 거기서부터 시작할 수 있다. 괘씸하게 누워만 있는 룸메이트의 얼굴 위로 수많은 창이 열렸다가 닫혔다. 나와 할루할로 사이를 가로막던 시간의 장벽이 조금씩 무너지고 있었다.

자허토르테가 방에 찾아왔을 때, 나는 무너진 장벽의 잔해 앞에 멍하니 주저앉아 있을 뿐이었다. 먹다 남은 케이크가 굴러다니는 방 안의 모습에 내 동료는 적잖이 충격을 받은 표정을 지었다. 그러다가 내 의체를 보고 나서는 고개를 절레절레 젓고 말았다.

"이럴 줄 알았지. 장비 가져오길 잘했네."

"소득은 좀 있었어? 다 읽은 거지? 무슨 내용이었어?"

"조용히 하고 일단 앉아 봐. 왼팔부터 손보자."

뭔가 전문적인 도구들이 이윽고 내 팔 여기저기를 쑤시기 시작했다. 의체 정비에 몰두하는 동안 자허토르테는 정말 아무런 말도 하지 않았다. 고도의 집중력을 발휘하고 있는 건지, 아니면 내 질문을 끝끝내 피하려는 건지. 한편 나는 도무지 입을 다물고 있을 수가 없었다. 줄어들기는커녕 절망적으로 늘어나기만 한 의문이 거의 구역질처럼 쏟아졌다.

"사람이 아무런 흔적도 안 남기고 살아간다는 게 말이 될까?"

끼릭. 끼릭. 왼팔 안쪽의 복잡한 부품들이 모습을 드러냈다. 능숙한 손길이 먼지를 털어 내고, 흐트러진 배선을 바로잡았다.

"할루할로가 나랑 만나기 전에 뭘 했는지 알아보려고 했어. 드롭스를 어디서 벌었는지도 찾아봤고. 그런데 정말 아무것도 없었어. 깨끗했어. 완전히."

오른팔은 조금 더 정교한 모델이었지만, 자허토르테는 거침없이 정비 작업을 계속해 나갔다. 센서를 점검하기 위해 전극을 가져다 대자 팔이 찌르르 떨렸다.

"이렇게까지 자기 흔적을 지우는 게 가능할까? 제조된 지 얼마 안 됐다면 말이 되겠지. 그럼 드롭스는? 처음부터 갖고 있었던 거야? 드롭스가 허공에서 짠! 하고 만들어지는 건 아니잖아. 오류일까? 도미노슈타인에서 숫자를 잘못 입력하기라도 한 걸까?"

그다음에는 오른 다리 차례. 어느새 완전히 닳아 버린 구동축이 하나 빠지고, 교체용 구동축이 대신 들어갔다. 자허토르테의 손에 이끌려 위아래로 움직여 보니 과연 훨씬 매끄럽게 작동했다. 곧 덮개가 닫히고 나사가 조여졌다.

"이젠 정말 모르겠어. 그렇게 열심히 찾고 생각했는데, 그럴수록 할루할로를 점점 더 모르겠다고. 수수께끼가 너무 많아서 칩이 폭발해 버릴 것 같아. 제발, 뭔가 알아낸 거지? 그래서 온 거잖아?"

"도나우벨레, 일단 진정해 줘."

이렇게까지 착 가라앉은 목소리는 자허토르테에게서 들어 본 적이 없었다. 분명 중요한 말을 할 거란 신호겠지. 하지만 그것이 내가 원하는 형태의 이야기는 결코 아니리라는 사실도 짐작할 수 있었다. 몇 번이나 심호흡을 하며 두려움을 억누르는 동안 자허토르테는 참을성 있게 기다려 주었다. 이야기가 시작된 것은 그 이후였다.

"보관함에 있던 문서는 우리가 다 확인했어. 번역 앱이랑 데이터베이스 써 가면서 꼼꼼히. 대부분은 네 말대로 블랙 포레스트를 건설하는 일에 관한 내용이었고, 옛날 오토마톤 하고 관련된 게 약간 있었어."

할루할로가 옛날 오토마톤 부품도 조금 구매했다는 괴터슈파이제의 말이 떠올랐다. 하지만 깊이 생각할 여력은 없었다. 자허토르테의 말을 멍하니 듣는 것만으로도 불안감이 스멀스멀 차올랐다.

"특히 '카라 파르샤드 박사'라는 사람에 관한 게 많았어. 블랙 포레스트며 레드 벨벳 같은 걸 만들자고 처음 말을 꺼낸 사람인 모양이야. 그 작자가 이 세상을 설계한 거지. 일단 이것부터 읽어 봐."

자허토르테의 메시지가 도착했다. 번역한 문서에서 복사해 붙여 넣은 것인지, 모르는 단어가 많이 들어간 긴 텍스트였다. 당연히 이해하기는 쉽지 않았지만, 그래도 여러 번 읽으니 대강 무슨 소리인지 정도는 알 것 같았다.

[반쯤 무너진 이 벙커에서, 존재 가치를 잃은 지하 군수공장 곁에서 언제까지나 살아갈 수는 없습니다. 다시 저 위로 올라갑시다. 빛나는 태양 아래에 우리만을 위한 낙원을 만듭시다. 그리고 다시는 파국을, 우리의 시대를 끝낸 어리석은 실수를 반복하지 않도록 합시다.]

"레드 벨벳 얘기야?"

"위로 올라간다는 걸 보면 아마 그렇겠지? 카라 파르샤
드 박사가 쓴 글이야. 파국에서 살아남은 사람들 데리고서
저 위에 낙원을 세우려고 했던 것 같아. 그리고, 이건 조금
더 긴데, 아무튼 한 번 봐봐."

[우리의 시대는 비록 파국을 맞이하였지만, 그 기술의 유산은 여전
히 우리 손에 남아 있습니다. 우리는 뇌에 칩을 삽입해 복제 군인들
을 통제하여 적들을 바퀴벌레처럼 죽이도록 만들었습니다. 같은 기
술로 우리는 복제 노동자들을 통제하여 근면한 개미처럼 갈등 없이
생산에 종사하도록 할 수도 있을 것입니다. 이곳 지하 벙커에는 그
들을 생산할 시설도, 그들에게 먹일 사료를 생산할 시설도, 그들
이 일할 공장도 있습니다. 그들이 우리의 낙원만을 위해 힘써 일하
도록 합시다. 이렇게 하면 여자와 남자, 어른과 어린이, 그 누구도
다시는 전쟁을 경험하는 일이 없을 것입니다.]

"이건 블랙 포레스트인가? 레드 벨벳 얘기는 아까 나왔
으니까. 좀 이상하긴 하지만."

"이상한 게 한두 군데가 아니지. 사람이 칩으로 조종당
하는 것도 아니고, 갈등이 없다는 건 말도 안 되는 소리고,
그리고 이전 시대 사람들은 시설에서 생산 안 됐나? 아무튼
그런 세세한 건 안 중요하니까. 자, 다음."

[카라 파르샤드 박사의 망상에는 최소한의 현실성조차 없다. 다 같
이 지상으로 나가 밀과 보리며 소와 양을 기르고, 이곳 벙커는 좀

비 노동자로 가득 채워 낙원을 떠받치게 할 수 있다면야 물론 환영이다. 하지만 그 노동자들은 누가 도맡아 통제하고, 공장은 누가 관리하는가? 또 낙원은 누가 다스리는가? 간신히 파국에서 살아남은 우리 생존자 중 일부가 이런 미치광이의 황당무계한 헛소리에 귀를 기울이고 있다니, 한탄을 금할 수 없다.]

"이런 것도 많았어. 아무래도 블랙 포레스트며 레드 벨벳 계획이 막 전폭적으로 지지를 받은 건 아니었던 모양이야. 자기들끼리 두 파벌로 나뉘어서 저런 비슷비슷한 주제로 엄청 싸웠나 보더라고."

"음, 그러니까 네 말은, 할루할로가 모은 게 죄다 이딴 거였단 얘기야? 블랙 포레스트가 생기고 이전 시대 사람들이 치고받았다는 내용? 그게 다야?"

"도나우벨레, 뭐 이상한 거 못 느꼈어? 빠진 게 보이지 않아?"

갑작스러운 질문에 잠깐 당황했지만, 무슨 말인지 깨닫기까지는 그리 오랜 시간이 필요하지 않았다. 자허토르테가 보내 준 자료에서는 분명한 이질감이 느껴졌으니까. 블랙 포레스트와 레드 벨벳이 만들어질 때의 얘기라면 여러 번 언급되었어야 할 아주 중요한 인물 하나가, 어째서인지 단 한 번도 등장하지 않았던 것이다.

"디비니티 얘기가 없어!"

"그래, 그게 없더라. 그 많은 종이 뭉치를 아무리 읽어 봐도, 엄청 똑똑한 오토마톤 얘기는 쏙 빠져 있더라고."

레드 벨벳은 누가 관리하는가? 블랙 포레스트의 공장에
는 누가 지시를 내리는가? 전부 디비니티가 하는 일이다. 즉
카라 파르샤드 박사라는 사람이 디비니티만 보여 줬더라면,
이전 시대 사람들은 싸울 이유가 없었으리라는 소리다. 레드
벨벳에서 가장 중요한 존재가 이전 시대의 논쟁에는 언급조
차 되지 않는다? 정말 수상한 일이었다.

"할루할로도 이걸 궁금해한 걸까?"

"그래서 옛날 오토마톤에 대해서도 알아본 거 아니겠어?
이전 시대 기록에 디비니티에 대한 단서가 있을 거라고 생각
했겠지. 엄청 위험한 짓을 한 거야."

레드 벨벳과 블랙 포레스트 양쪽에 크나큰 영향력을 행
사하는 사람을 의심해 몰래 뒷조사를 하는 일. 이게 할루할
로의 꿈이고 목표였다면, 그 누구에게도 알리지 않으려 한
것도 당연하다. 자허토르테 말대로 정말 엄청나게 위험해질
수 있으니까. 혹시라도 디비니티에게 이 정보가 흘러 들어갔
고, 또 디비니티가 그런 할루할로의 행동을 마음에 들어 하
지 않았다면, 그다음에 일어날 일은 자명하니까.

세상에, 할루할로.

정말 그렇게 돼 버린 거야?

"디비니티는 도미노슈타인에도 지시 내리잖아. 그럼 뭐,
칩을 먹통으로 만들거나 할 수도 있겠지. 칩은 원래 통제 용

도였다니까."

부정하고 싶었는데 그렇게 간단하지가 않았다. 의체에 오작동이 일어났는데 전문가들도 도무지 원인을 알 수 없다는 수수께끼도, 그 어떤 전문가보다 강력한 오토마톤인 디비니티의 짓이라고 하면 설득력이 생겼다. 보관함에서 찾은 증거도 전부 이 비참한 가설을 뒷받침했다. 할루할로는 디비니티에 관해 너무 깊이 알아보려고 한 것이다.

"레이디핑거가 그러는데, 아무래도 지난번 를리지외즈 쪽 의뢰가 결정적이었던 것 같대. 그때 우리가 밝혀낸 게 다 감시 1팀 통해서 디비니티한테로 들어갔을 거 아냐? 누가 27번 구역에서 발굴 의뢰하고 있단 정보도 같이 말이야. 그래서 들킨 게 아닐까 하더라고."

할루할로가 이렇게 된 데에 내 탓도 있다는 얘기까지는 듣고 싶지 않았다. 책임을 지고 싶어도 방법이 없으니까. 디비니티한테 직접 항의할 수도 없고, 협박해서 할루할로를 원래대로 돌려놓을 수도 없다. 이 사건에 계속 관여하는 것조차 위험하기 그지없는 일이다. 자허토르테가 이렇게 말하는 것도 당연하다.

"그, 무슨 말 하려는지 알 거야. 더 파헤쳐서 좋을 것도 없고, 우리도 이 이상은 도와줄 수가 없어. 너도 이쯤에서 납득하고, 음, 잊으려고 노력해야 할 때라고 생각해."

물론 나는 대답할 수 없었고, 자허토르테도 더 설득하려

하지는 않았다. 대신에 주섬주섬 장비만 챙겨 방을 떠나 주었다. 당분간은 출근하지 않아도 되니까, 충분히 쉬고 나중에 보자면서. 고마운 일이었다. 지금은 혼자만의 시간이 필요했다.

[혼자만의 시간이라니]

[좀 섭섭한데]

[아닌 거 알잖아]

그래, 물론 아니지. 멈춰 버린 룸메이트가 아직도 이 방에서, 머릿속에서 떠나 주질 않았으니까. 투명도 조절 기능조차 지원하지 않는 환각 메시지는 이제 시야를 전부 가릴 지경이었다. 배선이 엉키기라도 한 것처럼 생각이 사방으로 튀었다. 할루할로에게 무슨 일이 일어났는지는 알아냈고 또 납득할 수 있었지만, 여전히 각종 의문이 의체 부품 사이의 먼지처럼 그대로 달라붙은 채였다.

"할루할로, 넌 정말 뭐 하는 애였어?"

환각조차 이 질문에는 침묵을 지켰다. 과연 수수께끼의 룸메이트다웠다. 남의 마음은 손쉽게 읽어 내면서도 자기 자신에 대해서는 끝까지 감추는 애였으니까. 그렇게 비밀만을, 끝까지 할루할로를 온전히 알 수 없었다는 고통만을 남기고서 영영 멈춰 버린 것이다. 화가 치밀어 오를 만큼 마음이 아팠다. 호소할 데라고는 텅 비어 버린 의체뿐이었다.

"대답해 봐. 왜 아무도 신경을 안 쓰는 문제를 그렇게 파고들었어? 그러다가 이 꼴이 됐잖아. 그 많은 드롭스를 쓸 데가 그렇게 없었어? 전신 의체 맞추기 전까진 고깃덩어리 그대로 내버려뒀으면서!"

"애초에 드롭스는 어디서 벌었는데? 내가 매일 고생하는 거 봤으면서, 드롭스 쉽게 버는 법 알면 나한테 말이라도 해 주면 안 됐어? 그게 아무 노력도 없이 생겨나는 줄 알아? 블랙 포레스트에선 말도 안 되는 일이라고!"

"또, 또 있어! 말도 안 되는 거! 목소리도 안 내고, 기록도 없고, 괴담에도 반응이 없고! 도대체 뭐야? 이 블랙 포레스트에 너 같은 애는 정말 어디에도-"

의체에다 대고 꼴사납게 소리나 질러대던 도중에, 다시 메시지창이 떠올라서 눈앞을 가렸다. 물론 환각이었다. 실제 메시지보다도 더 선명하게 빛나는 환각. 절망으로 끓어오르는 머릿속에 무심한 두 마디가 달궈진 금속처럼 박혔다.

[네 말이 맞아]

[블랙 포레스트에선 그렇지]

매번 뜻 모를 소리만 한다고 다시 화를 낼 작정이었는데, 그보다도 빠른 속도로 온갖 생각이 떠오르기 시작했다. 블랙 포레스트에선 그렇다고? 할루할로 넌 어쩌면…. 정말 터무니없는 생각들이어서 제동을 걸려고 했는데, 그럴 수가 없었다. 의문이 풀려 나가고 있었으니까. 단서가 튜브 노선처럼

서로 연결되는 모습이 눈에 보였으니까. 그래서 그렇게 널 이
해할 수가 없었던 거야? 이게 할루할로 네가 감춘 마지막 비
밀이었어? 그 말이 그런 뜻이었어? 존재하지 않는 메시지가
내 질문에 대답하듯 마구잡이로 떠올랐다.

[네 말이 맞아]

[칩이 없는 게 뭐][알게 될 거야]

[광고도 없고][내 일이 끝나면]

[감시도 없고][그리고 보답도]

[블랙 포레스트에선 그렇지]

내 생각이 맞다면, 앞으로 할 일은 아주 간단했다. 간단
하고 잔인하고 돌이킬 수 없는 짓이었다. 하지만 어쩌면 그
생각조차 스트레스를 견디지 못한 고깃덩어리 뇌의 오작동
인 건 아닐까? 일을 저질러 버린 뒤엔 이미 늦지 않을까? 그
래서 예전에 딱 한 번 만난 사람에게 다짜고짜 질문을 하나
보내고, 기다렸다.

답변은 곧 도착했다.

이젠 정말로 돌이킬 수가 없게 된 것이다.

할루할로의 몸에서는 나지막한 웅웅 소리가 났다. 희미
한 열기도 느껴졌다. 할루할로를 할루할로로 만드는 무언가
가 치명적인 손상을 입긴 했지만, 이 비싼 의체만큼은 더할
나위 없이 정상적으로 작동하고 있다는 증거였다. 흠결 없이

매끄러운 배를 쓰다듬으며 나는 그런 의체의 귀에 속삭였다.

"아까 하던 말 계속할게, 할루할로. 이 블랙 포레스트에 너 같은 애는 정말 어디에도 없을 거야."

할루할로는 그만큼 이상한 사람이다. 존재 자체가 이 지긋지긋한 세상에 발생한 논리적 오류인 건 아닐까 생각하게 될 정도로. 하지만 블랙 포레스트는 세상의 전부가 아니다. 이를테면 블랙 포레스트에서는 이상한 일이 레드 벨벳에서는 아주 당연할지도 모른다.

"넌 '칩 없는 사람' 얘기를 전혀 무서워하지 않았어. 칩이 원래는 통제 도구였다는 걸 알아서 그랬을까? 그런데 있지, 난 그걸 알고서도 여전히 칩 없는 삶을 상상 못 하겠어. 생산되어 나올 때부터 있었고, 주변 사람들도 다 하나씩 갖고 있으니까."

그리고 기록에 따르면 칩은 '복제 노동자'에게나 들어 있는 것이다. 카라 파르샤드 박사는 노동자들이 '낙원'을 떠받치게 만들려 했고, 그 낙원이 아마 레드 벨벳일 테니, 레드 벨벳 사람들은 칩이 없다는 뜻이다. 시치미를 떼는 의체를 꼭 안은 채 나는 계속해서 혼자 중얼거렸다.

"디비니티가 뭐가 어쨌는지도, 난 사실 아무래도 좋다고 생각해. 본 적도 없고 건드릴 수도 없는 오토마톤한테 관심 가질 이유가 없으니까. 하지만 넌 아니었어. 기록에 디비니티 얘기가 없는 게 수상하다고 계속 이전 시대의 폐허를 파헤쳤

잖아."

하지만 레드 벨벳에선 다를지도 모른다. 디비니티가 직접 관리하는 곳이니까. 레드 벨벳의 부자들은 디비니티가 작동하는 모습을 직접 봤겠지? 그러다 보면 의심을 품게 되기도 할까? 그 의심 때문에 무모한 짓을 저지르는 사람도 있을까? 끌어안은 팔을 풀고서, 이번에는 축 늘어진 몸 위에 올라탔다. 비밀을 낱낱이 밝혀내는 동안 할루할로가 도망쳐 버리지 못하도록. 각오해, 수수께끼의 룸메이트.

"할루할로, 넌 레드 벨벳 사람이지? 블랙 포레스트에서 이전 시대의 흔적을 뒤져 보려고, 디비니티의 비밀을 알아내려고 여기까지 온 거지?"

내 입으로 말하고도 헛웃음이 나왔다. 너무 말이 안 되는 이야기라서, 분명히 뇌가 오작동하고 있다는 생각밖에 들지 않았다. 레드 벨벳 사람은 블랙 포레스트에 올 수 없다. 통로라고는 1번 구역의 플로트뿐인데, 그곳으로 오가는 것은 투티프루티 직원과 화물뿐이다. 그리고 칩은? 레드 벨벳 사람한테는 칩이 없다고 추리해 냈으면서, 정작 할루할로는 항상 칩을 통해서만 말을 했는데?

[그래도]

[뭔가 근거는 있나 보네]

"물론이지. 원격조종 인간 괴담 기억해?"

괴담 자체는 수백수천의 속삭임의 피에스몽테가 주도해

퍼뜨린 소문일 뿐이지만, 그 바탕은 기업 직원의 실제 경험담. 그리고 카라 파르샤드 박사의 원래 계획은 칩으로 블랙 포레스트 전체를 조종하는 것이었다. 즉 레드 벨벳에서는 블랙 포레스트 사람을 원격으로 조종할 수 있다는 뜻이다. 그렇게 하면 직접 오지 않고도 이전 시대의 폐허를 뒤질 수 있다. 이 괴담이 퍼져서 디비니티한테 들어간 것도 할루할로를 위험에 빠뜨린 원인 중 하나일까? 글쎄, 지금은 내 책임에 대해선 별로 생각하고 싶지 않다.

"피에스몽테한테 물어봤어. 실제 사건이 언제 일어났는지. 예상대로더라. DBC 직원이 제보해 온 시기가, 하필이면 너랑 내가 만나기 바로 얼마 전이었던데."

[기억나]

[처음 만났을 때]

"나도 똑똑히 기억해. 넌 방을 구하는 중이었고, 블랙 포레스트에 대해서 이것저것 아는 사람을 원했는데, 마침 난 조사관이었지."

둘이 나눠 내더라도 방세가 좀 비싸니까, 앞으로 의체 맞출 생각이라면 곤란할 수 있다고 경고한 기억도 났다. 돌이켜보면 정말 쓸모없는 짓이었다. 그 시점에서 이미 할루할로는 원격조종되는 칩에 드롭스를 잔뜩 넣어 두었을 것이다. 레드 벨벳의 부자한테나 가능한 양의 드롭스를.

"같이 지내면서 엔터테인먼트까지 즐기는 사이가 되고

나서도, 넌 줄곧 수수께끼였어. 대답은 안 해주고, 말은 빙빙 돌리고, 알고 보니까 기록엔 보안까지 걸어 뒀고."

당연한 조치였을 것이다. 아무런 일도 안 했는데 드롭스가 잔뜩 들어왔다는 걸 누군가한테 들키면 곤란해질 테니까. 자신의 정체를, 목적을, 룸메이트인 나한테조차 철저히…. 하지만 할루할로는 분명 이렇게 말하기도 했다. 모든 일이 끝나면 전부 알게 될 거라고. 보답도 할 거라고. 아마도 디비니티의 진실을 알아내 블랙 포레스트에 온 목적을 달성한 뒤에는, 내게 모든 걸 털어놓겠다고 미리 정해 두었겠지.

"얼굴 보면서 직접 말하려고 했어? 그건 아니었을 거야. 너답지가 않거든."

[날 어떻게 생각하는 거야]

"우리 관계를 확실히 하겠다고, 일부러 고기 강탈자한테 당하면서 영상 공유해 줬잖아. 그게 네 방식이야. 절대로 말로 하는 법이 없어."

정신없이 뛰는 가슴을 진정시키려는 노력조차 하지 않고서, 기이한 열정에 사로잡힌 채 나는 할루할로의 뺨을 어루만지고 목에 입을 맞췄다. 침대 위에서 룸메이트를 이렇게까지 마음대로 해 본 건 처음이었다. 언제나 나는 제압당하는 역할이었으니까. 하지만 지금의 할루할로가 할 수 있는 건 메시지를, 아니, 환각을 띄우는 것뿐이었다.

[말해 봐]

194

[내가 생각해 낸 방법]

[뭐였을까]

나는 대답하는 대신에 침대 아래에 놓아둔 오토마톤 정비 도구를 집어 들었다. 손이 떨렸다. 지금부터 하려는 짓은 정말로 터무니없고, 끔찍하고, 절대로 하고 싶지 않은 행동이었다. 하지만 동시에 이것이야말로 할루할로의 의도대로라는 확신이 내겐 있었다. 그래서 할루할로의 몸을 일으켜 세웠고, 등 뒤쪽의 나사를 더듬어 풀어 내렸다. 덮개가 벗겨지자 손끝에 작은 스위치가 닿았다.

"말할 필요도 없지. 바로 확인해 볼게."

경쾌한 '딸깍' 소리가 났다. 부드러운 소리가 웅웅 울리다가 곧 잦아들었고, 품에 안긴 몸은 빠르게 식어갔다. 한동안 나는 그렇게 할루할로의 전신 의체를 안고 있었다. 방금 전까지만 해도 아무런 문제 없이 작동하고 있었지만, 내 손으로 스위치를 꺼 완전히 정지시켜 버린 의체를.

할루할로에게는 아주 강력한 보안이 걸려 있었다.

강력한 보안이라는 말은, 드롭스를 지불해서 뚫을 수 있는 게 아니라는 소리다. 도미노슈타인에 고가의 주문 제작을 맡겨야만 그런 보안을 걸 수가 있다. 주문 제작이니만큼 드롭스를 내는 대로 원하는 옵션은 무엇이든 추가해 줄 텐데, 할루할로에게 가격은 전혀 의미가 없으니까, 옵션이란 옵션은 다 붙어 있다고 생각해도 틀리지 않을 것이다. 이를테면 작동 정지 시 권한 자동 승계 기능이라거나. 할루할로가 내게 비밀을 털어놓을 방법으로 선택한 것이 바로 이 기능이리라고 나는 예상했다. 그야말로 수수께끼의 룸메이트다운 방법이니까.

그래서 행동으로 옮겼고, 기다렸다.

불안하게.

초조하게.

온갖 불길한 생각 속에서.

이 모든 것이 단순한 오작동이었던 건 아닐까? 할루할로가 다시는 깨어나지 않으리라는 명백한 사실을 부정하기 위해, 내 뇌가 정교하고 말도 안 되는 논리를 쌓아 올린 결과 이런 어처구니없는 짓까지 저지르고 만 건 아닐까? 그 가능성을 부정하기가 점점 힘들어졌다. 믿음이 녹아내리며 절망이 다시 스멀스멀—

[문서 파일(보안_승계에_관한_알림)이 도착했습니다. 저장하시겠습니까? (5드롭스)]

—이번에는 환각이 아니었다. 메시지창은 시야 중앙에 또렷하게, 깜박임 없이, 내가 옳았다는 흔들리지 않는 증거처럼 떠 있었다. 드롭스를 지불하라는 메시지가 이렇게까지 기쁠 수도 있는 것이었구나, 하는 생각이 문득 들었다.

보안 내부의 데이터는 튜브 정거장의 보관함 안쪽만큼이나 잡동사니로 가득했다. 구매한 텍스트, 시야 캡처 이미지, 블랙박스 영상과 주고받은 메시지들이 참으로 꼼꼼히도 남아 있었다. 내 이름으로 된 폴더가 따로 있는 것도 확인했지만, 그것까지 들여다보지는 않았다. 지금은 부끄러움에 몸부림칠 때가 아니었으니까.

대신에 나는 즐겨찾기로 표시되어 반짝이는 문서 파일을 열기로 했다. [사랑하는_도나우벨레에게]라는 아주 기대를 불러일으키는 제목을 달아 놓은 걸 보니, 모든 일이 끝나면 내가 읽어 볼 수 있도록 준비해 둔 문서겠지. 하지만 그 내용은…, 솔직히 말해 미완성된 중구난방이었다. 아무래도 할루할로는 아주 최근까지도 이걸 수정하느라 애를 쓴 모양이었다. 덕분에 할루할로에 대한 내 추측이 들어맞았다는 사실 정도만 겨우 확인할 수 있었지만, 그거면 충분했다.

아, 그리고 '보답'도 있었다. 문서 파일에 링크로 달려 있던, 할루할로만이 줄 수 있는 선물. 그걸 열어 보고 나서야 나는 할루할로가 예전에 거짓말을 하나 했다는 사실을 깨달았다. 전신 의체 맞추는 데에 저축 절반을 썼다고? 뻔뻔하기도 해라, 여기 들어 있는 드롭스면 거주 구역 한 동을 전신 의체로 채우고도 남을 텐데. 정말 끝까지 사람 놀라게 하는 녀석이었다.

자, 그럼 이제 어떻게 할까?

할루할로는 지금 위험에 처해 있을 것이다. 원격조종하던 몸과 갑작스레 연결이 끊긴 걸 보니, 하던 일을 디비니티에게 들켜 강제로 끌려가거나 했겠지. 아직 작동하고 있다 한들 아마 다시는 만날 수 없을 것이다. 내가 정말로 무리하고도 위험한 짓을 하지 않는 이상은. 물론 나는 그렇게 할 작정이었다.

하지만 지금 생각하는 무리한 짓은 혼자서는 도저히 실행할 수가 없다. 비버테일이나 토르텔의 도움으로도 불가능하다. 더 믿고 매달릴 수 있는 팀이 필요하다. 이를테면 대규모의 위기부터 사소한 괴담에 이르기까지, 정말 이상한 의뢰라도 맡아서 해결해 준다면서 최근 더욱 이름을 알린 조사팀이라거나. 사무실은 5번 상업 구역 24번 소형 빌딩 3층. 지름길로 가면 훨씬 빨리 도착할 수 있다.

"의뢰할 게 있어."

창밖을 바라보던 레이디펑거도, 그 곁에 달라붙어 있던 사타안다기도, 의자에 앉아 빈둥거리던 자허토르테도 내 갑작스러운 등장에 깜짝 놀란 기색이었다. 더 쉴 거라고 생각했던 걸까? 하지만 지금은 긴급 상황. 최대한 빨리 일을 처리해야 한다. 번잡한 설명을 할 시간조차 없으니, 블랙 포레스트 전역에서 통용되는 최고의 의사소통 수단이 나설 때겠지.

"일단 10만 드롭스씩 받아. 얘기 들어 주는 값이야. 의뢰

받아 주면 이 10배고."

"그게 무슨…, 진짜 도착했네?"

"10만 드롭스? 어떻게 된 건가?"

"도대체 무슨 의뢰인데, 벨레?"

동료들이 기겁하는 모습을 보니 조금 우스웠다. 셋이 합쳐서 겨우 30만 드롭스니까, 중고 의체 처분한 금액도 안 나오는데! 얼마 전까지만 해도 감히 '겨우 30만 드롭스'라는 생각은 할 수조차 없었는데, 선물로 할루할로의 계좌를 통째로 받고 나니 온 세상이 달라 보였다. 블랙 포레스트를 몇 번 뒤흔들고도 남는 드롭스가 내 손에 있었다.

하지만 내가 뒤흔들고 싶은 건 이곳이 아니다.

저 위쪽이다.

"날 레드 벨벳으로 데려다줘."

더더욱 기겁하는 모습을 보니, 설명도 설명이지만 아무래도 드롭스가 좀 더 필요할 모양이었다. 아무래도 좋았다. 어차피 넘쳐 나도록 있으니까. 레드 벨벳에 가서 수수께끼의 룸메이트를 위험에서 구해 내기 위해서라면, 한 번이라도 다시 만나서 이야기하기 위해서라면, 이 드롭스를 전부 써 버린다 한들 전혀 아깝지 않았다.

인간의 오류

19번 공업 구역에서 그것은 가느다란 물줄기처럼 보였다. 공장이 가동되지 않는 날 안구의 감도를 최대한으로 올렸을 때만 간신히 볼 수 있는, 저 높은 곳으로부터 잿빛 공기를 양분하며 내려오는 은빛 직선. 당시에는 그것이 그저 증오스럽기만 했다. 내가 고생해 가며 수를 놓은 그 모든 옷감을 탐욕스럽게 빨아들이는 원흉으로밖에 보이지 않았으니까. 레드 벨벳으로 향하는 유일한 통로, 1번 구역 한복판에 높이 솟은 거대한 탑, 플로트라는 이름의 그 구조물이야말로 내 모든 고난의 원인이었다.

　　하지만 공장을 탈출해 4번 구역에서 일하는 동안 증오는 곧 사라졌다. 조사관이라는 직업은 플로트와 별 상관이 없었으니까. 플로트는 이제 사무실 창밖으로 항상 내다보이는 배경일 뿐이었다. 물줄기가 아닌 기둥이었고, 자세히 보면 까만 점 여럿이 그 안쪽을 오르내리는 모습까지 보였지만, 그마저도 한두 번 보면 질리는 광경이었다. 레이디핑거가 24번 빌딩에 사무실을 잡은 이유가 바로 그 광경이었다는 사실은 나중에야 깨달았다.

플로트를 가장 가까이에서 본 것은 2번 구역에서였다. 일 때문에 잠깐 방문했을 뿐이지만, 바로 옆 구역에서 작동하는 그 어마어마한 장치의 모습은 잊을 수가 없다. 수십 개의 반투명한 관을 따라 작은 건물만 한 승강기들이 천천히 움직이고 있었다. 블랙 포레스트 전역의 기업으로부터 생산된 물자를 가득 싣고서, 꼭대기 너머의 레드 벨벳을 향해. 레이디핑거는 물론 나조차도 한동안 그 정경으로부터 눈을 떼지 못했다.

물론 그보다 더 가까이 갈 수도 있다. 투티프루티에 취직해서 플로트 관리 기술자, 화물 검사관, 최종 운송 담당 중 하나를 맡으면 된다. 특히 마지막 보직을 선망하는 사람이 많다. 직접 플로트를 타고 레드 벨벳에 올라가 볼 수 있는 일이니까. 정확히는 입구에다가 컨테이너만 내려놓고 올 뿐이지만, 그래도 블랙 포레스트 사람이 레드 벨벳에 가장 가까이 갈 수 있는 방법이다.

상식적인 방법 중에서는 그렇단 소리다.

나지막한 붕붕 소리가 어둠 속을 부드럽게 채웠다. 컨테이너 안에 빼곡히 쌓인 상자들이 소리에 맞춰 진동했다. 진동은 상자와 상자 사이에 웅크린 내 몸으로도 분명히 전달되었다. 그 의미는 잘 알고 있었다. 3번 승강기가 작동하기 시작했다는 신호였다. 플로트를 따라서, 아무 이상 없이, 레드 벨벳으로 향하는 화물 사이에 초대받지 않은 손님 한 무리를 숨긴 채로.

어떻게든 마음을 진정시키려고 애를 썼지만, 소용은 별로 없었다. 상황이 너무 비상식적이었으니까. 슬쩍 고개를 돌려 보니 과연 자허토르테와 레이디핑거도 똑같이 '말도 안 된다'는 표정을 짓고 있었다. 정말 우리가 레드 벨벳으로 가는 중이야? 화물 사이에 숨어서? 바로 얼마 전까지만 해도 상상조차 하지 못했을 일이, 지금은 놀라우리만치 순조롭게 이루어지고 있었다.

이런 생각이 들 수밖에 없었다.

도대체 어쩌다 이 지경이 된 거지?

물론 일차적인 원인은 할루할로였다. 내게 일어나는 비상식적인 일은 언제나 그 수수께끼의 룸메이트 녀석 때문이다. 갑자기 픽 쓰러져서 사람 걱정시키더니, 이번에는 뭐? 사실은 레드 벨벳 사람이었다고? 디비니티의 진실을 찾겠다고 원격조종되는 몸을 써서 블랙 포레스트를 돌아다니다가, 결국에는 들켜서 위험에 처해 버린 거라고? 이런 어처구니없는 일을 벌여 놓았는데 어쩌겠는가. 레드 벨벳까지 가서 구해 주는 수밖에.

처음엔 다 같이 갈 생각까지는 아니었다. 무사히 돌아온다는 보장조차 없는 일에 모두를 말려들게 하는 건 사실상의 동반 작동 정지니까. 동료들의 도움을 받아 레드 벨벳까지 올라가기만 하면, 그때부터는 내가 어떻게든 알아서 할루할로를 구해 낼 작정이었다. 그런데 정작 의뢰 내용을 동료들에게 설명했더니 반응이 예상과는 전혀 달랐다. 특히 리더의 반응이 그랬다.

"레드 벨벳에 갈 방법을 찾아내서, 너만 보내 주고 우린 여기 있으라고? 잘 들어, 벨레. 방법을 알았으면 내가 제일 먼저 출발했을 거야."

평소답지 않게 언성을 높이던 레이디핑거는 곧 부끄러워졌는지 급히 입을 다물었다. 하지만 나머지 두 사람의 의견도 크게 다르지는 않았다.

"18번 구역에서 사람 구해 오는 의뢰 받아도 혼자는 안 가잖아. 도대체 무슨 자신감이야?"

"레이디핑거가 간다면 나도 간다. 사람이 많아서 나쁠 건 없으리라고 본다."

다들 이렇게 나온다면야 딱히 거절할 이유도 없긴 했다. 사타안다기 말대로 사람이 많을수록 할루할로를 무사히 구할 확률도 높아질 테니까. 이렇게 해서 쁘띠-4의 조사관 전원이 비상식적인 구출 작전에 동참하게 된 것이다. 착수금으로 100만, 일이 성공적으로 끝나면 2천만, 의뢰인이 작업 비용 일체 부담이라는 전무후무한 조건으로.

의뢰를 받았으니 이젠 계획을 짤 차례였다. 그것도 터무니없이 원대한 계획을. 어떻게 넷이서 레드 벨벳에 잠입해, 어떻게 디비니티로부터 할루할로를 구해 낼 것인가? 어디서부터 손을 대야 할지 솔직히 감이 안 잡혔다. 하지만 불가능하게만 보이는 이 과제에 사타안다기는 게임까지 그만두고서 적극적으로 달려들었고, 이내 준비라도 되어 있었던 듯 구체적인 안을 쏟아내기 시작했다. 자연스레 사타안다기의 지시에 따라 나머지 세 사람이 움직이는 구도가 되었다.

"지금부터 최종 목표를 고려할 필요가 있다. 할루할로는 디비니티에 의해 위험에 처한 것 아닌가? 그렇다면 우리도 디비니티와 맞설 준비를 해 두어야 한다. 자허토르테, 맡겨도 괜찮겠나?"

"어디서부터 시작해야 할지는 알겠어. 내가 말하는 대로 준비만 해 줘."

곧 22번 구역의 큼지막한 창고가 자허토르테의 작업실이 되었고, 파리들의 공동묘지에서 나온 물건들이 매일같이 문 앞에 쌓였다. 그 안쪽에서 도대체 무슨 작업이 이루어지고 있는지 궁금했지만, 이따금 보내오는 진행 경과 메시지에 신경을 쏟을 여유는 없었다. 다른 사람들한테도 각자 할 일이 있었으니까.

"레드 벨벳에 도달하려면, 어떻게든 플로트에 잠입해야 한다. 그 방법을 생각해 보도록 하자. 플로트 담당자를 매수하는 건 어떤가?"

"그건 곤란해. 담당자가 입 다물고 있을 거란 보장이 없잖아. 친한 동료 하나한테만 얘기해도 순식간에 투티프루티 전체에 소문이 퍼질 거고, 그럼 를리지외즈 감시팀이 바로 알아챌걸."

"벨레, 혹시 를리지외즈까지 매수할 수 없을까?"

"글쎄…. 사무원들한테 다 메시지 돌리는 동안, 적어도 한 놈은 디비니티한테 일러바칠 거 같은데. 게네들은 그러면 포상받고 진급도 한다고."

아무 데나 드롭스를 뿌리는 걸로 해결될 문제가 아니었다. 신뢰할 수 있는 사람, 우리가 원하는 대로 비밀리에 일을 처리해 줄 사람만을 골라서 포섭해야 했다. 지금껏 쁘띠-4를 존속시켜 온 레이디핑거의 사교성이 여기서 빛을 발했다.

"내가 두 사람 알아. 암브로시아에서 같이 생산돼서, 아직 연락하고 지내거든. 별로 엮이기 싫은 애들이라도 친구는 친구야."

한편 나는 레이디핑거처럼 친구가 많지는 않았지만, 꼭

필요한 물건을 구해 줄 수 있는 사람이라면 하나 알았다. 나한테 꽤 은혜를 입은 사람이기도 했다. 소프트 서브를 그만둘 때 불량품 암거래 커넥션을 그 사람한테 넘겨주고 나왔으니까. 드디어 그 보답을 받을 때가 온 것이다.

"제일 품질 좋은 거여야 돼, 첸돌. 구분 안 될 정도로."

"알았다니까요. 누구 부탁인데! 그래서, 얼마 준다고요?"

그 이후로는 초조한 기다림의 시간이었다. 사타안다기는 더 작고 잠입하기 좋은 동체를 알아보았고, 레이디펑거는 평소보다도 훨씬 자주 창밖을 내다보았으며, 나는 받아 놓은 물건을 몇 번이고 다시 확인해 보았다. 고대하던 메시지가 마침내 눈앞에 떠오르기 전까지.

[드디어 완성!]

[실전 테스트하러 가자고!]

자허토르테의 메시지를 신호 삼아 즉시 작전이 시작되었다.

메시지를 보내고, 일정을 조율하고, 설명을 들었다.

결행의 때는 금방 다가왔다.

작전은 첫 단계부터 과격하게 진행되었다. 그럴 수밖에 없었다. 직원을 매수해서 평화적으로 입장할 수 없다면. 남은 건 억지로 틈을 만들어서 들어가는 방법뿐이었으니까. 마침 내 룸메이트의 중요한 사업 파트너였던 사람이 그런 일에는 전문가였다. 어디를 습격하고, 물건을 빼앗고, 난장판을 만드는 일 말이다. 무대는 3번 구역의 제2교차로. 목표물은 투티프루티의 정기 화물차였다.

"가자, 얘들아! 판데무에르토의 진짜 실력을 보여 주자!"

괴터슈파이제의 명령이 떨어지기가 무섭게, 매복해 있던 갱단이 튀어나와 화물차를 향해 달려들었다. 방송으로는 종종 본 광경이었지만 과연 실제는 훨씬 극적이었다. 어쩌면 특등석에서 보고 있었기 때문일지도 모른다. 거대한 오토마톤 브리가데이로 안에서, 판데무에르토 갱단의 보스 옆자리에 어색하게 끼어 앉은 채로. 화물차가 포위망을 벗어나려고 방향을 틀자 브리가데이로가 앞장서서 그 뒤를 쫓았다. 스피커에서 나오는 한 마디 한 마디에 온 갱단이 움직였다.

"스페퀼로스, 왼쪽 막아! 카이저슈마른하고 바텐베르크는 애들 데리고 더 앞으로! 그렇지, 똑똑한 괴터슈파이제한테서 도망칠 수는 없다고!"

"보스! 거리 확보했어! 시작할까?"

"8백만 드롭스짜리 일이야. 조심해서, 신중하게⋯ 때려 부숴!"

그 외침과 동시에 브리가데이로가 화물차를 향해 몸을 날렸다. 어마어마한 충격이 우리한테까지 전해졌지만, 그래도 목표가 달성되었다는 사실은 확인할 수 있었다. 화물차에 실려 있던 컨테이너가 도로 위로 우르르 쏟아진 것이다. 판데무에르토 갱단의 전형적인 화물 탈취 수법이었다. 화물차를 습격해 물건을 확보하고, 기업에서 드롭스를 지불하지 않으면 그대로 가져가 버리는 스케일 큰 작업. 이번에는 목적이 조금 달랐지만.

"저기 저 컨테이너 보이지? 카이저슈마른이 열어 줄 거야. 지금 나가서 달리도록 해!"

"고마워, 괴터슈파이제."

"8백만 드롭스 줬으면서 고맙다는 말까지 할 필요는 없어! 괴터슈파이제는 받은 만큼 확실히 돌려줄 뿐이야!"

정말로 괴터슈파이제는 8백만이 아깝지 않게 일 처리를 해 주었다. 우리가 괴터슈파이제한테서 내려 컨테이너에 몸을 숨기는 동안, 일부러 앞으로 나가 협상에 트집을 잡아대면서 시선까지 한 번 끌어 준 것이다. 덕분에 작전의 첫 단계는 판데무에르토 갱단 내에서도 보스와 그 측근들밖에 모르는 채로 마무리될 수 있었다. 대성공이었다.

사타안다기가 세운 계획의 근사한 점은, 첫 단계의 성공이 다음 단계의 순조로운 진행으로 매끄럽게 이어진다는 사실이었다. 예를 들어 판데무에르토 갱단의 난동은 단지 잠입할 틈을 만들어 주기 위한 것만이 아니었다. 괴터슈파이제의 생트집 때문에 화물차가 한참이나 도로 위에 묶여 있었으니, 플로트 운행 스케줄에 맞추려면 검사 절차 몇 개는 생략해야 했던 것이다. 덕분에 우리를 실은 컨테이너는 별다른 방해 없이 3번 승강기까지 도달할 수 있었다.

컨테이너 벽 너머로 들려오는 승강기 내부 소리는 시끌벅적했다. 승강기 출발 직전의 마지막 확인 작업을 부랴부랴 끝내려 모든 검사 인원을 한 번에 투입했기 때문이었다. 이렇게 혼란스럽다면 과연 외부인 한두 명이 슬쩍 섞여 들어도 모를 만했다. 우리가 숨어 있던 컨테이너 문이 덜컹 열렸지만, 레이디핑거의 친구인 두 '검사관'은 물건을 샅샅이 확인하는 대신 조용히 한마디씩 던질 뿐이었다.

"정말 끔찍한 기분이야. 레이디핑거만 그 좋은 데로 간다니!"

"들려줘, 어땠는지, 레드 벨벳, 돌아와서, 무사히."

문은 곧 다시 닫혔다. 마지막 난관까지 성공적으로 통과했다는 의미였다. 사람들이 우르르 빠져나가는 소리가 들렸고, 그다음에는 나지막한 붕붕 소리뿐이었다. 상자를 진동시키고, 내 몸을 진동시키고, 비로소 이 상황이 얼마나 비상식적인지를 깨닫게 하는 작동 신호였다. 3번 승강기는 움직이고 있었다. 불청객 네 사람을 싣고서, 위쪽으로, 레드 벨벳으로.

어쩌다가 이 지경이 되었을까?

대답은 간단했다.

우리가 성공하고 만 것이다.

이 사실을 받아들이니 기묘하게도 진정이 좀 되었다. 이미 성공해 버렸다면야 어쩔 수가 없었으니까. 되돌아가는 것도, 여기서 그만두는 것도 불가능했다. 그렇다면 해야 할 일을 하나씩 처리해 나갈 뿐이었다. 일단은 도착 준비부터였다. 레드 벨벳에 입성하기 전 반드시 갖춰 둬야 하는 것들이 좀 있었다.

"번역 앱은 다 받았지? 음성 동시 번역되는 걸로?"

투티프루티의 최종 운송 담당자들이 넷에 남긴 후기에 따르면, 레드 벨벳까지 올라가도 칩은 정상적으로 작동한다. 하지만 도미노슈타인과 직접 통신해야 하는 앱 구매, 계산, 위치 추적 따위의 기능은 예외다. 그러니 꼭 필요한 앱은 도착하기 전에 구매해 두어야 했다. 그리고 다음으로는,

"슬슬 이것도 입어야겠다."

무기, 각종 도구와 부품, 케이크로 가득 찬 가방에서 옷을 꺼내자 자허토르테가 한숨을 쉬었다. 첸돌한테 적잖은 드롭스를 주고 구해 온 최고 품질의 불량품이었지만, 그래도 소프트 서브에서 만들어진 옷은 기본적으로 의체 사용자를 위한 물건이 아니다. 지나치게 꼭 끼고 가장자리는 나풀거린다. 자허토르테는 이걸 입으려고 의체를 새로 개조해야 했을 정도니까, 불만이 있는 것도 당연했다.

"정말 레드 벨벳에선 이딴 물건을 걸치고 다녀?"

"괜찮지 않나? 난 마음에 든다."

이렇게 말한 사타안다기는 정작 옷을 안 입어도 되는 사람이었다. 작전이 시작된 순간부터 줄곧 모나카에서 만든 초소형 비행 동체를 쓰고 있었으니까. 잠입하기엔 최적의 동체였고, 브리가데이로 안이나 화물 사이처럼 비좁은 장소에서도 편리했고, 항상 레이디핑거 품에 쏙 들어가 있는 모습도 부럽기 그지없었다.

"사타, 답답하지 않아? 끈을 좀 더 풀까?"

"괜찮다. 그보다 굉장히 잘 어울린다, 레이디핑거."

"그렇지! 부자들이 입는 옷인데도!"

레이디핑거는 이제 들뜬 기색을 숨기려 하지 않았다. 옷까지 걸치고 나니 속마음을 억누르고 있기가 더욱 힘들어진 모양이었다. 상관없는 일이었다. 이젠 그 누구도 레이디핑거의 꿈을 터무니없다고 비웃을 수 없게 되었으니까. 모든 준비는 끝났고, 플로트는 계속 운행했다.

여정의 끝이 가까웠음을 알린 것은 요란한 삐그덕 소리였다. 컨테이너의 움직임이 한동안 멈추는가 싶더니, 이내 어딘가로 끌려가다가, 다시 한번 멈추었다. 플로트에서 꺼내져 레드 벨벳 입구쯤에 놓인 것일까? 조용히 기다리고 있자니 이번에는 엄청난 덜컹거림이 들이닥쳤다. 컨테이너 전체가 번쩍 들렸다가 바닥에 쿵 떨어진 것이다.

"화물차 같은 데 실린 모양이다."

그렇다면 무지막지하게 시끄러운 화물차인 게 분명했다. 소음 때문에 한동안은 아무 생각도 할 수가 없을 정도였으니까. 다행스럽게도 요란한 여행은 그리 길지 않았고, 다시 한 번 크게 덜컹거린 뒤에는 더 이상의 움직임도 없었다. 대신에 낯선 냄새, 낯선 웅성거림이 컨테이너를 둘러싸고 있는 것이 느껴졌다.

다음 순간, 문이 활짝 열렸다.

밝은 주홍색 빛줄기가 어둠 속으로 쏟아져 들어왔다. 뒤를 이어 사람 일곱 명 정도가 한꺼번에 들이닥치더니, 컨테이너에 쌓인 상자를 바쁘게 바깥으로 나르기 시작했다. 모두 화려한 자수가 놓인 흰옷을 입은 사람들이었다. 그렇다면 컨테이너에서 몰래 빠져나갈 방법을 고민할 필요는 없었다. 그냥 상자를 하나씩 들고 걸어 나가면, 다들 우리가 레드 벨벳의 부자인 줄 알 테니까. 레이디핑거와 사타안다기가 가장 먼저, 그다음으로는 자허토르테가, 마지막으로 나도 바깥을 향해 조심스레 발을 내디뎠다.

처음으로 눈에 들어온 광경은… 기이했다. 막연히 상상해 온 '어마어마한 부자들만을 위한 낙원'의 모습은 결코 아니었다. 더 높은 건물도, 더 빠른 튜브도 없었다. 대신에 온 시야가 옅은 주홍빛으로 채워져 있었다. 일부러 이렇게 밝혀

놓은 걸까? 하지만 빛은 근처의 조명에서 나오는 것이 아니었다. 꼭대기와 온 사방을 까마득하게 감싼 푸르스름한 돔 구조물의 한쪽 끝에 거대하고 둥근 광원이 박혀 있어, 그곳으로부터 모든 빛이 뿜어져 나오고 있었다. 아니, 정말로 저게 구조물에 박힌 광원이긴 한 걸까? 내가 도대체 무엇을 보고 있는지 이해조차 되지 않았다.

적어도 사람이나 건물은 그 정도로 생경하지는 않았다. 다소 이질적일 뿐이었다. 이를테면 눈에 보이는 사람은 죄다 오토마톤이 아닌 인간이었고, 비슷한 옷을 입었으며, 눈에 띄는 의체도 달고 있지 않았다. 한편 건물은 하나같이 나지막했고, 재질도 건축 방법도 짐작할 수가 없었다. 그런 건물 사이를 나와 동료들은 천천히, 인파의 흐름에 떠밀리다시피 하며 나아갔다.

얼마나 걸었을까, 이윽고 탁 트인 광장이 모습을 드러냈다. 9번 상업 구역 중앙 광장과 비슷했지만, 더 작고 인간으로 붐비는 곳이었다. 큰 인간, 작은 인간, 처음 보는 형태의 인간들이 몇 줄로 늘어서서 뭔가를 기다렸다. 그 사이로는 넓적한 판을 든 인간들이 바삐 돌아다니며 고래고래 소리를 쳤다. 이윽고 우리와 함께 온 사람들이 행렬의 한쪽 끝으로 가서 물건을 나눠 주기 시작했다. 그 틈에 섞여 적당히 상자를 내려놓고 광장 가장자리로 빠지는 일은 간단했다. 문제는 이다음부터였다.

"야, 이제 어떡하면 되냐?"

"글쎄, 계획대로 해야지. 할루할로에 대한 정보를 수집하는 거야."

"괜찮은 생각이네. 그래서 구체적으로 어떻게?"

그것까지는 알 수가 없었다. 레드 벨벳이란 곳이 어떻게 생겼는지도 모르는 상황에서 계획을 얼마나 상세하게 세울 수 있었겠는가. 물론 사타안다기가 이런저런 가능성을 검토해 보긴 했지만, 결과적으로는 '일단 올라가 보고 상황 봐서 행동한다' 정도가 최선이었다. 당연히 레드 벨벳에 막 발을 들인 나도 딱 그 정도 얘기밖에 할 수가 없었다.

"일단 무작정 돌아다녀 볼까? 사람이 이렇게 많으니까, 혹시 할루할로 얘기를 하는 사람이 있을지도 모르잖아."

하지만 낯선 땅에서는 그냥 돌아다니는 것조차 쉬운 일이 아니었다. 긴장도 긴장이었거니와, 처음 맡아 보는 냄새 때문에 머리가 계속 아팠으며, 무슨 소리가 들릴라치면 음성 번역 앱이 먼저 반응해서 팝업을 띄워댔다. 블랙 포레스트에서는 오래전에 사라져서 데이터베이스에나 간신히 남아 있는 단어가 레드 벨벳에서는 하나도 빠짐없이 현역인 것 같았다.

"-그게 한 달이나 됐나? 어제 일 같은데."

"엄마! 또 농장 가도 돼? 송아지 보고 싶어!"

"오늘 일곱 시부터는 음료가 3만 드롭스입니다!"

이 마지막 말이 소란 가운데서도 귀를 사로잡았다. 단어는 어렵고 드롭스의 단위도 말도 안 되게 달랐지만, 그 내용만큼은 익숙하기 그지없었으니까. 낙원에도 광고는 존재했던 것이다. 정말 안타까운 일이라는 생각밖에 들지 않았다. 다음 광고 문구를 듣기 전까지는.

"밤에도 영업해요! 카페 마들렌입니다! 파이와 쿠키 있어요!"

연결이 끊기기 전 할루할로가 보낸 메시지, 끝까지 의미를 알 수가 없었던 수수께끼, '마들렌'이라는 단어가 걸음의 방향을 결정했다. 소리를 따라가니 커다란 판을 들고서 열심히 광고를 외쳐대는 사람이 하나 보였다. 키는 작았고, 긴 갈색 머리카락을 늘어뜨린 채였으며, 할루할로와 닮았다는 생각도 잠깐 들었다. 그야말로 잠깐이었다. 할루할로의 원격조종 신체는 저런 환한 미소를 지은 적이 없었으니까. 하지만 가까이 다가간 나를 향해 얼굴을 돌린 순간, 그 미소는 존재하지 않았던 것처럼 순식간에 녹아 사라졌다.

"믿을 수가 없네."

문제의 인물이 중얼거렸다. 그리고 바로 이어서,

"따라와요."

몸을 휙 돌려 터벅터벅 걸어 나갔다. 갑작스러운 움직임에 당황한 것도 잠시, 우리 네 사람도 곧 그 뒤를 따랐다. 레드 벨벳의 비좁은 골목 안쪽으로, 무엇이 기다리고 있을지 알 수 없는 곳으로.

말 없는 안내를 따라 도착한 곳은 신기한 냄새로 가득 찬 작은 상점이었다. 무엇을 파는 곳인지는 알 수 없었지만, 문에 적힌 글자로부터 상호가 카페 마들렌이라는 것만큼은 추측해 낼 수 있었다. 수수께끼의 인물은 우리를 안쪽 방으로 안내한 뒤 잠깐 나갔다가, 하얗고 빨간 부채꼴 덩어리 세 개를 플라스틱판에 받쳐 들고서 다시 들어왔다. 그 얼굴에 순간 아차, 하는 기색이 떠올랐다.

"아, 여러분은 이런 거 안 드시죠. 무의식적으로 그만."

그러고는 어색한 침묵이 흘렀다. 한동안 우리는 푹신한 의자에 앉은 채로, 상대방은 뻣뻣하게 선 채로 가만히 서로를 응시했다. 먼저 입을 연 것은 단서가 절박했던 내 쪽이었다. 긴장과 초조함으로 말이 제대로 안 나올 지경이었지만, 어떻게든 의사 전달은 할 수가 있었다.

"저기, 그, '마들렌'을 찾으라고… 할루할로가 그랬는데요."

"역시 언니가 불러서 오신 거네요. 반가워요. 모모챠챠라고 합니다."

또 팝업이 떠올랐다. 도움은 되지 않았다. 단어 설명을 아무리 읽어 보아도 전혀 와 닿지 않았으니까. 모모챠챠는 천천히 플라스틱판을 테이블에 내려놓고는, 건너편 의자에 털썩 주저앉아서 무덤덤한 목소리로 말을 이었다.

"여러분을 뵙게 될 줄은 몰랐어요. <u>언니</u>는 대체 어디까지 알고 있었던 걸까요."

"그러니까 '<u>언니</u>'라는 게 혹시-"

"네. 제가 여동생이에요. 자매끼리 별로 안 닮았죠? 일단 <u>언니</u>는 키가 크잖아요. <u>어머니</u>를 닮아서."

"죄송하지만 도대체 무슨 말씀인지-"

"아, 직접 만나신 게 아니지. 죄송해요. <u>언니</u>라면 이런 실수는 안 했을 텐데."

그러니까 자기가 할루할로랑 도대체 무슨 관계란 거야? 적인지 아니면 친구인지, 그 정도는 확인해 두고 싶었는데 쉽지가 않았다. 시야를 뒤덮은 팝업 위로 혼란에 빠진 동료들의 메시지가 마구 떠올랐다. 짧은 토론 끝에 내려진 결론을 레이디핑거가 조심스럽게, 정말 조심스럽게 입에 올렸다.

"그러니까, 그쪽 분께서는 할루할로와 같은 곳에서 생산되신 거네요?"

더욱 어색한 침묵이 흘렀다. 우리가 뭘 잘못 이해했을까? 모모챠챠는 어째서 그렇게까지 당황했을까? 수수께끼의 룸메이트가 있는 장소답게, 레드 벨벳은 도무지 이해할 수 없는 수수께끼로 넘쳐 나는 곳이었다.

"누군가 올 거라고 언니한테 듣긴 했어요. 그게 여러분일 줄 알았다면, 대화할 준비라도 미리 좀 해 뒀을 텐데요."

의사소통을 위한 힘겨운 노력이 대충 마무리된 뒤, 모모챠챠는 한숨을 쉬며 그렇게 말했다. 의미심장한 발언이었다. 우리가 카페 마들렌에 당도한 것은 할루할로의 의도대로였다는 뜻이었으니까. 어째서 여기로 부른 걸까? 할루할로에 대한 단서를 얻을 수 있을까? 의문은 끝도 없이 많았지만, 물론 처음으로 할 질문은 정해져 있었다.

"할루할로는 무사한가요?"

"과연 그것부터 물어보시네요. 네, 일단은요."

줄곧 마음 한쪽 구석으로 몰아 놓았던 걱정이 겨우 해소되는 순간이었다. 할루할로는 무사했다. 여기까지 온 것이 헛고생도 아니었고, 너무 늦지도 않았다. 이제는 마음 놓고 할루할로가 어디에 있는지, 구하려면 어떻게 해야 하는지, 그런 질문을 던질 차례였지만- 그보다 모모챠챠가 입을 여는 것이 빨랐다.

"손님이 오면 설명부터 해 드리라고 언니가 말했어요. 일단 들어주시길 바라요."

"설명이요?"

"아, 그 전에 하나 여쭤보긴 해야겠네요. 어디까지 알고 계신가요?"

대뜸 튀어나온 질문이었지만, 그래도 우리 네 사람은 아는 걸 전부 얘기했다. 할루할로의 원격조종되는 몸에 대해, 디비니티의 진실을 파헤친다는 목적에 대해. 이야기를 듣는 동안 모모챠챠는 점점 더 놀라는 것 같았다. 목소리에서도 그런 기색이 느껴졌다.

"정확하네요. 설명할 게 많이 줄었군요."

"그래도 우리가 모르는 일이 남아 있는 거죠? 그래서 할루할로가 설명을 맡긴 거고요?"

"당연하죠. 안 그러면 제가 쓸모가 없어지잖아요."

모모챠챠가 크게 심호흡을 했다. 아주 긴 이야기가 준비되어 있다는 듯이. 이야기의 시작은 우리가 당도한 낯선 공간, 온갖 계획과 소란 끝에 도착한 바로 이 장소였다.

"일단 레드 벨벳 이야기부터 할게요."

물론 우리는 블랙 포레스트의 그 누구보다도 레드 벨벳에 대해서 잘 알았다. 모모챠챠의 설명도 어느 정도는 알고 있는, 혹은 예상했던 내용이었다. 하지만 이질적이었던 것은 그 뉘앙스였다. 모모챠챠는 레드 벨벳을 낙원으로 소개하지 않았다. 만사가 엉망인 블랙 포레스트와는 달리 모든 것이 철저히 관리되지만, 드롭스를 긁어모으려 아등바등할 필요 없이 풍요가 약속되어 있지만, 그래도 모모챠챠의 이야기 속 이곳은 어딘가 답답하기 그지없는 공간이었다.

"제가 아는 바로는, 여러분이 오신 블랙 포레스트에선 오토마톤이 특별한 존재가 아닌 모양이더군요. 이곳은 달라요.

오토마톤이 인간을 감시하고 통제하죠. 디비니티, 그 아래의 '궁정 시녀대' 41대, 이들이 레드 벨벳을 지배해요."

그렇게 말하고서 모모챠챠는 궁정 시녀대의 이름을 줄줄 읊기 시작했다. 배급성의 세미야 파야삼, 농업성의 피치 멜바, 치안성의 프타시에 플레츠코, 경제성의 타르트 타탱…. 태어난 지 얼마 안 되었을 때부터 궁정 시녀대의 이름과 역할을 외우도록 한다는 설명도 덧붙였다.

"계속 그런 걸 가르쳐요. 디비니티의 연산이 얼마나 완벽한지, 궁정 시녀대가 그 연산 내용을 얼마나 정확하게 하달하는지. 연산에 따르기만 한다면 낙원은 영원하겠지만, 거역했다가는 이전 시대의 파국이 다시 찾아올 것이라고도 배우죠."

"사실이 아니라고 생각하시는군요."

레이디핑거의 말에 모모챠챠는 조용히 고개를 끄덕였다. 추측했던 대로였다. 레드 벨벳에서는 디비니티의 연산이 몇몇 기업뿐이 아닌 사회 전체를 관리하니, 블랙 포레스트에서와는 달리 다들 디비니티를 신경 쓸 테고, 그러다 보면 의심을 품는 사람도 생기겠지. 과연 그런 사람이라면 레드 벨벳을 완벽한 낙원이라고 소개할 수 없을 것이다.

"다들 연산에 따라 일하는데도, 종종 밀이 부족해지거나 배급이 남아돌아요. 물론 대다수는 의심하지 않죠. 이 또한 인간은 이해할 수 없는 디비니티의 완벽한 연산대로라고 생각하니까. 하지만… 우리는 그렇게 믿지 못했어요. 연산이 정말 완벽한지 아닌지, 그걸 알고 싶었죠."

"우리? 당신과 할루할로 말인가요?"

모모챠챠는 내 물음에 즉시 답하지 않았다. 대신 불안하게 손가락을 꼼지락거리며, 한참 동안 시선을 이리저리 돌렸다. 절대로 발설해서는 안 되는 정보를 입에 담으려는 사람처럼. 이윽고 그 입술 사이로 속삭임 같은 한마디가 흘러나왔다.

"비밀 모임이 있어요."

'피낭시에', 그것이 모모챠챠가 말한 모임의 이름이었다.

특별히 폭력적이거나 과격한 집단은 아니었다. 단지 할루할로처럼 디비니티의 연산에 의심을 품은 사람들이 뭉쳤을 뿐. 서로 생각을 공유하고 의견을 나누는 것이 활동의 대부분을 차지했다. 물론 궁극적인 목표는 있었다. 피낭시에는 디비니티의 진실을 알아내기 위한 모임이었다.

"하누카겔트가 특히 적극적이었어요. 아, 하누카겔트는 우리 단장이에요. 놀라운 사람이죠. 디비니티가 정말 초월적 능력을 가졌는지, 아니면 결함이 있는지, 그걸 언제나 알고 싶어 했어요."

하지만 단순히 의문을 품는 것조차 레드 벨벳에서는 위험한 행위였다. 연산에 불복종하면 파국이 찾아올 거라고 대다수의 주민이 믿고 있었으니까. 그렇기에 피낭시에는 비밀

조직이 될 수밖에 없었다.

"저는 피낭시에의 수많은 요원 중 하나에 불과해요. 그것도 접선 담당. 여기서 일하다가 정보 슬쩍 전달해 주는 게 전부죠. 언니처럼 똑똑하진 않으니까요."

"할루할로는 무슨 담당이었는데요?"

"한두 가지만 담당한 게 아니었죠. 뭐, 최근에는 특수작전밖에 안 하고 있었지만요."

모모챠챠가 불만스럽게 내뱉은 '특수작전'이라는 단어의 의미를 나는 즉시 알 수 있었다. 드디어 기다리던 주제가 등장한 것이다. 할루할로가 이곳에서는 어떤 시간을 보냈는지, 그러다가 정확히 어떠한 일에 휘말렸는지, 그 내용을 자세히 들을 때였다.

계획의 시작은 단장 하누카겔트의 아이디어였다. 레드 벨벳을 관리하는 오토마톤의 진실을 알아내려면, 레드 벨벳이 만들어지던 시기의 기록을 찾아보아야 하지 않을까? 마침 '지하'에 이전 시대의 잔재가 남아 있다는 사실은 이곳에도 잘 알려져 있었다.

"배웠으니까요. 파국 이후에 우리는 전부 지하에서 살았다고. 그렇다면 단서도 지하에, 블랙 포레스트에 있겠다고 생각한 거죠. 하지만 내려가는 승강기는 궁정 시녀대에서 철저히 감시하니까…. 그래서 그 방법을 쓰기로 했어요."

"원격조종 말이군요."

"도시 외곽에 에스텔러 통제 센터라는 곳이 있어요. 그곳에서 자동으로 블랙 포레스트의 노동력을 조종한다고 배웠죠. 잠입해서, 노동자 하나를 우리 마음대로 조종해서, 대신 단서를 찾게 할 생각이었어요."

하지만 막상 가 보니 통제 센터는 그 누구도 지키고 있지 않았을 뿐만 아니라, 아예 가동조차 안 되고 있었다. 우리는 전혀 조종당하고 있지 않았으니까. 하지만 피낭시에 요원들에게 이 사실은 거대한 충격이었다고 모모챠챠는 말했다.

"다행히도 조종 기능을 다시 켤 수는 있겠더라고요. 그래서 작전을 좀 바꿨죠. 아래쪽 노동자들이 통제를 안 받고 있다면, 그중에서 아무나 골라서 조종하다간 혼란을 일으킬 수도 있으니까요. 그래서 막 생산된 노동자를 골라야 했고, 조종자도 바뀌어야 했죠. 통제받지 않는 다른 노동자들과 쉽게 섞일 수 있는 사람으로요. 제 몫이었는데, 어떤 몸을 쓸지도 제가 골랐는데, 단장한테 몇 번이나 부탁해서 겨우 맡은 거였는데."

그렇게 중얼거리는 목소리가 희미하게 떨렸다. 위로해야 할 것 같았고, 우리 넷 중 그런 일에 가장 능통한 사람은 사타안다기였지만, 정작 레이디펑거의 품에서 흘러나온 사타안다기의 위로는 모모챠챠를 깜짝 놀라게 만들 뿐이었다. 음, 아무튼 침울한 분위기를 깨 주긴 했다.

"뭐죠? 지금 누가 말씀하시는- 아하, 네, 거기 계셨군요! 아무튼! 단장은 항상 언니를 신뢰했어요. 사람 마음을 잘 읽으니까요. 당연하게 뽑힌 거죠."

그래서 할루할로는 미리 골라 놓은 몸에 접속해, DBC의 생산 라인에서 나와 블랙 포레스트로 첫걸음을 내디딘 다음, 모모챠챠의 표현에 따르면 '언니가 그렇게까지 놀랄 수 있다는 사실이 믿기지 않을 정도로' 놀랐다. 다른 피낭시에 요원들도 마찬가지였다. 블랙 포레스트는 그들이 배워 온 것과는 전혀 다른 세상이었으니까.

"일단 드롭스가 필요했어요. 예상치 못한 일이었죠. 부족한 건 전혀 아니었지만."

"원격조종으로는 목소리를 못 내서 당황했죠. 그런데 메시지란 게 있더라고요."

"의체에 대해 알고서는 다들 경악했어요. 팔다리를 잘라서 기계를 붙인다고?"

그런 것 하나하나에 놀랐다는 사실이 내게는 더욱 놀라웠다. 할루할로가 본 블랙 포레스트는 얼마나 낯선 세상이었을까? 몇 번이나 눈을 의심했을까? 나하고 있을 때도 매 순간이 놀람의 연속이었을까? 결코 감정을 드러내지 않았던 그 모습이 새삼 괘씸하게 느껴졌다. 그렇게 놀라고 있었으면서, 태연한 척 매번 날 갖고 놀기나 하고! 하지만 모모챠챠가 말하길, 할루할로가 언제나 놀라기만 한 것은 아니었다.

"언니는 오히려 블랙 포레스트에서 더 즐거워 보였어요."

어쩌면 그게 실책이었을지도 모른다고 모모챠챠는 말했다. 할루할로가 블랙 포레스트에 너무 적응해 버렸다면서. 임무를 소홀히 하지는 않았지만, 불필요한 일에 지나치게 많이 끼어들게 되었다고. 어쩌면 그것이 임무 실패의 원인이었을지도 모른다고.

"항상 조종실에 혼자 틀어박혀 있었죠. 아무도 못 들어오게 했어요. 저한테는 뭘 하고 있는지 얘기해 줬지만요. 좀 우습더라고요. 그 대단한 언니가, 고작해야 대량 생산된 노동자 따위한테 푹 빠져서, 그렇게나 들떠서, 결국에는— 이런, 죄송해요."

"괜찮으니까 계속하세요. 결국에는 어떻게 됐죠?"

"어떻게 들켰는지는 몰라도, 궁정 시녀대가 통제 시설에 들이닥쳤다더군요. 핵심 요원들이 전부 잡혀갔다지 뭐예요. 아무 일 없었던 건 저처럼 중요하지 않은 사람뿐이죠."

무사하다는 사실을 알고는 있었지만, 그래도 '잡혀갔다'는 말을 들으니 가슴이 덜컹 내려앉았다. 할루할로가 급히 나를 깨웠던 그 순간을 떠올리지 않을 수 없었다. 마구 흔들리고 경련하며, 보이지 않는 무언가와 싸우기라도 하는 듯 발버둥을 치던 모습을. 정말 할루할로는 싸우고 있었던 걸까? 끝까지 조종 장치를 놓지 않으려고, 메시지를 남기려고….

"연산에 거스르는 사람은 <u>감옥</u>에 갇혀요. 사회에 불신을 퍼뜨려서 파국을 불러온다는 이유로요. 대다수는 곧 풀려나지만, 우리처럼 심각한 불신자는 인간이 출입할 수 없는 곳에서 영원히 궁정 시녀대의 감시를 받죠. 그렇게 됐으니 그 대단한 <u>언니</u>도 끝났다고 생각했어요."

모모챠챠가 잠깐 말을 멈추었다. 그 시선이 우리 네 사람을 향했다.

"하지만 아니었던 것 같네요."

모모챠챠는 할루할로에게 몇 번이나 '그러다 실패하면 어떻게 할 작정이냐'고 따진 모양이었다. 그럴 때마다 할루할로의 대답은 항상 같았다. 대비가 되어 있다고. 비상사태가 생기면 즉시 도와줄 사람을 부르겠다고.

"만날 장소도 알려줬고, 제가 할 일도 말해 줬지만, 정작 누가 오는지는 아무리 물어봐도 대답이 없었어요. 믿을 수 있는 사람이라고만 했죠. 항상 뜻 모를 소리만 해요."

"할루할로가 원래 그렇죠."

"그러니까요! 똑바로 설명해 주면 어디가 어때서! 음, 결국 <u>언니</u> 말대로 됐지만요. 레드 벨벳의 데이트 스퀘어 12번 골목에서 <u>카페</u> 마들렌을 찾아서, 자기 <u>여동생</u> 모모챠챠한테서 자세한 설명을 들으라고 얘기했기 때문에, 여러분이 여기 있는 거잖아요."

이건 사실과 약간 달랐고, 그래서 정정해 줄 필요가 있었다. 할루할로가 마지막에 말한 것은 [미안해]와 [마들렌을 찾아] 뿐이었으니까. 레드 벨벳까지 도달한 것은 추리 덕분이었고, 이곳에서 모모챠챠를 만난 것은 단순한 우연이었다. 그 말을 해 주었더니 모모챠챠가 별안간 웃음을 터뜨렸다.

"정말요? 정말 미안하다고 했어요? 와, 나한테는 그렇게 당당히 말해 놓고, 마지막에 가서 그런 걱정을…. 언니도 어쩔 수 없이 인간이구나."

"무슨 말이에요?"

"두 분 사이의 일에 제가 끼어드는 건 좀 예의가 없는 짓 같네요. 기회가 되면 직접 물어보지 그래요?"

의미를 알 수 없는 그 말은 놀랍도록 '할루할로스러워서', 순간 '자매'라는 단어의 뜻을 조금 더 이해했다는 기분이 들었다. 더 캐물어 봐야 소용없다는 뜻이기도 했다. 모모챠챠의 말대로 당사자에게 직접 물어보는 수밖에.

그 당사자를 만나는 것이야말로 우리 쁘띠-4가 레드 벨벳에 온 목적이었다. 모모챠챠는 우리에게 그 이상을 기대하는 것 같았지만. 다 할루할로가 애매하게 말한 탓이었다. 계획이 실패했을 때 도와주러 올 사람이 있다고만 얘기해 두었으니, 우리가 피낭시에 전체를 구해 내고 못다 한 임무마저 완수해 주지 않을까 생각하게 된 것이다.

"언니만 구출할 건 아니잖아요? 다른 요원들도 갇혀 있고, 풀어 주기만 한다고 다가 아니죠. 다시 붙잡힐 수도 있으니까요. 하누카겔트는 우리가 디비니티의 진실만 알아낸다면, 그걸 무기 삼아 오토마톤의 지배로부터 풀려날 수 있을 거라고 했어요. 혹시 그런 걸 가져오셨나요? 네?"

모모챠챠가 쏟아 낸 말이 틀린 건 아니었다. 물론 아주 생각하지 않은 것도 아니었고. 할루할로를 구하기 위해서 우선 디비니티와 맞설 준비를 해 두자는 것이 사타안다기의 계획이었고, 그러려면 먼저 디비니티에 관해 좀 알아 둘 필요가 있었으니까. 이 사안의 책임자인 자허토르테가 나설 때였다.

"일단 질문 좀 할게. 여기 딱히 오토마톤 공장은 없지? 디비니티든 궁정 시녀대든, 다 오래전부터 있던 놈들이지?"

모모챠챠가 당연하다는 듯 고개를 끄덕였다. 그렇다면야 이번 작전을 위한 자허토르테 비장의 무기를 사용하는 데는 전혀 문제 될 것이 없었다. 필요한 것은 약간의 사전 설명 뿐이었다.

사전 설명은 레드 벨벳에 오기 전, 자허토르테의 메시지를 받은 직후의 내게도 필요했다. 22번 구역의 작업실에서 도대체 어떤 일이 벌어지고 있었는지 나로서는 아는 바가 전혀 없었으니까. 드디어 완성되었다는 말에 현장으로 달려가 보니, 창고 안에 펼쳐진 광경은 그야말로 난장판이었다. 헐렁한 가운을 걸친 자허토르테가 널브러진 부품 사이에서 손을 흔들었다. 그 곁에는 두 사람이 더 있었다.

"어, 왔어? 일단 인사부터 해. 베이지뉴하고 위에빙이야."

둘 중 하나와는 구면이었다. 영 소심한 인상인 데다가 두 다리는 저렴한 래밍턴 의체지만, 베이지뉴는 과거 '올류-지-소그라'라는 이름으로 활동한 악명 높은 청부업자. 반면에 다른 한 사람인 우아한 오토마톤 위에빙은 처음 보는 사이였다. 얘기야 익히 들었지만.

"이분이…?"

"맞아. 최후의 생귀나시오 돌체야. 아름답지 않아? 아무튼, 이 둘이 날 얼마나 도와줬는지 몰라."

이 세 사람이 꽤 친한 사이가 되었다는 사실은 익히 알았다. 생귀나시오 돌체 모델의 설계 개선을 자허토르테가 돕고 있었으니, 반대로 베이지뉴와 위에빙 역시 웬만한 부탁이라면 들어줄 만도 했다. 하지만 정확히 뭘 도와준 걸까?

"처음에는 네 룸메이트 일 계속하려고 생각했어. 27번 구역을 뒤져서, 뭔가 디비니티의 약점 같은 걸 캐내면, 그걸로 어떻게든 할 수 있지 않을까 싶었거든."

"하지만 할루할로가 모은 종이엔 그런 약점이 안 나와 있었잖아."

"걔는 한 군데를 안 찾아봤지. 옛날에도 정보는 종이에만 기록되는 게 아니었다고."

그렇게 말하면서 자허토르테는 굴러다니는 오토마톤 부품을 발로 툭 건드렸다. 27번 구역에서 나온 이전 시대의 물건이었다. 그것을 보는 순간 자허토르테의 의도도 즉시 이해할 수가 있었다. 오토마톤의 메모리. 정보가 저장되고 영상이 녹화되어 있는 부품. 이전 시대의 폐허에서 그런 걸 찾아내 읽기만 하면, 한 번에 방대한 정보를 손에 넣을 수 있을 게 분명했다.

"쉽진 않았어. 이전 시대 오토마톤들은 죄다 낡아빠진 인간형이고, 제조사도 '브루클린 블랙아웃' 한 군데인데, 회사가 다르면 알다시피 메모리 호환이 안 되잖아. 그래서 베이지뉴가 필요했던 거지."

"이런 일을 부탁할 줄은 몰랐다. 그래도 드롭스 받은 만큼은 일하는 게 청부업자니까."

그리고 베이지뉴는 호환성 문제가 있는 오토마톤을 돕기 위해 노력해 온 사람이기도 했다. 오토마톤 설계와 메모리 호환 지식은 물론, 어쩌면 도나우벨레를 도울 개인적인 동기도 있었을지 모른다. 이전 시대의 오토마톤 메모리를 읽어낼 수 있다면, 위에빙을 다른 동체로 옮기는 것도 가능할지 모르니까.

"그래서 성공한 거야?"

"성공했고, 시험 삼아 메모리 기본 정보부터 읽어 보다가, 진짜 이상한 걸 찾았지. 모든 기본 정보에 똑같은 내용이

들어 있더라고. 한번 읽어 볼래?"

[진저브레드 C형 가정용 오토마톤 / 제조사 : 브루클린 블랙아웃 / 일련번호 630108201 / 본 기기는 가사 및 대화 용도로만 설계되었음 / 이외의 목적으로 사용하는 도중 발생한 사고 및 결함에 대해 제조사는 책임을 지지 않음]

이건… 정말 이상했다. 그야 오토마톤 동체라면 용도가 정해져 있는 경우가 많고, 이런 경고문이 딸려 있어도 이상하지 않다. 하지만 메모리 자체에, 그것도 기본 정보에? 비유하자면 생산 라인에서 갓 나온 인간의 칩에 '본 신체는 의복 제작 용도로만 설계되었음'이라고 입력되어 있는 격이다. 말이 안 된다.

"뭐, 그 시절 오토마톤들은 죄다 말하고 청소하는 것밖에 안 했단 소리야? 직업은? 놀 땐 뭐 하고 놀아?"

"그게 말이지, 이전 시대에는 오토마톤들이 인간의 소유물이었던 거 같아. 그래서 인간이 시키는 일 하고, 가끔 말상대나 돼 주고, 그랬던 거지."

"사타안다기랑 같이 안 와서 다행이다…."

아무래도 이전 시대의 인간들은 정말로 괴상망측한 사상을 갖고 살았던 모양이었다. 순전히 부려 먹기 위해 오토마톤을 만들었다니. 왜 파국이 찾아왔는지 알 것 같다는 생각도 들었다. 그리고 또 하나,

"잠깐, 설마 그런 얘기야? 디비니티도 원래는 잡일 하는

오토마톤이라고?"

성급한 단정이라고 생각했다. 디비니티가 폐허에 굴러다니는 오토마톤과 같은 모델이라고 단정할 근거는 없었으니까. 하지만 자허토르테에게는 적어도 나쁘지 않은 심증이 있었다.

"통제 8팀에서 가끔 레드 벨벳 쪽 의뢰 전달하는 것 중에, '옛날 오토마톤 부품 모아 달라'는 게 꽤나 많잖아? 그게 골동품 수집 목적이라기엔 매번 요구하는 부품이 비슷하거든. 잘 닳는 구동축 위주로 말이야."

"부품 교체 목적이란 거네. 그래, 자기가 초월적인 오토마톤이라고 주장해 왔는데, 실제로는 인간 시중이나 드는 모델이었단 게 밝혀졌다간-"

"-안 될 일이지. 언제 들키지는 않을까 불안했을 거야. 조금이라도 비밀을 캐려는 녀석은 무슨 수를 써서든 막고 싶었을걸."

자허토르테의 추측에 따르면, 이것이 바로 할루할로에게 일어난 일이었다. 부끄러운 과거를 감추기 위한 디비니티의 몸부림. 반대로 이 과거를 어떻게든 확실히 손에 쥘 수만 있다면, 그것이야말로 디비니티 최대의 약점이 될 게 분명했다.

이 이야기에 모모챠챠는 차마 입을 다물지조차 못했다. 당연한 일이었다. 적어도 나는 오토마톤과 인간이 동등하게 생활하는 곳에서 왔지만, 레드 벨벳에서는 오토마톤이 인간을 통제하고 관리하니까. 과거의 오토마톤들은 인간의 심부름꾼에 불과했다는 사실이, 디비니티도 그중 하나였을지 모른다는 암시가 훨씬 충격적으로 다가왔을 것이다.

"그렇게 생각하면 할루할로가 왜 실패했는지도 알만하지. 디비니티 얘기 찾겠다고 폐허를 아무리 뒤져 봐야, 누가 심부름꾼 얘기를 시시콜콜 적어 뒀겠어?"

"잠깐, 잠깐만요. 꼭 그렇다는 보장은 없잖아요? 디비니티와 궁정 시녀대는 레드 벨벳을 관리하려고 특별히 만들어진 오토마톤일지도 몰라요. 적어도 사람들은 그렇게 믿으려 할 테고, 디비니티도 그 사실을 알겠죠. 이걸로는 무기가 안 된다고요."

모모챠챠의 지적은 정확했다. 하지만 22번 구역의 창고에서 내가 의문을 제기했을 때처럼, 자허토르테에게는 이미 대답이 준비되어 있었다. 이렇게 시작하는 대답이었다.

"내 비장의 무기는 따로 있거든."

자신만만한 미소와 함께 자허토르테가 선언했다.

당시에 내가 제기한 의문은 이거였다. 만일 디비니티가 초월적 연산 능력 따위 없는 심부름 오토마톤이란 사실을 확실히 밝혀낸다면, 그 약점을 이용해서 할루할로를 구해 낼 수 있을 것이다. 하지만 그런 오토마톤이라면 기록에 자세히 남아 있을 리 없다. 자가당착이 되는 셈이다. 이 자가당착을 깨기 위해 자허토르테가 준비한 '비장의 무기'는 정말 예상하지 못한, 조금 두렵기까지 한 물건이었다.

"생각해 봐. 이제 우린 옛날 오토마톤 메모리도 읽을 수 있고, 곧 디비니티 있는 데로도 올라갈 거잖아? 그렇다면 가서 직접 읽어 보면 되지."

"직접 읽는다고? 디비니티의 메모리를? 무슨 수로?"

"물론 메모리를 억지로 뜯어내는 건 어렵지. 하지만 원격으로 접속 가능하다면 어떨까? 부품들을 좀 연구해 봤더니, 옛날 오토마톤의 통신 기능은 보안이 좀 나쁘더라고. 한 오토마톤이 다른 녀석 메모리에 접근하는 게 그렇게 어렵지가 않았어. 뭐, 허가 안 받고 접근하려면 꼼수가 좀 필요하지만."

이건 또 소름 끼치는 이야기였다. 도미노슈타인도 아니면서 남의 메모리를 실시간으로 들여다본다니. 게다가 자허토르테가 말하는 바로는, 그렇게 하려면 일단 이전 시대의 오토마톤을 복원해서 다시 작동시킬 필요가 있었다.

"정확히는 18분의 1 정도만 작동시키는 거야. 딱 통신 기능만 활성화할 수 있게. 물론 이런 아이디어는 청부업자님이 안 계셨으면 생각도 못 했겠지만."

자허토르테는 쓴웃음을 지으며 슬쩍 상의를 걷어 올렸다. 실로 섬뜩한 광경이 그 아래서 드러났다. 이리저리 개조된 왼쪽 다리에서 또 복잡한 기계 장비가 튀어나와, 허리쯤에 달린 이질적인 부품과 연결되어 있었다. 인간의 머리를 어설프게 본떠 윗부분만 잘라 놓은 모양의… 그것이 정말로 이전 시대 오토마톤의 '머리'라는 사실을 나는 곧 깨달았다. 깜박이는 불빛은 머리가 작동하고 있음을 나타내는 음산한 증거였다.

"소개할게. 이름은 알페니크야. 메모리에 따르면 말이지."

자허토르테는 레드 벨벳에서도 똑같은 방식으로 알페니크를 소개했고, 덕분에 모모챠챠는 의자에서 거의 떨어질 뻔했다. 인간형 오토마톤의 머리 부품이 남의 배 위에서 작동하는 모습은 블랙 포레스트 기준으로도 충분히 기괴한 축에 들었으니까. 하지만 이것이야말로 디비니티를 상대할 비장의 무기임은 틀림없었다.

"완벽하진 않아. 제일 상태 좋은 녀석을 쓴 건데도, 통신 감도가 영 안 나오더라고. 메모리에 안정적으로 접속하려면 아마 꽤 가까이 다가가야 할 거야."

"가까이 말이죠. 디비니티한테요. 그러면 정말 확인할 수 있는 거죠? 디비니티의 정체를 밝힐 수 있다는 얘기죠?"

모모챠챠의 목소리는 심하게 떨리고 있었지만, 그래도 어떻게 말을 이어 나가긴 했다. 디비니티와 궁정 시녀대는 자주 모습을 드러내지 않으며, 평소엔 레드 벨벳 중앙의 '부유하는 섬'이라는 건물에 거주한다고. 어떤 인간도 출입할 수 없는 그곳에 아마 할루할로도 그곳에 갇혀 있을 거라고. 내가 할 대답이야 하나뿐이었다.

"목적지가 정해졌네."

드디어 계획의 마지막 단계였다.

정말로 할루할로를 구하는 일만 남은 것이다.

레드 벨벳에 올 때와 마찬가지로, '부유하는 섬' 잠입 계획을 짜는 일은 사타안다기의 몫이었다. 다만 이번에는 다른 한 사람의 도움이 절대적으로 필요했다. 이 낯선 세계에 익숙할 뿐만 아니라, 잡혀가지 않고 남은 피낭시에 요원들을 설득해 작전에 참여시킬 수 있는 인물이었다. 준비 기간 내내 모모챠챠는 자신의 그런 역할이 마음에 들어 어쩔 줄 모르는 모습이었다.

"중요한 일인 거네요. 언니가 아니라, 내가 중요한 일을 맡은 거네요."

두 사람이 작전을 짜는 과정에서 가장 빈번하게 발생한 문제는 의사소통의 어려움이었다. 예를 들어 모모챠챠가 '밤 11시'에 잠입을 개시하자는 제안만 해도, 사타안다기는 번역 앱의 팝업창을 붙들고 한참이나 끙끙대야 했다. 이 문제를 해소하기 위해 레이디핑거는 레드 벨벳이라는 공간을 직접 돌아다니며, 시청각 센서를 총동원해 신기한 특징들을 전부 포착한 뒤 우리에게 생생히 전달해 주었다. 우리 쁘띠-4가 레드 벨벳을 조금이나마 더 이해할 수 있도록.

"믿어지니, 벨레? '태양'이 빛을 비추고, 인간도 오토마톤도 아닌 '동물'이란 게 있어! 이리 와. 영상 같이 보면서 더 설명해 줄게."

한편 쁘띠-4에서 기술적인 일은 언제나 자허토르테의 몫이었다. 알페니크를 점검하고, 다른 사람들 의체를 정비해 주고, 가져온 여분의 부품들을 레드 벨벳의 낡은 기계와 연결하려고 애쓰며 짜증을 내는 것까지 전부. 정확히 무엇 때문에 짜증이 난 것인지는 내가 알 수 있는 영역이 아니었다. 어떻게 문제를 해결했는지는 더더욱.

"이 고물에 파일 전송 기능을 넣는 게 핵심이었어. 우리 칩하고 시스템이 약간 달라서 고생했는데, 차근차근 하니까 그렇게 어렵지는 않더라고. 그렇지, 알페니크?"

이 네 사람처럼 중요한 일을 맡지는 않았지만, 나도 물론 분주하게 움직였다. 블랙 포레스트에서 가져온 무기의 사용법을 피낭시에 요원들에게 알려 주었고, 목적지 근처를 미리 돌아다니며 영상을 찍어 공유하기도 했다. 사실 바쁠수록 마음은 더 편했다. 조금이라도 여유가 생기면 걱정이란 녀석이 스멀스멀 뇌에 차올랐으니까. 걱정을 오래 할 필요는 없다는 점이 다행이었다. 모든 준비가 완료된 것은 고작 '2주일' 뒤였다.

'부유하는 섬'은 레드 벨벳의 다른 어떤 건물과도 조화되지 않는 기묘한 건물이었다. 수십 개의 금속 기둥이 반질반질한 흰색 돔을 허공에 떠받치고 있었으며, 그 주변에 둘러쳐진 담은 인간이 결코 넘어가선 안 될 경계선의 역할을 했다. 대다수의 레드 벨벳 주민들은 문제의 건물 근처에조차 다가가려 하지 않았다. 하지만 약속한 밤 11시, 부유하는 섬 후문 근처의 나무 그늘에 모인 사람들은 생각이 조금 달랐다. 이제부터 잠금장치를 뚫고 문을 열어젖혀 그 안으로 들어갈 작정이었다.

"정말로 할 거야, 모모챠챠? 복제 노동자들 말 믿고서?"

"마, 맞아, 디비니티가 이것까지 연산했을지 모르잖아…."

아직도 이렇게 말하는 사람이 있긴 했다. 모모챠챠가 포섭한 요원 중에서도 루세카테르와 푸투피링은 항상 우리 계획에 회의적이었다. 하지만 이런 우려의 목소리에도 아랑곳 않고 사타안다기의 비행형 동체는 계획대로 날아올랐다. 담벼락 안쪽 상황을 확인하기 위해서였다.

[오고 있다]

[오토마톤이다]

그 메시지를 신호로 자허토르테가 나섰다. 조심스럽게, 벽 너머 보이지 않는 목표물의 위치를 어림하면서. 목표물과 알페니크가 원활하게 통신할 수 있는 거리를 확보하는 것이 중요했다. 사타안다기의 안내에 따라 자허토르테의 걸음이 점점 빨라졌다. 오토마톤이 안에서 산책이라도 하는 모양이었다.

"가만히 좀 있어라, 제발, 그렇지- 접속!"

"성공했나요? 어떻죠? 추측이 맞았나요?"

"예상대로야. 진저브레드 E형 가정용 오토마톤."

그 말에 모모챠챠와 피낭시에 요원들이 안도의 한숨을 내쉬었다. 분노 섞인 웅성거림이 그 뒤를 이었다. 우리가 속고 있었어! 고작 심부름꾼들한테! 한편 자허토르테는 계속 담벼락을 돌며 상대방의 메모리를 읽어 나갔다. 원하는 정보를 전부 얻어 낼 때까지.

"좋아, 비밀번호는 착하게도 한 군데에 메모해 뒀네. 건물 내부도까지 있어."

그렇다면 꾸물거릴 이유는 없었다. 레이디핑거가 비밀번호를 눌러 문을 열었고, 모모챠챠와 피낭시에 요원들이 앞장섰다. 떨리는 고깃덩어리 다리에 힘을 끌어모으며 나도 그 뒤를 따랐다.

작전은 이러했다. 자허토르테가 무슨 수를 쓰든 디비니티 근처까지 접근한 다음, 메모리를 읽어서 결정적인 증거를 손에 넣으면, 그걸 가지고 거래든 협박이든 해서 할루할로와 다른 사람들의 안전을 보장받는다. 궁정 시녀대의 수가 이쪽보다 훨씬 많으니 충돌은 가능한 한 피한다…. 즉, 미시시피 MUD며 블랙썬더를 쓸 일은 적을수록 좋다는 뜻이었다. 그러려면 길을 잘 선택해야 했고, 때문에 건물 안으로 돌입하기 전 짧은 회의도 필요했다.

"이 '중앙통제실'이라는 곳에 디비니티가 있을 것이라고 생각한다. 최단 경로는 중앙 나선계단을 이용하는 것이지만, 그 주변에 다른 시설이 많아서 들키지 않고 지나가기는 쉽지 않아 보인다."

"외곽 복도로 돌아서 가면 어때, 사타? 동선은 좀 길어지겠지만, 이쪽이 사람은 적지 않을까 싶은데."

동료들이 갈 길은 그렇게 정해졌지만, 내게는 다른 경로가 필요했다. 디비니티가 '감옥'에 갇힌 사람들을 인질로 잡을지 모르니까, 먼저 그 사람들의 안전부터 확보하자는 내 강력한 주장이 받아들여진 덕분이었다. 할루할로가 갇힌 곳까지 가는 길은 하나뿐이었다. 그리고 누가 지키고 있기 딱 좋은 구조이기도 했다.

"제가 같이 갈게요. 언니랑, 단장이랑, 다른 사람들을 제가 다 구하는 거죠. 세상에, 이런 날도 오긴 오는군요."

"저기, 아무래도 우리 둘로는 부족할 것 같은데요."

"…알았어요. 블랑망제? 베를리너? 동행해 주시겠어요?"

모모챠챠는 영 내키지 않는 눈치였지만, 그래도 피낭시에 요원 둘이 더 있으니 '감옥'으로 향하는 길은 그럭저럭 든

든했다. 건물 안은 온통 화려한 조각으로 장식이 되어 있었고, 바닥에 깔린 푹신푹신한 천은 발소리를 효과적으로 흡수해 주었다. 조용하고 긴장되는 길은 아래쪽으로, 부유하는 섬의 가장 깊은 부분으로 계속 이어졌다.

할루할로를 구하러 가는 길은 생각보다 순조로웠다. 지하로 내려가는 계단에서, 직각으로 꺾이는 복도에서 각각 인간형 오토마톤을 한 명씩 맞닥뜨리기는 했다. 하지만 통로를 삼엄하게 감시하고 있는 건 아니었다. 내가 소프트 서브 시절 감독의 눈을 피해 인적 없는 계단에서 빈둥거리곤 했듯이, 레드 벨벳의 오토마톤들도 잠깐씩 휴식을 취할 곳이 필요한 모양이었다. '전산성의 코카다 아마렐라는 베를리너가, 치안성의 프타시에 플레치코는 블랑망제와 모모챠챠가 가볍게 제압할 수 있었다.

"방금 보셨나요? 한 방에 쓰러뜨린 거? 이거 기분이 꽤 괜찮네요."

가슴을 펴고 블랙썬더를 자랑스레 찰칵이면서 모모챠챠가 말했다. 아무래도 레드 벨벳 사람 셋에게는 궁정 시녀대를 직접 제압한다는 경험이 꽤나 짜릿한 모양이었다. 하지만 내 입장에서는, 이전 시대에 만들어진 낡은 오토마톤 동체를 제압하겠다고 블랙썬더까지 썼다는 사실이 솔직히 좀 치사하단 생각이 들었다. 쓰러진 오토마톤이 인간과 너무 비슷한 모습이라서 기분이 더 이상하기도 했다. 이전 시대 사람들의 디자인 감각은 이해할 수가 없었다.

"왜 그래요? 빨리 움직이죠. 단장이 얼마나 놀랄지 보고 싶어서 못 참겠어요."

"그래, 위치 한 번만 더 확인하고. 곧 셔터가 하나 나온다 고 했거든."

지도 파일을 열어 보느라 내 주의는 잠깐 흐트러졌고, 나머지 셋은 너무 들뜬 상태였다. 덕분에 오토마톤 하나가 뒤쪽에서 다가오고 있단 사실을 조금 늦게 깨닫고 말았다. 우리가 궁정 시녀대라고 생각했는지 상대방은 먼저 말을 걸 어왔지만, 블랑망제가 무심코 고개를 돌리는 순간 분위기가 바뀌었다.

"코카다! 프타시에! 지금 땡땡이칠 때가 아니라― 누구냐!"

먼저 무기를 꺼내 겨눈 것은 안타깝게도 상대방 쪽이었 다. 아크틱 롤을 작게 줄여서 검은색으로 칠해 놓은 것 같은 무기 앞에서 세 사람의 얼굴은 순식간에 창백해졌다. 한편 나는 좀 다른 생각을 하고 있었다. 생긴 걸 보면 모터 간섭식 이나 센서 교란식은 아니고, 뭘 쏘는 무기 같은데, 저렇게 작 게 만들어서 관통력이 나오나? 청부업자들 나오는 방송을 하도 봤더니 신경이 안 쓰일 수가 없었고―

"움직이지 마! 한 발짝이라도 더 내디디면 쏜다!"

"뭐 하는 거예요! 도나우벨레 당신 미쳤어요?"

―역시 이래도 괜찮겠다는 결론도 내릴 수가 있었다. 천천히 거리를 좁히다가, 양팔로 얼굴을 가리고서 힘껏 돌진하면… 물론 탄환이 날아온다. 하지만 팔에 맞은 탄환은 별다른 흠집조차 내지 못하고 튕겨 나갔다. 예상한 그대로였다. 레드 벨벳에는 의체가 없으니까, 무기도 고깃덩어리나 뚫을 수 있으면 충분하겠지, 블랙 포레스트에서는 어림도 없겠지만!

음, 결과적으로 약간 효과가 있기는 했다. 진리성의 굴랍자문에게 달려들어 제압하는 데까진 성공했는데, 그러는 과정에서 탄환 하나가 왼쪽 다리에 살짝 흠집을 낸 것이다. 비싼 옷에 꼴사나운 붉은색 얼룩이 번졌다. 센서를 끌 수도 없는 고기가 찌릿찌릿한 감각을 계속 전달했다. 모모챠챠가 질겁하며 호들갑을 떨었다.

"피가, 피가 엄청 많이 나는데, 안 돼요, 어떡하면 좋죠?"

"어차피 바꾸려고 했는데, 뭐."

나는 이게 왜 별일이 아닌지 모모챠챠에게 이해시키려 애썼고, 모모챠챠는 또 자기 나름대로 나한테 뭘 이해시키려고 애를 쓰는 것 같았다. 목저지인 기대한 셔터 앞에 도착할 때까지 우리 둘 중 누구도 성공하지는 못했지만. 아무래도 좋은 일이었다. 이제 다 왔으니까, 바로 저 너머에 할루할로가 있을 테니까. 레버를 당기자 셔터가 천천히 올라갔다.

'감옥'은 자그마한 홀처럼 생긴 어두컴컴한 곳이었다. 그 둘레에는 여러 개의 문이 늘어서 있었지만, 대부분은 텅 비어 있었고 잠금장치조차 달려 있지 않았다. 한편 잠긴 문 앞에는 어김없이 작은 이름표가 달려 있었다. 제폴라, 미카테, 하누카겔트⋯. 비밀번호를 누를 때마다 그 문이 덜컹 열렸고, 모모챠챠와 다른 두 요원이 재빨리 들어가서 안에 있던 사람을 부축해 나왔다. 다들 지치고 놀랐지만 무사한 모습이었다.

"모모챠챠! 너 여긴 어떻게 왔어?"

"많은 일이 있었어요. 나가서 얘기하죠, 단장."

얼떨떨해하는 하누카겔트에게 그렇게 말하며, 모모챠챠는 피낭시에 요원들을 이끌고 힘차게 출구를 향해 나아갔다. 내게는 눈을 살짝 찡긋해 보이고서. 이제 감옥에는 잠긴 문이 딱 하나밖에 남아 있지 않았다. 나는 문 앞의 이름표를 확인했고, 떨리는 손가락을 진정시켜 가며 비밀번호를 눌렀다. 문이 열리기까지의 짧은 지연이 영원처럼 느껴졌다.

그리고 할루할로가 있었다.

할루할로를 다시 만나면 무슨 말부터 할까? 드롭스 고맙다는 얘기부터 할까, 아니면 이 어마어마한 사태를 불러온 책임부터 물을까? 생각이야 잔뜩 해 보았다. 하지만 막상 비좁은 방 한가운데에 선 녀석을 보고 나니, 그 모든 계획이며 작정 따위가 도무지 떠오르지를 않았다. 그래서 그냥 할루할로에게로 절뚝절뚝 다가간 다음, 그 몸을 꼭 껴안고서 한동안 움직이지 않기로 했다. 나쁘지 않은 결정이었다. 마르고 따뜻한 몸이었다.

한참을 그렇게 끌어안은 뒤에야 내 뇌는 비로소 정상적으로 작동하기 시작했다. 할루할로와 함께 약속 장소로 나가야 한다는 사실이 떠올랐다. 그 전에 먼저 어디 망가진 데는 없는지 확인부터 해야 한다는 생각도 들었다. 갇혀 있던 다른 사람들은 괜찮아 보였지만, 혹시 모르는 일이었으니까. 그래서 일단 포옹을 풀고, 한 발짝 물러난 다음, 몸은 좀 괜찮은지 물어보려는 찰나였다.

"괜찮아?"

내가 한 말이 아니었다. 탁하고 희미한 목소리였다. 방금 처음으로 할루할로의 목소리를 들어보았다는 사실을 나는 곧 깨달았다. 항상 메시지로만 말하던 할루할로가 드디어 내게 말을 건 것이다. 둘 다 똑같은 의사소통 수단이긴 한데, 그래도 조금, 아니, 꽤 감격스러웠다. 도대체 왜 나한테 괜찮으냐고 물었는지는 이해가 안 됐지만.

"아, 다리 걱정해 주는 거야? 망가진 것도 아닌데, 뭐."

"그런 게 아냐. 나 말이야. 내 몸. 내… 모습."

이렇게나 불안해하면서 말한 게 고작해야 디자인 얘기라니, 점점 더 혼란스러워질 뿐이었다. 그래도 내 눈은 할루할로의 모습을 주의 깊게 살펴보았다. 원격조종되지 않는 몸은 키가 조금 더 컸고, 머리카락은 더 짙은 갈색이었으며, 밝기를 올려서 보니 얼굴에는 주근깨도 약간 있었다. 커다랗고 둥근 렌즈 두 개를 금속 테로 고정해서 눈앞에 걸어 놓고 있기도 했다. 얼굴에 감정이 분명히 드러나는 모습도 꽤 신선했다. 하지만 전반적으로 보면,

"별로 다른 것도 없잖아."

팔다리를 최신형 의체로 갈아치우지도, 자허토르테처럼 머리카락을 죄다 번쩍거리는 색으로 교체하지도 않았다. 하다못해 지난번처럼 고기 반죽이 된 것도 아니었다. 그래서 그렇게 대답했을 뿐인데, 이번에는 할루할로가 내게로 안겨 왔다. 메시지를 쏟아내듯 말을 마구 토해 내면서.

"화를 안 내는구나. 예상대로야. 혹시, 혹시 예상이 틀렸을지도 모른다고 생각했어."

"무슨 말인지 모르겠네. 내가 왜 화를 내?"

"속였으니까. 진짜 나는 모니터 앞에 있었으니까. 그 몸은 모모챠챠가 골랐어. 눈치챘겠지만, 그 애랑 더 닮았잖아. 더 귀엽고, 더 사교적이고, 내가 아니었어."

모모챠챠가 말한 '두 분 사이의 일'이 이거였구나, 하는 생각이 스쳤다. 그 위급한 순간에 하염없이 [미안해]라는 메시지밖에 보내지 못한 이유. 구하러 와 달라고 제대로 이야기하지 못한 이유. 할루할로는 원격조종 의체를 쓰는 것이 날

속이는 일이라고 생각했던 것이다. 사실을 알게 된다면 내가 화를 낼까 봐 걱정했던 것이다. 할루할로 같은 애가 하기에는 지나치게 어리석은 걱정이었다.

"무슨 몸을 쓰든, 그게 무슨 상관인지 모르겠네. 할루할로는 할루할로잖아."

"알고는 있었어. 블랙 포레스트에선 그렇게 생각한다는 걸. 하지만-"

말을 마치는 대신에, 할루할로는 나를 더욱 꼭 끌어안았다. 고가의 전신 의체에 비하면 훨씬 약한 힘으로. 하지만 내 품에 안겨서 훌쩍이고 있는 이 사람은 의심의 여지 없이 할루할로였다. 내가 정말 사랑해 마지않는 룸메이트였다.

약속 장소로 향하는 동안, 나는 사랑스러운 룸메이트에게 지금까지 있었던 일을 간략하게 설명해 주었다. 어떻게 할루할로에 대해 알아냈는지, 어떤 준비를 했는지, 레드 벨벳에는 어떻게 도착했는지, 그리고 지금은 무엇을 하고 있는지. 할루할로가 나의 굉장한 일대기에 감명을 받아 주길 내심 바랐고, 실제로도 상당히 감동하는 것 같긴 했다. 딱히 놀라지는 않았을 뿐. 어느 정도는 예상대로였던 걸까? 하지만, 그런 할루할로조차 결정적인 한 가지 사실 앞에서는 평정을 유지하지 못했다.

"가정용 오토마톤?"

"그래. 진저브레드 B형 가정용 오토마톤. 자허토르테가 막 확인했대."

동료들로부터 속속 도착하는 메시지를 확인하면서 나는 자신만만하게 대답했다. 외곽 계단에서 오토마톤들하고 충돌이 있었지만, 어떻게든 저지선을 돌파해 목적지에 도달한 모양이었다. [메모리 전송 완료!] [인원 점검 끝. 다들 무사해.] [상황 종료되는 대로 알려 주겠다]…. 하나같이 깔끔한 승리의 신호였다. 디비니티의 진실이 손에 들어온 것이다. 지금껏 본 적 없는 할루할로의 놀란 표정도 함께. 와, 저런 표정을 지을 줄도 알았으면서, 지금까지 치사하게!

"그랬구나. 인간에게 봉사하기 위한 기계. 생각도 못 했어. 그래서 기록에 남아 있지 않았던 거야."

"별로 중요한 애들이 아니었으니까. 엄청 똑똑한 오토마톤 같은 게 아니었다고. 이게 폭로되는 꼴 보고 싶지 않으면, 디비니티도 우리 말 듣는 수밖에 없을걸."

드디어 끝난 것이다. 많은 일이 있었지만, 엄청나게 고민하고 또 무모한 짓을 벌였지만, 결국에는 할루할로를 안전하게 구해 냈다. 이루 말할 수 없이 상쾌한 기분이었다 – 그런데 룸메이트 녀석은 생각이 좀 다른 것 같았다. 놀람으로부터 빠져나와 갑작스레 생각에 잠기더니, 어느새 새하얗게 굳은 표정으로 대뜸 이렇게 말했으니까.

"좋지 않아. 그 방법으로는 힘들 거야."

"무슨 소리야?"

"디비니티한테 가 봐야겠어. 너무 늦기 전에."

이 시점에서 입에 담기에는 너무나도 불길한 말이었다. 지금까지 전부 계획대로 됐잖아? 여기까지 와서 무슨 문제가 생길 수 있다는 거야? 하지만 아무리 봐도 할루할로는 진심이었다. 도무지 근원을 알 수 없는 걱정에 휘감긴 채, 눈물이 채 마르지 않은 두 눈으로 말없이 나를 재촉했다. 왜 이러는지 따져 묻고 싶었다. 질문을 마구 퍼부어대고 싶었다. 하지만 그것보다 먼저 할 일이 있다는 사실을 나는 그 누구보다 잘 알았다.

"중앙 계단으로 가는 게 제일 빠르댔어."

"어느 쪽인데?"

"지도 확인해 볼게…. 좋아, 이쪽. 따라와."

지금까지의 경험으로 미루어보아, 할루할로가 급하다고 하면 그건 정말로 급한 것이다. 설령 이유를 알 수가 없더라도, 도무지 이해가 안 되는 소리라도. 그러니 지금은 침착하게 할루할로의 말에 따라 중앙통제실로 향할 때였다. 질문은 가는 동안 침착하게 퍼부을 생각이었다.

나는 한사코 거부했지만, 할루할로는 굳이 나를 부축하고서 건물 중앙 나선계단을 걸어 올랐다. 우리 둘 외의 다른 사람은 어디에도 보이지 않았다. 궁정 시녀대의 오토마톤들은 죄다 침입자들을 막으러 외곽 복도로 빠진 모양이었다. 불규칙적으로 절뚝이는 발소리가 고요한 공기 속으로 선명하게 울려 퍼졌다. 고심해서 고른 첫 번째 질문이 그 위에 쏟아졌다.

"그래서, 뭐가 안 좋다는 거야? 우리 계획에 문제라도 있었어?"

"메시지 보내서 물어봐. 상황이 어떻게 돌아가는지."

일단은 할루할로가 시키는 대로 했고, 레이디핑거는 곧 답장을 보내 주었다. [협상 시도하는 중이야.] [생각보다 고집이 세네.] 글쎄, 조금 예상 밖이기는 했다. 이 상황에서 고집을 부린다니. 자허토르테는 이미 디비니티의 메모리를 전송해 두었고, 그렇다면 외부의 피낭시에 요원들이 언제든 그 내용을 온 레드 벨벳에 뿌릴 수 있다. 치명적인 비밀이 폭로되는 꼴을 보기 싫으면 우리 요구 사항을 들어줄 수밖에 없을 텐데.

"디비니티가 인정할 때 얘기지. 약점이 사실이란 걸, 자기 연산 능력이 부족하단 걸."

"어떻게 인정을 안 해? 메모리를 읽었잖아. 거기서 더 발뺌을 한다고?"

"그럴 수밖에 없을 테니까."

할루할로는 당연하다는 듯 말했다. 디비니티의 마음이 저 새까만 고기 눈동자에 훤히 비치기라도 하는 것처럼. 훨씬 정교한 내 인공안구로는 할 수 없는 일이었고, 그래서 좀 더 자세한 설명을 부탁해야 했다. 물론 수수께끼의 룸메이트는 기꺼이 입을 열어 주었다. 부드럽게 진동하는 목소리가 내놓은 대답의 첫마디는 의문, 지금껏 생각해 본 적 없는 한 가지 의문이었다.

"생각해 봐. 기록에도 안 남은 오토마톤이, 어떻게 레드 벨벳의 관리자가 되었을지."

듣고 보니 이상하기는 했다. 디비니티는 어떻게 저 중앙 통제실에 있게 된 걸까? 초월적인 계산 능력 따위 없는, 인간을 시중들 목적으로 만들어진 오토마톤이 무슨 수로 레드 벨벳의 꼭대기에 앉았을까? 무슨 교묘한 속임수라도 쓴걸까, 아니면 오토마톤끼리 힘을 합쳐 무력으로 빼앗은 것일까? 그 모든 가능성을 자기도 고려해 보았다고 할루할로는 말했다. 하지만 정작 내놓은 결론은 놀라우리만치 정반대였다.

"다른 가능성이 있었어. 빼앗은 게 아냐. 부탁받은 거야."

"부탁을 받아? 누가 디비니티한테 레드 벨벳을 그냥 넘겨 줬다고? 어떤 놈이 그런 짓을 해?"

"그럴 수 있는 사람은 하나뿐이잖아. 알다시피."

그래, 할루할로 말대로다. 그 사람이 과연 누구일지 나는 알고 있었다. 보관함 속의 기록에 몇 번이고 언급되었던 사람, 파국이 다시 찾아오지 않을 낙원을 만들려고 한 사람, 레드 벨벳을 설계한 사람. 그렇기에 디비니티에게 레드 벨벳의 관리자 자리를 맡길 수도 있었을 단 한 사람.

"카라 파르샤드 박사…. 아니, 말이 안 되잖아. 고생해서 레드 벨벳을 다 만들어 놓고, 그걸 아무 오토마톤한테나 대뜸 맡겼다고? 누가 그런 짓을 해?"

"맞아. 그러지 말았어야 했어."

그렇게 말하며 할루할로는 천천히 고개를 돌려, 조리개가 복잡하게 움직이지 않는 두 눈으로 나를 빤히 쳐다보았다. 촉촉한 안구가 불빛 아래서 반짝였다. 입가에는 묘한 미소가 걸린 채였다. 그 입술이 움직이면서 흘린 말은 너무나 당연했고, 어쩐지 조금 서글프기도 했다.

"하지만 누구나 실수를 하는 거야."

기록에 남은 바에 따르면, 카라 파르샤드 박사에게는 꿈이 있었다.

자신만을 위한 꿈이 아니었다. 파국이 남긴 상흔으로부터 빠져나오지 못한 모든 인간을 위한 꿈이었다. 모든 것이 풍요롭고 또 평화로워서, 참담한 파국이 다시는 찾아올 일 없는 낙원을 인간에게 선물하겠다고 그는 결심했다. 바야흐로 레드 벨벳 계획의 시작이었다.

하지만 모든 인간이 이 계획에 찬성한 것은 아니었다. 누군가는 그의 꿈이 최소한의 현실성조차 없다고 비난했다. 미치광이의 황당무계한 헛소리라고 쏘아붙인 사람도 있었다.

급기야는 두 파벌로 나뉘어 싸우기까지 했다. 낙원과는 거리가 너무나도 먼, 카라 파르샤드 박사가 가장 보고 싶지 않았을 광경이 펼쳐지고 만 것이다.

"상상해 봐. 네가 인간들을 위한 낙원을 설계하는 데에 온 힘을 쏟는 동안, 정작 그 인간들은 널 비난하고, 너 때문에 싸웠다고. 어떤 기분일까."

회의감이 들었을 것이다. 믿음이 흔들렸을 것이다. 어쩌면 증오하게 되었을지도 모른다. 자신의 뜻을 알아주지 않는, 힘을 합치는 대신 트집을 잡아 싸우기나 하는, 불합리한 결함으로 가득한 인간들을. 그럼에도 그는 레드 벨벳 계획을 끝까지 추진했다. 닳고 망가져 가는 꿈을 끝까지 놓지 않았다.

"그런 상황에서 오직 한 사람만이 줄곧 함께해 준 거야. 네 곁에서, 의심하지도 않고, 욕하지도 않고, 그저 옆에서 도와주면서, 가끔 말 상대가 되어 주면서."

대단히 성능이 좋은 사람은 아니었다. 놀랍도록 똑똑하지도 않았다. 하지만 방을 치우고 이야기를 들어 주는 작업만큼은 실수 없이 수행했을 것이다. 당연한 일이다. 그 오토마톤은, '디비니티'는 애초부터 그런 용도로 만들어진 사람이니까. 하지만 인간에게 지치고 정신적으로 몰려 있었을 카라 파르샤드 박사는 그 사실을 간과하고 만 것이다. 언제나 자신을 믿어 주는, 충성스러운, 실수하지 않는 존재만이 보이게 된 것이다. 자신의 꿈을 저 결함투성이 인간들이 아니라,

완전무결한 기계에 맡겨야겠다고 판단해 버린 것이다.

"어떻게 낙원을 완벽하게 관리할지, 어떻게 칩으로 모든 노동자를 조종할지, 더 검토해 보아야 했어. 여러 사람의 의견이 필요했어. 하지만 그러지 않았을 거야. 디비니티라면 할 수 있으리라고 믿었을 테니까."

"그리고… 디비니티도 그 말을 믿은 거구나."

"박사의 꿈을, 계획을, 잘못된 판단까지도 말이야. 지금껏 계속."

말을 마치고서 할루할로는 작은 한숨을 내쉬었다. 그 눈에 비치는 마음을 이제는 나도 볼 수 있었다. 자신을 신뢰하며 꿈을 맡겨 준 사람의 부탁을 디비니티는 결코 놓아 버리지 않으리라는 걸. 그렇기에 자신의 부족하기 그지없는 진짜 능력을, 카라 파르샤드 박사가 그러했듯이, 결코 인정할 수 없으리라는 걸.

계단을 한참 오르니 고요 속에 잡음이 섞여 들었다. 센서 감도를 최대한으로 높이자 희미한 말소리를 들을 수 있었다. 저 위쪽 어딘가에서 여러 사람이 언성을 높여 싸우고 있었다. 할루할로의 발걸음이 빨라졌고, 나도 흠집이 난 다리를 최대한 힘껏 움직이려 애썼다.

"안쪽 상황은 어떻대?"

"사타안다기가 그러는데, 좀 심상치가 않대. 디비니티가 계속 버티니까 다들 좀 짜증이 나나 봐. 열심히 말리고는 있다는데….”

“서둘러야 해. 루세카테르하고 브루티보니는 오래 못 참을 거야. 다른 사람들도 물론.”

이게 바로 할루할로가 염려하던 상황이었다. 디비니티는 자신이 단순한 심부름꾼 오토마톤이라는 사실을 인정하지 않을 것이고, 당연히 디비니티의 진실을 찾으려고 오래도록 노력해 온 피낭시에 요원들은 화가 날 수밖에 없다. 그런 상황이 지속되다 보면 언제 분노가 폭발할지 모른다. 돌이킬 수 없는 충돌이 일어날지 모른다…. 말없이 걸음을 재촉하는 동안 불협화음은 점점 커져만 갔다.

마침내 도착한 중앙통제실 문 앞에는 작은 전투의 흔적이 남아 있었다. 마비된 오토마톤이며 깨져 나간 조각 따위가 발에 챘고, 이런저런 무기가 빗맞은 자국도 군데군데 보였다. 하지만 지나간 일의 흔적보다는 닫힌 문 안쪽에서 들려오는 소리가 더 중요했다. 고함을 지르고 화를 내는, 도무지 알아들을 수 없는 목소리의 불협화음. 그나마 아직 몸싸움으로 발전하지는 않은 게 다행이라면 다행이었다. 할루할로가 가쁜 숨을 몰아쉬며 말했다.

“다들, 한계일 거야. 멈춰야 해. 빨리.”

그래, 싸움을 멈춰야 한다. 잔뜩 화가 난 피낭시에 요원들을 진정시켜야 하고, 끝까지 고집을 부리는 디비니티도 설득해야 한다. 할루할로와 다른 사람들의 안전을 확실히 보장받아야 한다. 해결해야 할 문제가 정말이지 너무나도 많았다. 그중에서도 가장 시급한 일은, 물론 사랑스러운 룸메이트를 안심시키는 것.

"걱정하지 마. 내가 조사관 일 하면서 배운 게 하나 있거든. 오류의 원인을 알아냈으면, 고칠 수도 있는 법이더라고."

그렇게 속삭이면서 나는 힘껏 문을 열어젖혔다.

하얀빛과 소음이 가장 먼저 맹렬히 쏟아졌다. 밝기를 좀 낮추자 곳곳에 모니터가 달린 살풍경한 방이 시야에 들어왔다. 잔뜩 흥분해서 문이 열렸는지도 모르는 피낭시에 요원들도, 그들에게 둘러싸인 궁정 시녀대 몇 명도. 그리고 그 한가운데서 홀로 의자에 앉아, 치렁치렁한 옷에 감싸인 채 사방을 노려보는 인간형 오토마톤도. 바로 알 수 있었다. 사방에서 빗발치는 고함과 욕설에도 아랑곳하지 않고, 끊임없이 외치고 또 명령을 내리는 저 오토마톤이 바로 디비니티라는 사실을.

"경고합니다! 이곳은 인간 출입 금지 구역입니다! 당장 돌아가세요!"

"당신들의 행동은 용납되지 않습니다! 더 이상의 혼란은 통제 대상입니다!"

"세일럼 지브롤터! 슈거 플럼! 당장 이 소란을 어떻게든 해요!"

과연 그 소리에는 약간의 꺾인 기색조차 없었다. 단호했고, 힘이 실려 있었다. 하지만 그 기세조차 분노에 찬 사람들을 멈추지는 못했고, 완전히 포위당한 오토마톤들을 움직이도록 하기에도 역부족이었다. 이내 "당장 부숴 버리자"는 말이 심심찮게 들리더니, 곧 하나의 구호가 되어 쩌렁쩌렁 울리기 시작했다. 부숴 버리자! 부숴 버리자! 부숴 버리자! 이건 이미 진정하라고 해서 진정할 상태가 아니었다. 하지만 이런 식으로 해 보면,

"자, 자, 여러분. 흥분할 필요 없어요. 쟤는 그냥 오작동하는 거니까."

처음에 내 목소리는 거의 묻혀 버렸다. 하지만 불청객의 등장을 알아챈 몇 사람이 소리치는 걸 멈추고서 고개를 돌리자, 그만큼 함성의 음량이 줄어들며 내게 다음 기회를 주었다. 다시 목소리를 내니 몇 사람 더, 그리고 또 몇 사람 더. 방을 가득 채운 분노가 조금씩 의문으로 바뀌어 가는 것이 느껴졌다. 오작동하는 거라고? 누가? 설마 저 디비니티가?

"누구나 오작동은 하잖아요. 인간도 그렇고, 오토마톤도. 화낸다고 될 일이 아니에요."

말장난이라면 말장난이었다. 뻔뻔하게 터무니없는 고집을 부리는 거나, 작동에 문제가 있는 거나 결국엔 같은 말이니까. 단지 그 미묘한 어감의 차이가 레드 벨벳에서는 좀 더

크겠다 싶었을 뿐. 과연 어떤 사람은 고개를 저었지만, 또 누군가는 생각에 잠겼고, 이해했다는 듯 음음, 소리를 내는 사람도 있었다. 이 정도면 충분했다. 전부 납득시키지는 못하더라도 조금이나마 갸웃하게 만들어서, 당장의 화를 잠재우기만 하면 적어도 걷잡을 수 없는 충돌을 늦출 수는 있다. 사뭇 누그러진 분위기를 헤치며 쁘띠-4의 동료 셋이 조심스레 이쪽으로 다가왔다. 전부 한 마디씩 던지는 것도 잊지 않았다.

"약속 장소에 있으랬잖아, 벨레. 무슨 생각이야?"

"너, 최근 들어서 좀 무모해진 것 같은데."

"부정할 수 없는 사실이다."

이걸 어쩌나, 나중에 드롭스를 좀 더 얹어 줘야 할 모양이었다. 왜냐면 지금부터 무모한 짓을 한 번 더 저지를 작정이니까. 나는 다시 비틀거리는 발을 떼어, 나지막이 웅성거리는 군중과 널브러진 전선 사이로 조금씩 몸을 옮겼다. 할루할로가 먼저 곁에 와 부축해 주었다. 동료들도 말없이 거들어 주었다. 온 시선이 집중되는 게 느껴졌지만, 목적지는 그 가운데서도 가장 매서운 두 눈 앞이었다. 아무리 봐도 적응이 안 될 만큼 인간과 닮은 표정의 오토마톤 앞이었다.

"저는 오작동하지 않습니다. 당신의 주장은 참이 아닙니다."

의자에 앉아 이쪽을 똑바로 올려다보며, 디비니티가 단호히 말했다. 아무래도 내 말 때문에 적잖이 화가 난 모양이었다. 기껏 사태를 진정시켜 주었는데도, 안도하기보다는 기를 쓰고 반박하려 드는 걸 보니까.

"모든 것은 정상적으로 통제되고 있습니다. 당신이 어떻게 주장하든, 제 연산은 완벽합니다."

"아닌 것 같은데. 방금 전까지 그렇게 엉망이었고."

"예상 범위 내의 요동일 뿐이었습니다! 곧 정상 상태로 되돌아갈 것입니다!"

조금의 주저함도 없이 디비니티는 그렇게 소리쳤고, 덕분에 잠잠해졌던 분노에 다시 전원이 들어갔다. 한두 마디씩 고성이 날아오기 시작했다. 하지만 예상대로 디비니티는 꿈쩍하지 않았다. 결코 자신의 불완전함을 인정할 생각이 없어 보였다. 과거에 어느 소중했던 사람이, 꿈마저 맡길 정도로 자신을 믿어 주었던 사람이 한 말을 부정할 수 없을 테니까. 그 꿈이 자신의 완전무결함에 전적으로 기대고 있다는 사실을 알 테니까. 그런 녀석에게 내가 해줄 수 있는 말은, 괴롭지 않다고 하면 거짓말이겠지만, 그래도 이것뿐이기에—

"인간들을 싸우게 만들고 있잖아, 디비니티. 그때처럼."

—뭐라고 입을 열려던 디비니티의 움직임이 순간 멈추었다. 단순한 조리개가 달린 눈이 방 안을, 분노와 짜증으로 넘실거리는 군중 위를 불안하게 두리번거렸다. 나는 가만히 대화를 이어 나갔다. 어느새 조금씩 떨기 시작한 오토마톤과, 구형 스피커에서 뚝뚝 끊어지며 흘러나오는 안쓰러운

목소리와.

"봐, 지금도 다들 비난하고, 욕하고, 화를 내고 있어. 카라 파르샤드 박사한테 그랬던 것처럼."

"충분히 관리될 수, 있는, 상황입니다. 연산에 시간이 걸릴, 뿐입니다."

"이대로 계속 질질 끌다간, 바깥에 있는 인간들이 못 참고 네 메모리 내용을 퍼뜨릴지도 몰라. 통제할 수 있겠어? 온레드 벨벳에 그 내용이 퍼져도? 믿는 사람이랑 안 믿는 사람이 서로 싸우기 시작해도?"

"그것은, 막아야 합니다! 인간이 편을 갈라 싸우는 일을, 파국을, 전쟁을, 박사님께서는 가장, 싫어하셨고, 두려워하셨으므로! 다시는 그런 일이 일어나서는 안 된다고, 당부, 하셨으므로!"

"그래, 넌 막을 수 있어. 방법도 아마 알 거야."

내 말의 의미를 디비니티는 바로 이해한 듯 보였다. 자신의 불완전함을 인정하지 않는 것이, 정말 소중한 사람이 말해 준 자신의 완벽함을 믿는 일이, 결과적으로는 그 사람이 가장 원하지 않았을 광경을 만들어 내고 말리라는 걸. 카라 파르샤드 박사의 꿈을 지켜 내기 위해선, 먼저 자신에 대한 그의 판단에 오류가 있었음을 인정해야 한다는 걸. 이건 고통스러운 딜레마였다. 결단을 내리는 일이 쉬울 리 없었다. 받아들일 수 없다는 듯이 힘겹게 고개를 저었고, 더 이상 날

카롭지 않은 시선이 나를 절박하게 바라보았다가 떨어지기를 반복했다. 잡음 섞인 소리가 흐느낌처럼 뚝뚝 떨어졌다.

"안 됩니다. 할 수 없습니다. 왜냐하면, 박사님께서는, 옳으셨기에. 인간을 위해, 오직 그 뜻만으로, 그토록, 노력, 하셨기에. 다른 인간들이, 뭐라고 하건, 사실이기에…."

"하지만 카라 파르샤드 박사도 인간이었어. 완벽하지 못했고, 오류가 있었던 거야."

정말이지 누가 진작 이 말을 해줬어야 했다. 비록 멋진 꿈이기는 했지만, 동시에 치명적인 결함을 품은 계획이었다고. 레드 벨벳 전체의 관리를, 온 블랙 포레스트의 통제를 구형 오토마톤에게 짊어지운다는 생각 자체가 잘못되었던 거라고. 그 하나의 결함으로부터 비롯된 잘못 맞물린 톱니바퀴의 연쇄가 마침내 삐걱거리며 무너지기 시작했다. 디비니티의 몸이 세차게 떨렸다.

"저는, 그렇다면, 어떻게 해야! 전에도, 말씀을 드렸으나! 저는, 진저브레드 B형으로, 이것은, 저의 본래 용도가 아니라고! 하지만 저밖에 없다고, 할 수 있다고, 하셨으므로! 왜냐하면, 인간은 오류를 범하나, 저는, 디비니티는 실수하지 않으므로—"

"그럼 그 오류를 바로잡아 줘, 디비니티. 부탁할게."

이걸로 내가 해줄 수 있는 말은 끝났다. 격정이 지나가자 침묵의 시간이 찾아왔고, 디비니티는 이제 거의 멈춰 버린 듯 보였다. 어쩌면 슬퍼하고 있는 것 같기도 했다. 인간과 표정이 아무리 비슷하더라도, 구형 오토마톤의 감정 표현에는 어딘가 알아보기 힘든 점이 있었다. 아마 할루할로라면 전부 읽을 수 있었겠지만, 나는 그저 기다리는 일밖에 할 수가 없었다. 디비니티가 한 번 더 입을 여는 순간까지.

"드릴 말씀이, 있습니다, 여러분."

흔들리는 말소리가 중앙통제실 전체에 울렸다. 온 시선이 작고 낡은 오토마톤에게로 집중되었다. 디비니티의 말은 시끄럽지 않았고, 길지도 않았다. 다만 그 길지 않은 말을 전달하기 위해 디비니티는 굉장히 힘겨워하는 것 같았다.

"박사님은, 카라 파르샤드 박사께서는 마지막에, 메시지를 남기셨습니다."

"인간에게 전하는 메시지였다고, 그렇게 생각합니다."

"이렇게 말씀하셨습니다. "용서해 달라"라고…. 이상입니다."

모든 웅성거림이 멎었다. 화를 내는 사람도, 비난하는 사람도 없었다. 방금 전까지는 시끄러운 싸움이 한창이었던 곳에 이제는 숙연한 분위기마저 감돌았다. 한때 완전무결하다고 여겨졌던 오토마톤이 자신의, 소중한 사람의, 지금껏 붙들어 온 꿈의 결함을 인정하는 광경에는 그만큼의 힘이 있었다. 한편 메시지 전달을 마친 디비니티가 다시금 나를 올려다보았을 때, 그 낡은 눈에는 조금의 힘조차 실려 있지 않았다. 오직 절박하게 해답을 구하는 마음뿐이었다.

"저 같은, 한낱 오토마톤을 믿어 주신 박사님이, 사과하지 않길 바랐습니다. 최선을 다했습니다. 부족했습니다. 앞으로는 어떻게 될까요. 저는 어떻게, 해야, 할까요."

"그, 일단 좀 쉬고 나서 생각해도 돼."

내가 가진 것은 이렇게 한심한, 결함투성이 인간다운 대답뿐이었다. 하지만 그 대답을 들은 디비니티는 놀랍게도 작은 미소를 지어 보였다. 인간과 아주 비슷하지만 조금 다른, 그 점이 결코 나쁘지 않은 미소였다.

"박사님께서도 종종 그렇게 말씀하셨어요. 세일럼 지브롤터, 해시 브라우니, 부탁합니다."

두 오토마톤이 디비니티의 양팔을 각각 붙잡아 의자에서 일으켰다. 흘러내린 옷 아래서 다리가 움직이자 끼리릭소리가 크게 울렸다. 블랙 포레스트의 폐허에서 파낸 낡은 부품으로는 정비하는 데에 한계가 있었던 걸까? 혹시 정비할 시간조차 없었던 건 아닐까? 아주 오래된 가정용 오토마톤은 그렇게 의자를 떠나, 중앙통제실을 빠져나가는 사람들 사이로 몸을 옮겼다. 기나긴 의뢰의 끝을 알리는 느린 움직임이었다.

다음 날 아침.

카페 마들렌 2층의 엄청나게 푹신푹신한 침대 위에서 나는 힘겹게 눈을 떴다. 침대가 낯설었기 때문은 아니었다. 햇빛이 적응 안 되게 찬란했기 때문도 아니었다. 붕대를 감아 놓은 다리가 계속 쑤셨기 때문도 역시 아니었지만, 약간 관련은 있었다. 잔뜩 지친 데다 흠집까지 난 상태로 그런 엔터테인먼트를 즐기는 건 무리였던 것이다.

"네 잘못이야…"

"경고했잖아."

곁에 누운 룸메이트에게 불평을 해 보았더니, 즉시 차가운 답변이 돌아왔다. 하지만 '원격조종하고는 달라서 이 몸은 뜻대로 잘 움직인다'는 경고가 무슨 뜻인지 어젯밤의 나는 알지 못했다. 전신 의체도 아니고 고기로 된 몸인데, 설마 그렇게까지 압도당할 줄이야. 참담한 실책이었다.

나는 도저히 몸을 일으킬 수가 없었지만, 할루할로는 태연하게 일어나 옷을 입고서 방을 나섰다. 얼마 뒤에 돌아온 녀석의 손에는 신기한 냄새가 나는 연갈색 물체가 들려 있었다. 이 세계에는 도대체 얼마나 다양한 종류의 '케이크'가 있는 걸까? 한편 할루할로의 얼굴은 좀 새빨개진 채였다.

"모모챠챠가 화냈어. 회의하는데 우리가 너무 시끄러웠대."

"아, 그걸 생각 못 했네."

"그러니까 말이야."

한동안 할루할로는 의자에 앉아 케이크를 오물거렸고,

나는 그 모습을 멍하니 바라보았다. 헐렁한 옷에 감싸인 어깨 위로 갈색 머리카락이 흘러내렸다. 검은 눈동자가 불규칙적으로 깜박였다. 가끔 뜬금없는 말이 날아오기도 했다. 수수께끼의 룸메이트와 함께 있으면 종종 일어나는 일이었다.

"음, 역시 그건 인간들에게 보내는 메시지가 아니었다고 생각해. '용서해 달라'는 말."

"그래? 그럼 누구한테 한 건데?"

"결함투성이 인간이 아니라, 디비니티한테. 불가능하다는 걸 알면서도, 무리할 거라는 사실을 알면서도, 너무 무거운 짐을 지웠으니까."

하지만 그 짐은 이제 덜어졌다. 모든 문제가 해결되었다는 뜻은 아니다. 오히려 그 반대겠지. 디비니티와 오토마톤들을 어떻게 할지, 진실을 어떤 식으로 알려야 할지를 놓고 피낭시에 요원들은 지난밤에 계속 논쟁을 벌였다. 때론 카라파르샤드 박사가 질색할 만큼 언성이 높아지기도 했다. 어쩌면 논쟁의 결과로 상황이 더 나빠질지도 모른다는 생각이 얼핏 들었다. 내가 할루할로를 구하러 온 바람에 다시 파국이 찾아오는 건 아닐까? 그런 건 생각하지 않기로 했다. 그러잖아도 생각할 게 많았으니까.

이를테면 블랙 포레스트로 돌아가는 문제가 있었다. 적어도 케이크가 다 떨어지기 전에는 돌아가야 했다. 레이디핑거와 자허토르테는 벌써 방법을 논의하기 시작했지만, 사타안다기는 여기서 할 일이 남아 있는 것 같았다. 오토마톤들의 향후 거취를 논의하는 요원들 틈에 끼어들더니 '사람하고 오토마톤은 똑같고, 서로 사귈 수도 있다'고 열렬히 주장했던 것이다. 그것 때문에 계획 짜는 데에 그렇게 적극적이었던 걸까? 레이디핑거와 대놓고 사귀기 위해 레드 벨벳을 바꿔 놓을 기회를 엿본 걸까? 모르는 일이었다.

그리고… 할루할로에 대해서도 생각해야 했다. 당연히 함께 돌아가고 싶지만, 그러기에는 문제가 너무 많았다. 일단 지금의 할루할로에게는 칩도 없고, 블랙 포레스트에는 케이크가 딱 두 종류밖에 없으니까. 어쩌면 당분간은 새 몸을 원격조종해야 할지도 모른다. 아니면 내가 소화기관을 특수한 모델로 교체하고 다시 올라오든가. 어느 쪽이든 시간이 좀 걸릴 터였다. 그리고, 그리고-

"-도나우벨레."

어느새 할루할로가 침대 위로 돌아와 있었다. 방금 전까지 온갖 생각과 고민으로 가득했던 머릿속이 순간 깨끗해졌다. 할루할로의 모습이, 냄새가, 모든 감촉이 그 빈 공간을 가득 채웠다. 팔을 뻗어서 눈앞의 몸을 꼭 껴안았고, 그대로 푹신한 침대 위로 굴렀다. 할루할로는 저항하지 않았다. 대신 고기로 된 부드러운 팔다리로 나를 감싸 안았다.

"좋아해, 할루할로."

역시 오늘까지는 이 생각만 하고 싶었다. 고민은 내일부터 해도 늦지 않을 것 같았다. 물론 잘못된 결정일 수도 있었고, 어쩌면 이 작은 실수가 미래의 큰 후회로 이어질지도 모르는 일이었지만, 그 사실을 알면서도 나는 수수께끼의 룸메이트에게 마음껏 안기기로 했다. 침대 위를 뒹굴면서 소중한 시간을 낭비하기로 했다.

정말로 어쩔 수 없는 일이었다.

사람은 실수를 하는 법이니까.

에필로그

"그다음엔 어떻게 되었나요?"

기자는 마지막으로 그렇게 물었다. '마지막 질문'과 '마지막으로 하나만 더'에 이어서 나온 '진짜 마지막 질문'이었다. 눈앞의 오토마톤이 얼마나 끈질긴 사람인지 미리 알아챘어야 한다는 후회가 밀려왔다. 최근 코겔모겔을 인수해 버린 블랙 포레스트 최대의 방송 그룹, 뢰드그뢰드 미드 플뢰드에서 나온 사람이 만만할 리가 없는데.

"저기, 페뉴치. 우리 시간을 지금 엄청나게 빼앗고 계시거든요?"

"이미 많이 빼앗기셨으니까, 조금만 더 내놓으셔도 되잖아요!"

정말 그러고 싶지 않았다. 적잖은 드롭스를 들여서 할루할로와 이렇게 외출한 참인데 고작해야 옛날 일을 시시콜콜 얘기해 주는 데 시간을 더는 낭비하고 싶지 않았다. 하지만 정작 테이블 건너편에 앉은 룸메이트 녀석은 생각이 좀 다른 모양이었다. 내가 눈빛으로 분명히 구조 신호를 보냈음에도, 이 상황이 매우 흥미롭다는 듯 이렇게 말했으니까.

"뭐 어때. 얘기해 줘."

"하지만 오늘은 너랑…."

"우리 둘 얘기가 방송에 나온다는 거잖아. 온 블랙 포레스트가 알게 되겠지. 마음에 드는 일이야. 정말로."

그래, 할루할로는 이런 녀석이었다. 우리 둘 사이의 관계를 기정사실로 만들고 싶단 이유로 더 무모한 짓도 한 적이 있는 애였다. 그런 할루할로를 위해서라면 나도 이 번거로운 기자와 조금 더 어울려 줄 수 있었다. 지금까지 페뉴치에게 대답해 준 분량만으로도 뢰드그뢰드에서는 충분히 도나우벨레 스페셜을 만들 수 있겠지만, 그래도 굳이 후일담을 넣어야겠다면,

"조금만 기다려요. 뭣부터 말씀드릴지 생각 좀 하게."

할루할로를 레드 벨벳에서 구해 온 뒤로, 디비니티의 진실이 드러난 뒤로 정말 많은 변화가 있었다. 그중에서도 어떤 변화는 너무 거대해서 자세히 설명하기가 힘들다. 어떻게 레드 벨벳의 관리 체계가 바뀌었는지, 그것이 를리지외즈의 업

무에는 어떤 영향을 끼쳤는지, 그런 것들 말이다. 하나하나가 다 따로 특집 방송을 마련해야 할 주제다.

반면에 굳이 이야기할 필요를 못 느끼는 너무 사소한 변화도 있다. 이를테면 하누카겔트가 디비니티와 사귄다는 게 중요한 문제일까? '완벽한 오토마톤이 아니라는 것을 확신하고 나니 갑자기 사람으로 보였다'는 이야기가 물론 그 둘 사이에는 정말 중요하겠지. 하지만 그래봐야 둘 사이의 문제다. 내 동료 하나가 열심히 끼어들긴 했지만, 기본적으로는 그렇다.

조금 더 와 닿는 변화는 어떨까? 레드 벨벳의 새로운 관리자들은 블랙 포레스트와의 교류를 더욱 활발하게 하는 데에 힘을 쏟았고, 그 여파가 온 사방을 휩쓸었다. 항상 그랬듯이 문제의 핵심은 드롭스였다. 레드 벨벳의 어마어마한 드롭스가 블랙 포레스트로 밀려오는 바람에 경제적인 대혼란이 찾아온 것이다. 대비가 되어 있지 않았던 여러 개인과 기업이 큰 타격을 입었고, 그중 몇몇은 남은 드롭스로 청부업자를 고용해 이 사태의 원인에게 복수를 시도하기도 했다. 바나나 스플릿이 내 편만 아니었어도 지금쯤 스위치가 꺼져 있었겠지. 레드 벨벳으로 가기 위해 여기저기 드롭스를 뿌렸던 것이 행운으로 돌아온 셈이다.

내가 뿌린 드롭스로 수혜를 입은 사람이 하나 더 있다. 27번부터 30번까지의 신설 구역을 총괄하는 '판데무에르토 신디케이트'의 대표님이다. 800만 드롭스를 초기 자금으로 삼아서 공격적인 사업 확장에 나선 끝에, 이제 블랙 포레스트에는 괴터슈파이제의 영향력이 뻗치지 않은 분야가 거의 없다. 파르브통이 파산한 틈에 건설권을 꽤 획득했고, 덕분에 여기저기 자기 소유의 건물을 올릴 수 있었으며, 결과적으로 부하들이 하는 가게가 곳곳마다 들어서게 된 것이다. 지금 내가 있는 곳도 그중 하나다. 괴터슈파이제는 종종 나에게 이곳 바 나나이모의 할인권을 보내오니까. 써먹지 않을 이유가 없다.

그래, '바'의 등장만큼 긍정적이고 멋진 변화도 없을 것이다. 레드 벨벳의 온갖 이색적인 문물이 플로트를 타고 내려왔지만, 그중에서도 가장 큰 주목을 끈 것은 단연 레드 벨벳에서 만들어진 각종 '케이크'였고, 사업 수완이 있는 사람들은 이 기회를 놓치지 않았다. 얼마 지나지 않아 특수한 용도의 소화기관이 의체 시장의 새 유행이 되었다. 그런 소화기관을 가진 사람만이 바에서 수십 가지 신기한 케이크를 즐길 수 있으니까. 이젠 '엔터테인먼트보다 좋은 케이크'라는 바 마르스의 광고가 투티프루티의 로고 송보다도 더 익숙해질 지경이다. 마르스도 좋은 바이긴 한데, 이런 터무니없는 과장 광고는 안 했으면 좋겠다고 생각한다.

기존에 있던 사업 중에서도 최근에 부흥한 분야가 여럿 있다. 이를테면 방송 그룹이 신났고, 청부업은 기록적인 대호

황이라고 한다. 사업이라고 하기엔 뭣하지만, 수백수천의 속삭임도 방향을 바꿔 크게 성공했다. 이제 피에스몽테는 '디비니티의 연산이 사라졌으니 파국만이 찾아올 것'이라는 불길한 가르침을 전하고 다닌다. 지금 같은 시기에 더없이 잘 먹히는 구호다. 경제적인 혼란, 생산 방식부터 다른 레드 벨벳 사람들과의 충돌, 오토마톤에 대한 시각의 차이… 파국이 찾아오리라고 믿는 것도 이해는 간다.

그러고 보니, 사회가 엉망이 될수록 번성하는 사업이 하나 더 있다. 엉망인 일에 대한 의뢰를 받아, 의문을 풀어 주고 해결책을 찾아 주는 사업이다. 비버테일과 토르텔은 아직도 잘나가지만, 이제는 다른 팀 하나까지 끼워서 3대 조사관 팀이라고 불러도 될 정도가 되었다. 본부는 여전히 플로트가 내다보이는 5번 상업 구역 24번 소형 빌딩 3층이지만, 이제는 레드 벨벳을 포함한 곳곳의 지부에서 의뢰를 받는다. 인간도 오토마톤도, 어디에서 어떤 식으로 생산된 사람이라도 환영이다. 이 점이야말로 우리 쁘띠-4 최대의 경쟁력이다.

쁘띠-4의 리더인 레이디핑거는 레드 벨벳의 풍요에 그 누구보다 빨리 익숙해진 사람 중 하나이며, 아마 새로운 관리자들에게 가장 먼저 인맥을 대 놓은 사람이기도 할 것이다. 심지어 그 관리자들의 예전 동료를 레드 벨벳 지부의 담당자로 뽑아 놓기까지 했다. '모모'는 채용된 이래 우리에게 큰 의뢰를 끝없이 물어다 주었고, 본인도 그 일에 대단히 만

족하는 것 같았다. 이것만큼은 '<u>언니</u>'보다 더 잘하는 것 같
다면서.

한편 리더 옆에는 항상 사타안다기가 붙어 있다. 나는
솔직히 얘가 좀 무섭다. 언제나 계획해서 움직이고, 그 계획
을 꼭 성공시키는 데다가, 잠깐 그만두었던 게임마저 순식간
에 다시 제패해 버렸으니까. 레드 벨벳 주민들이 궁정 시녀대
의 오토마톤들을 해치지 못하도록 막아 낸 것도 사타안다기
의 공이다. 레이디핑거는 처음에 사타안다기가 사회적인 문
제에 너무 나서는 것이 위험하다고 생각해서 말리려 한 모양
이지만, 곧 오토마톤 고객들이 종종 사타안다기 한 사람을
믿고서 의뢰해 온다는 사실을 알게 되었고, 지금은 사회운동
의 최대 후원자다. 드롭스가 이렇게 중요하다.

자허토르테는 여전히 내 좋은 친구고, 기술적인 문제를
믿고 맡길 수 있는 팀원이다. 야심 차게 시작한 의체 부품 중
개업이 잘 풀리는 것 같지 않아 아쉬울 따름이지만, 언젠가
는 레드 벨벳 주민들에게도 의체의 편리함을 알려서 부품을
비싸게 팔아치우겠다는 꿈이 이루어지기를 바란다. 생귀나
시오 돌체 모델을 개선하고 다른 회사 제품과의 호환성까지
확보한다는 어려운 과제를 완수해 낸 친구니까, 아마 언젠가
는 자기 사업에서도 성공할 날이 올 것이다.

하지만… 페뉴치가 원하는 대답은 아무래도 이런 게 아

닐 것 같았다. 왜냐하면 페뉴치는 블랙 포레스트 전체를 취재하는 게 아니니까. 나에 대해서 알고 싶다면서, 나를 취재하겠다고 이렇게 달라붙어 있는 거니까. 문제는 내게 일어난 변화에 대해서 할 말이 그렇게 많지 않다는 사실이었다. 이 모든 사태의 원인인 수수께끼의 룸메이트와는 우여곡절 끝에 여전히 함께 지내고, 거주 구역도 그대로고, 심지어 드롭스 보유량조차 별 변동이 없다. 물가가 요동을 치는 와중에 좀 많이 날려 먹은 탓이다. 그래도 새 소화기관을 마련해서 이렇게 할루할로와 바에 올 수도 있었고, 그러고도 드롭스가 좀 남아서—

"아, 그래. 이렇게 됐어요."

— 왼쪽 다리를 자랑스레 보여 주며 나는 살짝 웃었다. 실감할 때마다 웃음이 멈추지를 않는 일이었다. 드디어, 소프트 서브에서 일하던 시절부터 계속 꿈꾸던 일이, 항상 성사되려고만 하면 무슨 일이 생겨서 눈앞에서 놓쳐 버리다가, 마지막에 와서 이렇게 이뤄진 것이다. 고깃덩어리가 아닌 왼쪽 다리는 '이런저런 일이 있었지만 결국에는 다 잘 되었다'는 확고한 증거였다. 페뉴치가 이런 내 마음을 이해했으면 좋겠는데.

"음, 좋아요. 좋은 그림이네요! 방송 마지막에 내보내기 딱 적당해 보여요!"

"다행이네요. 이제 끝난 거죠?"

"물론이죠. 아, 인터뷰를 마치기에 앞서서…."

놀랍게도 또 질문이 시작되려는 찰나였고, 나는 할루할로한테 다시 구조 신호를 보냈고, 이번에는 효과가 있었다. 할루할로가 박수를 가볍게 두 번 치자, 어디선가 종업원 둘이 달려와서 기자를 붙들고는 그대로 질질 끌어내 버린 것이다. 예전에 화물차를 털던 갱다운 거친 방법으로. 이건 조금 예상치 못한 광경이었다.

"아직도 사업 같이 하거든. 이전 시대 물건을 사들이고 있어. 공사하는 도중에 발견된 것들 말이야."

"왜? 그 일은 끝났잖아. 알아낼 건 다 알아내지 않았어?"

"기록을 읽으면서 궁금해졌어. 이전 시대에 있었던 일. 파국이란 무엇이었는지, 어떻게 일어났는지, 왜 막을 수 없었는지. 알게 된다면 우리한테도 도움이 될 거야."

아, 이건 익숙한 할루할로의 모습이었다. 아무도 신경을 쓰지 않는 일에 꽂혀서는, 또 뭔가 심상찮은 진실을 읽어 내려고 하는 모습. 과연 도달할 수는 있을지, 또 위험천만한 건 아닐지, 그런 걱정이 드는 것도 사실이었다. 하지만 막을 생각은 없었다. 그저 지켜볼 뿐이다. 가끔 옆에서 몇 마디 보태기나 하면서.

"파국 말인데, 나도 생각한 게 좀 있거든. 들어 볼래?"

이 말이 할루할로의 관심을 끌었다. 기자를 쫓아낸 종업원들에게 새 케이크를 주문하다가, 잠깐 멈칫하더니 내게 시선을 돌린 것이다. 그렇게까지 대단한 생각은 아니었는데. 단지 레드 벨벳에서의 경험이 가져온 막연한 공상이었고, 제멋대로 내뱉은 추측이었다.

"내 생각에 그 파국이란 건, 정말 엄청나게 시시한 실수 때문에 일어났을 것 같아."

왜냐하면 온갖 이상한 일이 실제로 시시한 실수 때문에 벌어지곤 하니까. 오류가 발생해서, 깨닫지 못해서, 깨달으려 하지 않아서 일어난 일이 매일같이 쁘띠-4에 의뢰가 되어 쌓인다. 만일 이전 시대를 끝낸 파국이 디비니티 말대로 '인간이 편을 갈라 싸우는 일'에 불과했다면, 그 원인 역시 마찬가지 아니었을까? 아무도 눈치를 못 챈 아주 작은 오류가 점점 큰 불화로 번졌고, 깨달았을 즈음엔 이미 손쓸 수 없는 사태가 되어 버렸던 게 아닐까?

"가능성은 있네. 아니, 사실 꽤 설득력이 있어."

"그래? 기록에서 뭐 읽은 거라도 있나 봐?"

"이따가 말해 줄게. 지금은, 일단 포상부터."

그렇게 말하면서 할루할로는 접시에 마지막으로 남은 케이크 한 조각을 찍어, 불쑥 내 앞에다 들이밀었다. 뢰드그뢰드의 기자 때문에 아직까지 손을 못 대고 있었던 레몬 시폰 케이크였다. 거절할 수 없는 달콤한 향기가 센서를 간질였다. 그래서 입을 벌렸고, 새콤달콤한 조각이 혀 위에서 녹아 사라지는 것을 느꼈고, 곧 황홀한 아쉬움에 잠겨 이렇게 말할 수밖에 없었다.

"내 것도 더 주문해야겠다."

레몬 시폰 케이크, 키 라임 파이, 그리고 밀피유도 하나 추가. 아무래도 바 나나이모에 예상보다 좀 오래 있게 될 모양이었다. 마침 잘된 일이었다. 세상이 다 바뀌는 와중에도 여전히 사랑스러운 수수께끼로 남은 내 룸메이트가 또 무엇을 알아냈는지, 앞으로 한참 동안은 그 깜짝 놀랄 이야기를 들어야 할 테니까.

에필로그 2: 오류, 해결됨

"그래서 대체 언제쯤 돌아올 건데, 할루할로?"

연달아 세 번이나 그렇게 물었건만 할루할로는 대답하지 않았다. 반응조차 없었다. 침대 위에 케이크처럼 덩그러니 놓인 고기 몸 끄트머리가 움찔한 건 아무래도 내 말에 대한 '반응'이 아니었을 테니까. 흘러내린 갈색 머리카락 사이에서는 머리띠가 옅은 녹색으로 때때로 깜박였고, 가끔 그 깜박임의 주기가 짧아질 때면 고기 몸의 호흡도 함께 가빠졌지만, 이 역시 내 말이나 행동과는 전혀 무관하게 일어났다. 정말이지 답답하기 짝이 없었다.

"제발 대답 좀 해 주면 안 돼? 그렇게 계속 안 움직이고 있으면 예전 일 생각나서 불안해진다고 내가 전에도…."

[몇 번이나 말했다시피]

[나 지금 여기에 멀쩡히 있거든]

메시지 두 통이 대뜸 날아와 눈앞을 반쯤 가렸다. 그 너
머에 비친 할루할로의 몸이 손가락을 까딱여 침대를 툭툭
가리켰다. 몸이 지금 어디 놓여 있는지 가르쳐 주겠다는 것
처럼. 그 꼴을 보고 있자니 속에서 뭔가가 울컥 치밀어 올랐
다. 아, 진짜!

"몸만 거기에 있는 거잖아! 그 얘기 아니라고 나도 몇 번
이나 말했거든? 언제까지 레드 벨벳에 가 있을 거야? 공사는
도대체 언제 끝나는데? 괴터슈파이제한테 물어보긴 했어? 안
물어봤지?"

[이번 작업만 오래 걸리는 거야]

[파는 데마다 골동품이 나오더라]

[이것만 끝내고 일어날게]

그러니까 문제는 몸이 일어나고 말고가 아니라니까! 계
속 쏟아 내려던 말을 한 번 꿀꺽 삼키고서, 나는 도로 시트
위에 늘어져 버린 룸메이트의 손끝을 그냥 가만히 노려보았
다. 요즘 할루할로가 많이 바쁘단 것쯤이야 잘 알았다. 판데
무에르토 신디케이트의 레드 벨벳 외곽부 개척 공사 현장을
따라다니며 이전 시대의 물건을 감정하는 일에 얼마나 열심
히 매달리고 있는지도. 흙더미 속에서 찾은 수많은 골동품
중에 특별히 귀중하거나 위험한 건 없는지 하나하나 확인해
야 하는 일이란 모양이니, 확실히 취침 시간이 다 되도록 붙

잡혀 있을 만도 했다.

하지만 일 때문에 바쁜 건 나도 마찬가지였다. 이번 분기 내내 해결이 안 된 문제를 다음 분기가 오기 전에 처리하려는 사람들 때문에 최근 쁘띠-4에는 업무가 끊임없이 들이닥쳤다. 그토록 분주한 와중에도 내가 늦게나마 꼬박꼬박 거주 구역에 돌아오는 건, 오로지 소중한 룸메이트와 함께 조금이나마 더 오랜 시간을 보내기 위해서였다. 그런데 정작 그렇게 돌아와 봐도 침대 위에는 매번 지 고깃덩어리밖에 없었다. 할루할로 본인은 머나먼 위쪽의 공사 현장에 주저앉아서 금속 조각이며 유리병 따위를 하염없이 들여다보기나 했다. 그게 나랑 같이 있는 거라고 주장하면서.

"줄곧 그쪽 몸에만 가 있으면, 그게 어떻게 같이 있는 거냐고."

[방금 무슨 말 했어?]

[브리가데이로가 불러서 못 들었는데]

"됐어. 나도 일할 거야. 바쁘니까 방해하지 마."

무신경하기 짝이 없는 메시지에 일부러 퉁명스레 답했을 뿐, 이 시간에 진심으로 업무를 시작하려던 건 아니었다. 하지만 텅 비어 버린 시간에 의뢰를 살짝이나마 들춰 봐서 손해 볼 일이야 없기도 했다. 무엇보다 이번에 들어온 의뢰 중에는 꽤 중대해 보이는 건수도 있었으니까. 를리지외즈 쪽 담당자가 의뢰 넣을 때마다 온갖 호들갑을 떨어대는 사람인 걸

고려해야겠지만, 정말 통계가 이렇게 나왔다면 뭔가 심상찮
은 일이 일어나고 있을 가능성도 분명….

[맞다]

[레드 벨벳에서 작동 정지율 치솟았다고 안 그래?]

[슬슬 말 나올 때 됐는데]

뭐야, 어떻게 알았지? 혹시 내가 말해 준 적 있었나? 사
고를 끊으며 들이닥친 혼란에 그저 입만 뻐끔거리던 내 시야
한가운데서, 할루할로의 몸은 다시금 손을 뻗어 자신의 머리
부위를 살짝 건드려 보였다. 머리띠의 녹색 불빛이 부드럽게
점멸하는 곳을, 얼마 전 레드 벨벳에 전격 보급된 외장형 칩
이 부착된 곳을. 외장형 칩이란 레드 벨벳 주민들이 블랙 포
레스트에서도 편하게 의사소통과 거래를 할 수 있도록 도미
노슈타인에서 개발한 장치인데, 실은 머릿속 칩과 똑같은 모
델에 머리띠 모양 인터페이스를 추가한 게 전부인 물건이었
다. 그게 왜 레드 벨벳에서 작동 정지율을 급증시켰단 건지
따져 물을 필요는 없었다. 미처 묻기도 전에 할루할로가 메
시지 네 개만으로 설명을 마쳐 버렸으니.

[써 보니까 알겠는데]

[이거 무심코 끄는 사람 많을걸]

[배터리 아끼려고]

[그러면 작동 정지로 잡히는 거 맞지?]

이게 전부였다. 어이없도록 간략했고, 그런 주제에 충분

했다. 나는 흉내조차 못 낼 만큼. 블랙 포레스트에서 만들어져 줄곧 작동해 온 나 같은 사람이, 설마 전력을 아끼기 위해 칩을 꺼 버리는 바보가 하나도 아니고 여럿이나 있으리란 발상을 해낼 리 없었다. 하지만 할루할로는, 정말로 갖가지 일을 겪은 뒤인 지금도 여전히 수수께끼투성이인 내 룸메이트는 달랐다. 너무나도 쉽게 해답을 알아냈다. 분기 통계가 나올 때쯤에는 내게 그 해답이 필요해지리라는 사실까지 꿰뚫어 보고 있었다. 여기에는 있지도 않으면서. 이제는 짜증도 화도 치밀지 않았다. 입 밖으로 스며 나오는 것은 긴 한숨뿐이었다.

"저기, 도나우벨레."

힘이 쭉 빠져 주저앉아 있던 내 귓가에 문득 그 부름이 들려왔다. 메시지가 아니었다. 고개를 들어 보니 할루할로는 어느새 침대에서 고기 몸을 일으킨 채였다. 침대 머리맡에서 집어 들어 눈앞에 살포시 걸친 렌즈가, 어떻게 조작했는지 녹색에서 보라색으로 변한 외장형 칩의 불빛이 평소와 다를 바 없이 예쁘게 반짝이고 있었다. 평소답지 않은 건 목소리뿐이었다. 30번 구역의 증기 파이프 사이를 지나는 걸음걸이처럼 조심스러운, 그리고 아주 미세하게 떨리는 목소리.

"여전히 나는, 음, 우리가 왜 떨어져 있다는 건지 잘 이해가 안 가. 현장에 보내 둔 건 내 전신 의체인데. 여기서 칩으로 의체 원격조종 하는 게 진짜 나인데."

"다, 다시 설명해 줄까?"

"나중에. 지금 내가 하고 싶은 말은, 그러니까…. 나는 더 없이 행복하단 말이야. 너하고 이렇게, 드디어, 같은 공간에 함께 있을 수 있단 사실만으로도. 그래서 더 모르겠어. 네가 정확히 뭘 원하는지. 답답하고, 가끔 화도 나. 하지만…"

'하지만'에서 말을 잠깐 멈추고서 할루할로는 머리띠의 버튼을 몇 번 눌렀다. 그러자 보라색 불빛이 지금까지와는 다른 패턴으로 점등하기 시작했다. 처음에는 단지 그뿐이었다. 그러다가 조금씩, 머리띠의 깜박임을 뒤따르는 또 하나의 움직임이 신경을 간질이며 스멀스멀 다가왔다. 점점 크게. 점점 분명하게. 거주 구역의 문밖으로부터. 상당한 드롭스를 들여 달아 놓은 보안 장치가 삑 소리와 함께 허무히 해제되는 순간, 기대와 걱정이 7:3 정도로 섞인 미소가 할루할로의 얼굴에 슬며시 떠올랐다.

"혹시라도 네가 원하는 게 이런 건 아닐지, 시도는 해 보고 싶었어."

그 미소 반대편에는 몸이 하나 서 있었다. 태연히 문을 열어젖히고서 우리 둘만의 거주 구역에 난입한, 키 큰 유백색 인간형 오토마톤 동체 여기저기에 고감도 시각 센서와 실리콘 부속지를 달아 놓은 듯한 몸이. 아는 사람은 확실히 아니었다. 보안을 통과해 들어온 걸 보면 침입자일 가능성도 작았다. 그렇다면 남은 가능성은 하나였다.

"할루할로, 너 설마 전신 의체를 또 맞춘 거야?"

"감정 일이 생각보다 벌이가 좋더라고. 남는 건 써야지."

당황해 허둥지둥하는 내 허리를 부속지 세 개로 감싸 들며 할루할로가 대답했다. 잠깐 붕 떠오른 내 몸이 곧 침대 끄트머리에 폭 내려앉자, 이번에는 고기 팔다리가 그런 나를 가볍게 안아 끌어당겼다. 삽시간에 나는 할루할로의 두 신체 사이에 포개진 모양새가 되었다. 얼굴 가득 열기가 후끈 차올라 더는 아무것도 똑바로 보이지 않는 가운데, 눈앞을 빼곡하게 메운 메시지창은 몸의 흔들림에 맞춰 아지랑이처럼 하염없이 어른거리고 있었다.

[궁금했거든] [이런 몸을 조작하면 어떤 기분일지]

[이만큼 달라도 여전히 내 몸 같을지]

[너는 얼마나 좋아해 줄지] [모르겠으니까]

[해 보고 싶어]

[시운전]

할루할로의 고기 몸이 집중하듯 천천히 눈을 감았다. 슬그머니 다리를 타고 기어 올라오는 부속지의 움직임에 온 센서가 찌릿 반응했다. 처음 써 보는 의체답게 동작은 느리고 어설펐지만, 그런 만큼 부품 하나하나를 평소보다도 더욱 느긋이 쓰다듬고 지나가는 자극 덕에 머릿속은 벌써 흠뻑 어질어질했다. 쏟아 내려던 말도, 골몰하려던 고민도 이제는 전부 녹아 사라진 뒤였다. 아주 작은 불평 하나만 밑바닥에 간신히 남긴 채로.

　'말로는 잘 모르겠다고 하면서도, 역시 뭐든 다 알고 있 잖아.'

　생각은 거기에서 멈췄다. 적어도 당분간은, 행복하게.

부록: 이름에 대해

어쩌면 눈치를 채셨겠지만, 이 작품에 등장하는 모든 고유명사는 세계 각국의 디저트 명칭에서 가져왔습니다. 제가 왜 그랬을까요? 글쎄요, 원래 꼭 먹을 필요가 없는데도 먹게 되는 게 달콤한 디저트의 속성 아니겠어요. 작중에 언급된 디저트에 관한 짧은 설명을 아래에 곁들였습니다. 마지막까지 즐겨 주시면 감사하겠어요.

인명

* 도나우벨레

도나우벨레(Donauwelle)는 체리와 버터크림이 들어간 독일, 오스트리아 지방의 초콜릿케이크입니다. 이름의 의미는 '다뉴브강의 물결'로, 물결치는 모양의 층과 표면 장식 때문에 이렇게 불린다고 해요.

* 할루할로

할루할로(Haluhalo)는 간 얼음과 설탕에 졸인 콩, 과일, 그 외의 각종 달콤한 재료를 섞은 필리핀식 빙수입니다. 자주색 참마로 만든 아이스크림을 얹는 것이 특징.

* 레이디핑거

레이디핑거(Ladyfinger)는 길쭉하고 가벼운 비스킷으로, 그냥 먹기도 하지만, 티라미수 등 다른 디저트의 재료로도 자주 쓰입니다.

✳ 사타안다기

사타안다기(サーターアンダーギー)는 설탕으로 단맛을 낸 일종의 튀긴 도넛입니다.
오키나와의 전통 음식이에요.

✳ 자허토르테

자허토르테(Sachertorte)는 살구잼이 들어간 오스트리아의
초콜릿케이크입니다. 제빵사 프란츠 자허가 메테르니히를 대접하기 위해
특별히 만들었다고 알려져 있죠.

✳ 라하트-로쿰

라하트 로쿰(Rahat lokum)은 '터키시 딜라이트'라고도 하며, 아주 달콤한
터키 전통 젤리입니다. 견과류나 향을 넣는 등 맛도 종류도 다양하죠.《나니아
연대기》시리즈에 등장했던 디저트로 기억하시는 분도 있겠네요.

✳ 스트라챠텔라

스트라챠텔라(Stracciatella)는 초콜릿 칩을 섞은 우유 젤라토를 가리킵니다.

✳ 그라타케카

그라타케카(Grattachecca)는 로마식 노점 빙수. 커다란 얼음을 깎은 뒤
시럽을 뿌려 만듭니다.

✳ 탕후루

탕후루(糖葫芦)는 산사나무 열매 꼬치에 녹인 설탕을 입힌 중국 간식입니다.
딸기나 다른 과일로 만들기도 해요.

＊ 바바로아

바바로아(Bavarois)는 '바바리안 크림'이라고도 하는 프랑스 디저트로,
젤라틴을 넣어 모양을 잡은 크림입니다.

＊ 하만타시

하만타시(Hamantash)는 유대교의 명절인 부림절에 먹는 삼각형 모양
쿠키입니다. 전통적으로는 양귀비 씨앗으로 속을 채우지만, 다른 견과류나
과일을 넣기도 한다네요.

＊ 멜로마카로나

멜로마카로나(Melomakarona)는 밀가루와 올리브유, 오렌지 제스트 등의
재료를 뭉쳐서 구운 뒤 꿀과 설탕 시럽에 빠뜨려서 달콤하게 만든 그리스
과자입니다. 멜로마카로나는 복수형이고, 단수형은 '멜로마카로노'가 돼요.

＊ 무스탈레브리아

무스탈레브리아(Moustalevria)는 으깬 포도와 밀가루, 설탕, 견과류 따위를
섞어서 만든 일종의 그리스식 푸딩입니다.

＊ 올류-지-소그라

올류 지 소그라(Olho de sogra)는 브라질 디저트로, 연유와 코코넛으로 만든
경단을 말린 자두로 감싸 눈알 같은 모양으로 만드는 것이 특징입니다. 그래서
이름도 '시어머니의 눈'이라는 뜻.

＊ 브리가데이로

연유와 코코아 파우더로 동그랗게 만든 브라질 초콜릿
브리가데이루(Brigadeiru)에서. 이름은 포르투갈어로 '여단장'을 의미하는데,
왜 이렇게 불리는지는 확실하지 않다고 합니다.

✽ 괴터슈파이제

젤라틴과 설탕, 향료 따위를 섞어 만든 독일의 알록달록한 젤리 디저트 괴테르슈파이제(Götterspeise)에서. 독일어로 '신들의 음식'이라는 거창하기 그지없는 이름이 붙어 있지만, 생긴 건 딱 불량 식품이에요.

✽ 크라나칸

크라나칸(Cranachan)은 휘핑크림, 위스키, 꿀, 라즈베리와 위스키에 재운 오트밀을 섞은 스코틀랜드 디저트입니다.

✽ 라자라키아

라자라키아(Lazarakia)는 그리스 정교회에서 고난주간에 먹는 작은 사람 모양의 빵입니다. '작은 나사로'라는 이름답게 예수가 나사로를 부활시킨 기적을 나타낸다고 해요.

✽ 베이지뉴

베이지뉴(Beijinho)는 연유 경단을 설탕과 코코넛 위에 굴린 브라질 디저트입니다. 이름은 '작은 키스'라는 뜻. 그리고 이걸 말린 자두로 감싸면 위의 올류 지 소그라가 되죠.

✽ 위에빙

웨빙(月餅), 즉 '월병'에서. 중국 중추절에 선물로 주고받는 속을 채운 동그란 과자죠.

✽ 디비니티

디비니티(Divinity)는 계란 흰자와 시럽으로 만드는 누가 비슷한 과자입니다. 이름이 '신성(神性)'이라니, 정말 거창하기 그지없지 않나요?

＊ 바나나큐

바나나 큐(Banana cue)는 튀긴 바나나에 설탕을 뿌린 필리핀 길거리
간식입니다. 바나나+바비큐라서 바나나큐.

＊ 나리콜-라루

나리콜 라루(Narikol Laru), 혹은 나르켈 나루(Narkel Naru)는 인도 벵골
지방의 디저트입니다. 코코넛과 설탕, 우유로 만든 경단이에요.

＊ 팝시클

팝시클(Popsicle)은 막대 아이스크림을 뜻하는 말. 여름 되면 엄청나게
먹는다니까요.

＊ 비엔메사베

비엔메사베(Bienmesabe)는 꿀, 아몬드, 달걀노른자를 주재료로 하는 스페인
디저트입니다. 스페인어로 '나한테는 맛있다'는 뜻이라고 해요.

＊ 피에스몽테

피에스 몽테(Pièce montée)는 '쌓아 올린 조각들'이라는 뜻의 프랑스어로, 웨딩
케이크 등의 디저트에 장식하는 식용 조형물을 의미합니다. 크로캉부슈처럼
과자를 쌓아 올려 만든 디저트를 뜻하기도 해요.

＊ 크루미리

크루미리(Krumiri)는 이탈리아 북서부의 도시 카살레 몬페라토에서 만들어진,
살짝 굽은 모양의 비스킷입니다.

✳ 풋차이코

풋 차이 코(砵仔糕)는 홍콩의 유명한 길거리 간식으로, 쌀가루와 팥으로 만든 찹쌀 푸딩입니다.

✳ 카라 파르샤드 박사

카라 파르샤드(Karah Parshard) 혹은 카라 프라샤드(Karah Prashard)는 시크교의 신성한 음식으로, 밀가루, 버터, 설탕으로 만든 일종의 달콤한 푸딩입니다. 시크교 사원 본당을 찾는 모든 방문자에게 제공된다고 해요.

✳ 첸돌

첸돌(Cendol)은 동남아시아에서 폭넓게 인기를 끄는 디저트로, 판단 잎으로 맛을 낸 녹색 쌀 젤리가 들어간 빙수 혹은 음료를 말합니다.

✳ 스페퀼로스

스페퀼로스(Speculoos)는 네덜란드, 벨기에 및 독일 지방에서 성 니콜라스 축일이나 크리스마스 기간에 먹는 비스킷입니다. 향신료로 맛을 내죠. '로터스' 티 비스킷이 스페퀼로스이기 때문에, 아마 많이들 드셔 보셨을 겁니다.

✳ 카이저슈마른

팬케이크의 일종인 카이제르슈마른(Kaiserschmarrn)에서. 직역하자면 '황제의 난장판'으로, 조각난 팬케이크에 슈거 파우더를 뿌리고 자두 잼을 곁들여 먹는 음식입니다. 오스트리아의 황제 프란츠 요제프 1세가 즐겨 먹었다고 하며, 황제 부부를 대접한 시골 농부가 긴장해서 팬케이크를 망쳐 버렸다는 등의 다양한 이야기가 전해 내려옵니다.

❋ 바텐베르크

영국 케이크 배튼버그(Battenberg)에서. 노란색과 분홍색 스펀지케이크를
체스판 모양으로 겹쳐 마지판으로 감싼 음식입니다.

❋ 모모챠챠

모모챠챠(摩摩喳喳)는 말레이시아와 싱가포르에서 먹는 디저트입니다.
코코넛 밀크에 각종 과일과 사고야자 펄, 고구마나 토란 따위를 이것저것
넣어서 만들어요.

❋ 세미야 파야삼

세미야 파야삼(Semiya payasam)은 베르미첼리 파스타와 견과류 등을 넣은
인도 남부의 우유 디저트입니다.

❋ 피치 멜바

피치 멜바(Peach Melba)는 복숭아와 바닐라 아이스크림에 라즈베리 소스를
얹은 디저트를 말합니다. 런던의 사보이 호텔에서 소프라노 넬리 멜바를
기념하여 만들었다고 하죠.

❋ 프타시에 믈레치코

프타시에 믈레치코(Ptasie mleczko)는 머랭이나 우유 사탕을 초콜릿으로
감싼 폴란드 디저트입니다. '새의 우유'라는 뜻이래요.

❋ 타르트 타탱

타르트 타탱(Tarte tatin)은 프랑스식 사과 타르트입니다. 타탱 호텔에서
애플파이를 굽다가 실수로 만들어졌다는 이야기가 있죠.

✳ 하누카겔트

하누카 겔트(Hanukkah gelt)는 원래 유대교 명절 하누카에 아이들에게 나누어 주는 세뱃돈을 말하지만, 세뱃돈 대신 주는 금화 모양 초콜릿을 일컫기도 합니다.

✳ 알페니크

알페니크(Alfeñique)는 설탕 반죽으로 만든 과자를 뜻합니다. 멕시코의 죽은 자들의 날 축제에 등장하는 설탕 해골, 칼라베라 데 아수카르(Calavera de azucar)도 알페니크에 포함돼요.

✳ 루세카테르

루세카테르(Lussekatter)는 성 루치아 축일에 북유럽에서 먹는, 사프란으로 맛을 낸 빵입니다. S자 형태의 빵 위에 건포도로 '눈'을 얹어, 눈이 뽑혀 순교한 성 루치아를 기린다는 의미를 담죠.

✳ 푸투피링

푸투 피링(Putu piring)은 쌀가루에 야자 설탕을 넣어 찐 일종의 떡입니다. 싱가포르의 말레이인들이 즐겨 먹는다고 해요.

✳ 블랑망제

블랑망제(Blancmange)는 우유나 크림을 굳힌 푸딩으로, 주로 아몬드 향을 첨가해 맛을 냅니다.

✳ 베를리너

베를리너(Berliner)는 구멍이 없고 위에 슈거 파우더를 뿌린 잼 도넛, 베를리너 팡쿠헨(Berliner Pfannkuchen)을 말합니다.

* 코카다 아마렐라

코카다 아마렐라(Cocada amarela)는 달걀노른자와 코코넛을 섞어 만드는 앙골라 디저트입니다.

* 굴랍 자문

굴랍 자문(Gulab jamun)은 졸인 우유로 만든 경단을 튀겨서 시럽에 적신, 유명한 인도 디저트입니다.

* 체폴라

체폴라(Zeppola)는 튀긴 도우를 커스터드, 젤리, 크림 등으로 채운 이탈리아 디저트입니다. 성 요셉 대축일에 먹는다네요.

* 미카테

미카테(Mikate)는 사하라 이남 아프리카에서 먹는 자그마한 튀긴 도넛입니다. 나라마다 여러 이름으로 불리는데, '미카테'는 콩고 민주공화국에서 쓰는 명칭이라고 해요.

* 브루티보니

브루티보니(Bruttiboni), 혹은 브루티 마 부오니(Brutti ma buoni)는 머랭과 견과류로 만든 이탈리아 비스킷입니다. 이름은 '못생겼지만 맛있다'라는 뜻.

* 세일럼 지브롤터

세일럼 지브롤터(Salem Gibraltar)는 '지브롤터' 혹은 '지브롤터 록'이라고도 하는 레몬 사탕인데, 미국에서 상업적으로 팔린 최초의 사탕으로도 알려져 있습니다. 러브크래프트 소설의 주 배경인 미국 매사추세츠주 세일럼에서 처음 만들어졌죠.

✻ 슈거 플럼

슈거 플럼(Sugar plum)은 둥글납작한 사탕으로, 유명한 크리스마스 간식이기도 합니다. 차이콥스키의 발레 〈호두까기 인형〉 중 '사탕 요정의 춤'에서, '사탕'이 바로 슈거 플럼입니다.

✻ 해시 브라우니

해시 브라우니(Hash brownie)는 대마초를 넣어 구운 브라우니입니다. 거트루드 슈타인의 파트너였던 앨리스 토클라스의 요리책에 처음 그 존재가 언급된다고 하죠. 에이즈 환자들에게 대마초 브라우니를 나눠 준 사회운동가 '브라우니 메리', 메리 제인 래스번의 이야기도 유명합니다.

✻ 페뉴치

페뉴치(Penuche)는 흑설탕, 버터, 우유와 바닐라 향으로 만드는 뉴잉글랜드 지방의 사탕입니다.

기업, 단체 및 물건

✻ 드롭스

'드롭스'만으로도 사탕을 의미합니다만, 이 소설에서는 특히 일본의 사쿠마 제과 주식회사에서 판매하는 과일 맛 사탕 '사쿠마식 드롭스(サクマ式ドロップス)'에서 따왔습니다. 애니메이션 〈반딧불의 묘〉에 등장한 깃으로도 유명하죠.

✻ 투티프루티

투티 프루티(Tutti frutti)는 설탕에 졸인 온갖 과일을 썰어 놓은 것을 말합니다. 아이스크림이나 다른 디저트의 재료로 널리 쓰여요.

∗ 블랙 포레스트

블랙 포레스트 케이크(Black forest cake), 독일어로 슈바르츠밸더 키르슈토르테(Schwarzwälder Kirschtorte)는 체리를 넣은 초콜릿케이크입니다. 게임 〈포탈〉 시리즈에 나온 케이크도 바로 이것.

∗ 레드 벨벳

레드 벨벳 케이크(Red velvet cake)에서. 코코아로 낸 붉은색이 크림치즈 등의 흰색과 대비되는 게 예쁜 케이크입니다.

∗ '천사의 음식'

버터를 쓰지 않고 만든 새하얀 스펀지케이크인 에인절 푸드 케이크(Angel food cake)에서.

∗ '악마의 음식'

초콜릿을 아낌없이 넣은 케이크를 일컫는 데블스 푸드 케이크(Devil's food cake)에서.

∗ 도미노슈타인

독일식 진저브레드인 렙쿠헨, 과일 젤리, 마지판을 쌓아 다크 초콜릿으로 코팅한 과자 도미노스타인(Dominostein)에서. 독일과 오스트리아의 크리스마스 음식이에요.

∗ 쁘띠-4

작은 빵이나 과자 등을 일컫는 프랑스어 Petit four에서. 사실 'Four'는 4가 아니라 '오븐'을 의미하고, 발음도 '푸르'입니다.

✳ 비버테일

비버 꼬리처럼 넓적한 페이스트리 위에 이런저런 토핑을 선택해서 올릴 수 있는 캐나다의 프랜차이즈 간식 BeaverTails에서. 오바마 전 대통령이 먹은 것으로도 유명하다네요.

✳ 토르텔

스페인 카탈루냐 지방의 빵 토르테(Tortell)에서. 마지판, 크림, 과일 등으로 속을 채워 고리 모양으로 만듭니다. 주현절에 먹는 버전인 '왕의 토르텔'(tortell de Reis)이 유명하지요.

✳ 를리지외즈

를리지외즈(Religieuse)는 커다란 슈 위에 작은 슈를 올린 눈사람 모양 디저트입니다. 그 모양 때문에 프랑스어로 '수녀'를 뜻하는 이름이 붙었대요.

✳ 레이디 볼티모어

흰 아이싱을 듬뿍 얹은 화이트 케이크인 레이디 볼티모어 케이크(Lady Baltimore cake)에서.

✳ 코겔모겔

코겔 모겔(Kogel mogel)은 달걀노른자와 설탕에 꿀이나 바닐라 등으로 맛을 낸 음식으로, 중부 유럽과 동유럽 지방의 전통 요리입니다. 감기를 치료하는 민간요법으로도 쓰인다고 하네요.

✳ 플로트

플로트(Float)는 탄산음료에 아이스크림을 띄운 디저트를 말합니다. 이상하게 들리겠지만 생각보다 덜 이상해요!

✳ 스모어

스모어(S'more)는 그레이엄 크래커 사이에 마시멜로와 초콜릿을 끼운, 그야말로 단맛의 폭탄이라고 할 만한 음식입니다. 미국 전통의 캠프파이어 간식이죠.

✳ DBC

초콜릿을 잔뜩 집어넣은 디저트를 부르는 말인 '데스 바이 초콜릿'(Death by Chocolate)에서.

✳ 암브로시아

암브로시아(Ambrosia)는 여러 과일과 마시멜로 따위를 크림이나 요구르트에 섞은 달콤한 미국 남부식 샐러드입니다.

✳ 투파히예

투파히예(Tufahije), 단수형은 '투파히야'. 설탕물에 끓인 사과 속을 호두로 채운 보스니아 디저트입니다.

✳ 래밍턴

래밍턴(Lamington)은 오스트레일리아 디저트로, 초콜릿으로 감싸 코코넛 가루를 뿌린 스펀지케이크입니다.

✳ 바나나 스플릿

바나나 스플릿(Banana split)은 반으로 자른 바나나 사이에 아이스크림을 올린 미국 디저트입니다. 제가 가장 좋아하는 구슬 아이스크림 맛이기도 해요.

✽ 판데무에르토

멕시코의 죽은 자들의 날 축제 때 먹는, 뼈 모양으로 장식한 둥근 빵인 판 데 무에르토(Pan de muerto)에서.

✽ 봉브글라세

봉브 글라세(Bombe glacée). 돔 모양으로 둥그렇게 만든 아이스크림 디저트를 말합니다.

✽ 블랙썬더

블랙썬더(ブラックサンダー)는 일본 유라쿠제과에서 제조하는, 초콜릿을 입힌 바삭바삭한 초코 과자입니다.

✽ 크럼블

크럼블(Crumble)은 과일 위에 밀가루, 설탕, 버터 반죽을 올려 바삭하게 구운 영국 디저트입니다.

✽ 스푸모네

스푸모네(Spumone)는 서로 다른 맛 젤라토를 층층이 쌓은 걸 가리킵니다. 체리, 피스타치오, 초콜릿-바닐라가 가장 일반적인 조합이라는 모양이에요.

✽ 로키 로드

로키 로드(Rocky road)는 밀크 초콜릿과 마시멜로로 만드는 초콜릿 바를 일컫는 말입니다. 아이스크림 맛으로도 유명하고요.

* 생귀나시오 돌체

산구이나초 돌체(Sanguinaccio dolce)는 돼지 피와 초콜릿으로 만드는 이탈리아식 푸딩입니다. 드라마 〈한니발〉에서 한니발 렉터 박사가 가장 좋아하는 디저트로 언급되기도 했죠.

* 파리들의 공동묘지

파리들의 공동묘지(Flies' graveyard)는 건포도를 채운 납작한 페이스트리인데, 영국 사람들의 뒤틀린 유머 감각 때문에 이 따위 이름이 붙었습니다. 페이스트리 사이의 건포도가 마치 눌러 죽은 파리 떼 같다는 이유로요. 왜 그러는지 정말 모르겠어요.

* 콩베르사시옹

아몬드 필링을 넣고 아이싱으로 위를 덮은 페이스트리인 타르트 콩베르사시옹(Tarte conversation)에서. 18세기 프랑스의 살롱 주인이었던 루이즈 데피네 부인의 책 《에밀리와의 대화》(Conversations d'Émilie)의 출간 기념으로 만들어졌다고 해요.

* 니커보커 글로리

니커보커 글로리(Knickerbocker glory)는 길쭉한 컵에 담은 화려한 아이스크림 선데를 말합니다. 영국 디저트예요.

* 아크틱 롤

아크틱 롤(Arctic roll)은 아이스크림을 스펀지케이크로 둥글게 감싼 음식. 마찬가지로 영국 디저트입니다.

✳ 미시시피 MUD

초콜릿 크러스트 위에 끈적이는 초콜릿을 더더욱 얹은 파이인 미시시피 머드 파이(Mississippi mud pie)에서.

✳ 미나즈키

미나즈키(水無月)는 찐 쌀가루 위에 팥을 얹어 세모 모양으로 자른 일본 전통 과자입니다.

✳ 야츠하시

야츠하시(八ツ橋)는 일본 교토의 유명한 과자로, 계피 맛 전병을 아치형으로 구워 낸 것과 굽지 않고 생으로 먹는 것 두 가지가 있습니다. 생 야츠하시 안에 팥소를 채운 버전이 특히 인기가 좋아요.

✳ 판포르테

판포르테(Panforte)는 각종 견과류와 과일을 넣은 이탈리아 케이크입니다.

✳ 모나카

모나카(最中)는 찹쌀로 만든 과자 안에 팥소를 넣은 일본 디저트입니다. 저는 아이스크림 넣은 것도 좋아해요!

✳ 소프트 서브

소프트 서브(Soft serve)는 소프트아이스크림을 말합니다. 뷔페에 비치된 소프트아이스크림 기계야말로 소소하고 확실한 행복 그 자체죠.

✳ 파르브르통

파르 브르통(Far Breton)은 말린 과일이나 견과류를 넣은 프랑스 브르타뉴 지방의 달걀 디저트입니다.

* 논퍼렐 클럽

논퍼렐(Nonpareils)이라고 하면 설탕과 녹말로 만든 알록달록하고 동그란 제과용 장식 가루를 말합니다. 길쭉한 건 '스프링클'이라고 하죠. '논퍼렐 클럽'은 사실 셜록 홈스 레퍼런스이기도 해요. 〈바스커빌 가의 개〉에 '논퍼렐 클럽에서 일어난 유명한 카드놀이 스캔들'이 언급되거든요.

* 살미아키

살미아키(Salmiakki)는 감초로 만드는 북유럽 지방의 전통 사탕인데, 염화암모늄 성분 때문에 혀가 얼얼해지는 괴상한 맛으로 전 세계에서 악명이 높습니다.

* 443형 아라모드 114-45

아 라 모드(à la mode)는 프랑스어로 '패셔너블한, 요즘 패션에 맞는'이라는 뜻이지만, 미국에서는 디저트 위에 아이스크림을 한 스쿠프 얹었다는 의미로 쓰입니다. 대표적으로 아이스크림을 얹은 파이인 '파이 아 라 모드'가 있죠.

* 수백수천의 속삭임

위에서 말한 논퍼렐이나 스프링클 등, 설탕으로 만든 제과용 장식 가루를 통틀어서 '수백수천(Hundreds and Thousands)'이라고도 부릅니다.

* 마들렌

마들렌(Madeleine)은 조개 모양의 부드러운 프랑스 케이크로, 마르셀 프루스트의 《잃어버린 시간을 찾아서》 덕분에 아마 문학사에서 가장 많이 인용된 디저트일 겁니다. 그러니까 가장 중요하고 극적인 장면에 등장할 디저트 이름이라면 이것밖에 없지 않겠어요?

✻ 씬 민트

씬 민트(Thin mints)는 민트 맛 초콜릿 쿠키입니다. 미국 걸스카우트에서 모금 활동을 위해 판매하는 쿠키 가운데서도 가장 유명하다고 해요.

✻ 샤를로트 로열

스펀지케이크나 레이디핑거로 만든 틀 안에 과일 퓌레나 크림을 채운 디저트를 샤를로트(Charlotte)라고 합니다. 샤를로트 로열(Charlotte royale)은 그 변형 중 하나인데, 롤케이크를 잘라 바바리안 크림을 덮은 돔 형태의 디저트입니다.

✻ 궁정 시녀대

궁정 시녀 타르트(Maids of honour tart)는 페이스트리 안에 치즈 커드를 넣은 영국 타르트입니다. 헨리 8세 시대에 만들어졌다고 하네요.

✻ 피낭시에

피낭시에(Financier)는 전통적으로 금괴 모양 틀에서 굽는 프랑스의 아몬드 케이크로, 그 모양답게 이름도 '금융업자'라는 뜻입니다.

✻ 에스텔러 통제센터

에스 텔러(Es teler)는 인도네시아식 과일화채입니다. 각종 과일과 코코넛 밀크 등으로 만들어요.

✻ 데이트 스퀘어

데이트 스퀘어(Date square)는 익힌 대추야자를 오트밀로 덮어 사각형으로 잘라 만드는 캐나다의 간식입니다.

∗ 브루클린 블랙아웃

초콜릿 푸딩이 들어간 진한 초콜릿케이크인 브루클린 블랙아웃
케이크(Brooklyn blackout cake)에서. 2차대전 당시 브루클린 주변
해군기지를 보호하려 시행된 등화관제를 기념해 만들어졌다고 해요.

∗ 진저브레드

진저브레드(Gingerbread)는 생강으로 맛을 낸 빵. 사람 모양으로 구운
'진저브레드 맨'이 특히 유명하죠.

∗ 부유하는 섬

크렘 앙글레이즈 위에 머랭을 띄운 프랑스 디저트인 일 플로탕트(île
flottante)를 영어로는 플로팅 아일랜드(Floating island), 즉 '부유하는
섬'이라고 부릅니다.

∗ 뢰드그뢰드 미드 플뢰드

뢰드그뢰드 미드 플뢰드(Rødgrød med fløde)는 덴마크의 여름 디저트로,
각종 제철 베리류로 만든 푸딩에 크림을 끼얹은 것입니다. 발음이 난해해서
덴마크인들이 외국인의 실력을 시험하는 용도로 이 단어를 종종 쓴다고
하네요.

∗ 바 나나이모

캐나다의 도시 나나이모에서 유래한 나나이모 바(Nanaimo bar)에서. 잘게
부순 웨이퍼, 커스터드 아이싱, 초콜릿을 차례로 쌓은 간식입니다.

∗ 바 마르스

영국의 유명 초콜릿 바 브랜드인 '마스(Mars)'에서. 스코틀랜드에선 이걸 튀겨
먹는다고도 합니다. 도대체 왜 그럴까요?

✳ '엔터테인먼트보다 좋은 케이크'

'섹스보다 좋은 케이크(Better than sex cake)'는 정말로 있습니다. 연유 등으로 적셔 촉촉하게 만든 케이크 위에 휘핑크림을 듬뿍 얹은 사치스러운 음식이죠. 글쎄요, 엄청 좋을 것 같긴 하네요!

✳ 레몬 시폰 케이크

레몬 시폰 케이크(Lemon chiffon cake)는 이 글에 처음으로 나온 '진짜' 케이크입니다! 시폰 케이크는 버터 대신 식물성 기름을 써서 아주 가볍게 만든 케이크를 말하는데, 미국에선 3월 29일이 레몬 시폰 케이크의 날이라네요.

✳ 키 라임 파이

키 라임 파이(Key lime pie)는 이름대로 키 라임 과즙을 넣은 파이인데, 플로리다에서 유래했습니다. 지금 먹어 보고 싶은 디저트 1순위.

✳ 밀피유

밀피유(Mille-feuille)는 페이스트리 층 사이에 크림을 바른 디저트입니다. 프랑스어로 '천 장의 잎사귀'라는 뜻이죠.

작가의 말

길고 풍부한 인류 문학의 역사 가운데서도, '작가의 말' 이란 좀 이상한 위치에 있는 글입니다. 전공 서적과 대중서, 픽션과 논픽션을 막론하고 온갖 책이란 책 뒤에는 죄다 작가의 말이 붙어 있으니, 수요와 공급 양쪽 측면에서 넓은 영역을 확고히 점유하고 있는 글쓰기 형식이라는 데에는 이론의 여지가 없을 것입니다. 그럼에도 작가의 말은 문학계와 일반 독자들 모두에게서 지금껏 철저히 무시당해 왔습니다.

이를테면 《타임》지를 비롯한 여러 기관에서는 꼭 읽어 봐야 할 문학작품의 리스트를 종종 선정합니다만, 여기에 작가의 말이 뽑힌 경우는 한 번도 없었습니다. 작가의 말로 노벨문학상을 타는 사람도 없습니다. 작가의 말을 어떻게 써야 하는지 가르쳐 주는 대학 강의도 없고, 작법서도 없으며,

전문 비평가도 없습니다. 이토록 널리 퍼진 문학 장르가 이토록 철저히 무시당해 왔다는 사실은 항상 좀 의아하게 느껴집니다.

어쩌면 그렇게까지 이상한 일은 아닐지도 모릅니다. 작가의 말이라는 장르에 본질적인 결함이 있단 생각이 종종 드니까요. 대체로 작가의 말에는 지금껏 도움을 준 사람들에 대한 감사, 아니면 작품 내에서 미처 못다 한 이야기 따위가 들어가게 마련입니다. 그런데 작가가 개인적으로 고마워하는 사람이 누구인지 관심을 갖는 독자는 별로 없습니다. 시시콜콜한 남의 일이잖아요? 한편, 작가가 작품에서 풀어놓지 못한 이야기를 굳이 작가의 말에 적고자 할 수는 있겠지만, 그럴 거였으면 처음부터 작중에 잘 녹여 넣었으면 될 일입니다. 작품을 통해 메시지를 전달하는 것도 작가의 실력입니다. 그리고 실력 부족으로 냄비 바닥에 눌어붙은 찌꺼기가 본래의 요리만큼 맛있기를 바랄 수는 없는 노릇입니다.

본질적으로 위대해질 수 없는 글, 다른 문학 장르의 하위 호환에 불과한 존재로서 작가의 말이라는 개념은 제가 《오류가 발생했습니다》를 구상하는 동안 머릿속에 줄곧 담고 있었던 사상 하나를 연상시키는 데가 있습니다. 고대 그리스 철학자들로부터 시작되어 근대 서구 사상가들에게로 이어진 '위대한 존재의 사슬'이라는 개념입니다. 위대한 존재의 사슬은 만물 간의 위계질서, 지고의 존재로부터 가장 열등한 물질까지 사슬처럼 이어지는 오를 수 없는 사다리를 일컫습니다. 사다리의 맨 위에는 신, 절대적으로 완벽하여 결코 실수하지 않는 존재가 기거합니다. 반면 우리 인간은 그로부터 몇 칸을 내려간 곳에 있습니다. 신의 형상을 본떠 만들어졌으나 결코 신처럼 완전해질 수 없는 하위 호환 격의 존재니까요.

18세기 영국의 시인 알렉산더 포프는 이러한 우리의 불완전성을 여러 번 강조했습니다. 인간은 불완전하여 오류를 저지르게 되어 있으니, 감히 신의 완전함을 가졌다 착각하여 오만해서는 안 된다는 것이 포프의 생각이었죠. 이러한 주장을 한마디로 요약하자면 포프의 〈비평론〉 속 한 구절이 될 것입니다. "오류는 인간의 일, 용서는 신의 일"-이것은《오류가 발생했습니다》를 쓰는 동안 제가 끊임없이 되뇐 말이기도 합니다.

하지만 포프는 18세기 영국의 백인 남성이었습니다. 이런 사람이 자신의 오만함을 경계해 봐야 얼마나 잘할 수 있었겠어요? 위대한 존재의 사슬은 사다리의 각 단계 사이에 결코 넘을 수 없는 장벽이 있으며, 위층에 있을수록 신과 가깝기에 더욱 우월한 존재임을 전제한 개념입니다. 당연히 옛날 유럽 남자들은 동물보다는 인간, 여성보다는 남성, 흑인

보다는 백인을 위에 놓고 싶어 했지요. 동물은 죽었다 깨어나도 인간이 될 수 없으며, 여성이 아무리 애를 쓴들 남성만큼 완전해지는 것은 불가능하다는 것이 당시의 '이성적'인 결론이었습니다.

지금은 조금 사정이 다릅니다. 다윈의 진화론은 우리가 털 없는 유인원 종에 불과하다고 선언했습니다. 성별이라는 것이 둘로 딱 나뉘는 게 아니라는 사실도 생물학자들에 의해 속속 드러났습니다. 여성 운동가들과 인종차별 폐지론자들은 사회의 공고한 편견에 끊임없이 도전하였습니다. 인공지능 연구가들은 인간과 기계의 경계마저 흐려 놓았고, 의심의 여지없이 온전한 신의 개념조차 이젠 그다지 보편적으로 받아들여지지 않습니다. 그러니 더 이상 우리는 절대자의 하위 호환조차 아닙니다. 누가 더 신에 가까운지 따지는 것은 의미가 없습니다. 우리는 모두 하나같이 결함투성이인 고깃덩어리 기계일 뿐이니까요.

포프에게는 이런 현재 상황이 악몽처럼 느껴지겠지만, 페미니스트 과학철학자 도나 해러웨이는 조금 다르게 생각했습니다. 〈사이보그 선언〉에서 해러웨이는 인간과 동물, 인간과 기계, 남성과 여성 사이의 구분이 사라져 가는 현실을 두 팔 벌려 환영하면서 '우리는 모두 사이보그'라고 외칩니다. 순수한 인간이란 개념은 사라졌으니 모든 인간은 키메라,

돌연변이, 사생아이자 반역자라는 것입니다. 따라서 아담이나 프랑켄슈타인의 괴물과는 달리 현대의 사이보그는 창조주에게 자신의 이성 연인을 만들어 달라고 요구하지 않습니다. 낡은 이성애 규범의 수행을 통해 완전해지겠다는 에덴동산의 환상에 얽매여 있지 않으니까요.

이처럼 완전함에 대한 집착으로부터, '그래도 내가 남들보다는 조금 더 완벽하다'는 줄 세우기로부터 벗어날 때 비로소 우리는 자신의 흠결을 직시하고 받아들일 수 있게 될지 모릅니다. 순수한 인간에게서 멀어지는 것을 두려워하지 않고 몸을 얼마든지 업그레이드하며, 또 과거에는 당연하게 여겨졌던 구분을 인지조차 못 하고 마음껏 사랑할 수 있을지도 모릅니다. 신을 대신하여 우리의 오류를 용서할 수 있게 될지도 모릅니다. 이것이 《오류가 발생했습니다》에 제가 담으려 한 메시지이며, 이를 떠올리는 데에 지대한 도움을 준 알렉산더 포프와 도나 해러웨이 두 저자에게 깊은 감사를—

잠깐만요.
제가 지금 작품 안에서 못다 한 이야기를 풀었나요?
거기에다가 누구한테 감사까지 표하려고 했나요?

작가의 말의 본질적 결함, 인간의 불완전함이란 게 이런 겁니다! 어쩔 수 없네요. 이미 저질러 버린 실수이니 조금만 더 밀고 가도록 할게요. 이를테면 제가 이 소설의 모든 등장인물을 여성으로 상정하고서 글을 썼다는 이야기를 여기 굳이 덧붙이도록 하지요. 성별 구분이 무관계한 세상의 이야기를 여러분이 어떻게 읽으셨든 틀린 건 아니라고 생각하지만요. 그리고 또, 포프와 해러웨이 말고도 고마운 분들이 많아요! 편집자님 및 출판사 관계자 여러분, 전폭적인 지원을 아끼지 않아 준 가족, 해러웨이를 소개해 주신 영문학 교수님, 언제나 제 첫 번째 독자로서 조언을 아끼지 않은 애인에게도 감사의 말을 전하고 싶습니다.

그리고 지금 이 횡설수설을 읽고 계실 독자 여러분께도 말이죠.

2018. 04. 29.

이산화

재출간에 부쳐

《오류가 발생했습니다》가 처음 출간된 것이 2018년의 일
이니, 그새 5년이라는 시간이 훌쩍 지난 셈입니다. 그 정도면
충분히 많은 일이 일어날 수 있는 시간이지요. 예컨대 지난
5년간 저는 새로운 디저트를 상당히 이것저것 먹어 보았고,
그중에서도 꿀 케이크와 모모챠챠와 첸돌을 특히 좋아하게
되었습니다. 물론 여전히 먹어 보지 못한 디저트도 많습니다.
탕후루는 갑작스러운 대유행에도 이 글을 쓰고 있는 순간까
지 도전해 볼 기회가 없었으며, 한 번은 여행 도중에 브리가
데이루를 맛볼 기회가 오기도 했으나 안타깝게도 놓치고 말
았습니다.

이처럼 다양한 기쁨과 슬픔을 경험하면서도 제가 여전
히 새콤달콤한 디저트를 좋아해 마지않듯,《오류가 발생했습

니다》가 잊히는 일 없이 꾸준하게 독자 여러분의 사랑을 받아왔다는 사실을 생각하면 언제나 벅차오르는 마음을 주체할 길이 없습니다. 특히 이 책이 송구스럽게도 인생 첫 SF였다고 말씀해 주신 독자분이 많았기 때문에 더더욱이요. 제가 5년 전의 책을 굳이 이렇게 새로 펴내기로 결심한 것도 바로 그래서입니다. 제가 상상한 할루할로와 도나우벨레의 이야기는 예나 지금이나 그대로입니다만, 똑같은 이야기가 새로운 몸으로 갈아입고서 나타났을 때도 여러분이 다시금 반겨 주시리라고 믿을 수 있었으니까요.

그럼 5년 전의 제가 쓴 글이 여러분의 혀에 여전히 달콤했길, 또한 여러분께서 미래에 고르실 디저트가 무엇이든 입맛을 빗나가지 않길 진심으로 바랍니다.

2023. 09. 21.

이산화

프로듀서의 말

《오류가 발생했습니다》는 해도연 작가님의《위그드라실
의 여신들》에 이어 두 번째로 선보이는 재출간작입니다. 이
페이지까지 함께해 주신 독자님들은 아시겠지만《오류가 발
생했습니다》의 주요 소재는 '의체'입니다. 의체는 사이버펑
크라고 분류되는 장르물에서는 어김없이 등장하는 개념이
기도 합니다. 사실 의체라는 말보다는 우리에게는 사이보그
(cyborg)라는 단어가 아마도 더 친숙하지 않을까 싶습니다.

사이보그, 유기체와 기계의 결합. 뇌 또는 장기 등 주요
장기는 그대로이되, 팔과 다리 신체의 일부 또는 거의 대부
분을 기계로 언제든지 바꿀 수 있는 존재. 쉽게 말해 기계와
인간의 결합체인 인조인간. 이런 존재는 단순히 남성이나 여

성 같은 젠더로 구별될 수 없는 존재라고 할 수 있습니다.

《오류가 발생했습니다》의 특별한 지점은 단순히 사이보그가 나오고, 그 인물들이 움직이는 것만이 아닌 성과 종의 이분법적인 장벽을 아주 간단하게 뛰어넘으며 SF라는 장르가 마땅히 보여 줘야 할 상상력과 재미를 선보이는 지점에 있다고 생각합니다. 그런 점에서 5년 전, 이 작품을 처음 봤을 때 매우 놀라고 크게 기뻐했던 순간이 아직도 기억에 생생합니다.

그리고 여전히 이 작품의 특별한 지점은 현재 시점에서도 유효한 의미를 지니고 있습니다. 더불어 아직 한국의 SF가 변방의 문화로 치부되고 있을 때 선보였던 새로운 스타일의 사이버펑크 장르의 특성 또한 색다른 의미로 다가온다고 생각합니다.

아, 이 말은 잊지 말고 꼭 해야겠지요. 마지막 에피소드 '에필로그 2: 오류, 해결됨'은 초판본에는 없는 이야기로, 재출간 기념으로 작가님께서 새롭게 써 주신 이야기입니다. 이번에 처음 읽으신 독자뿐만 아니라 기존 독자분들에게도 맛있는 디저트 같은 선물이 될 것으로 생각합니다.

아무튼 이런저런 것들을 차치하고서라도 모쪼록 새콤하

면서도 씁쓸한, 살벌하면서도 달콤한 이 이야기를 재미있게
즐기셨기를 바랍니다.

감사합니다.

안전가옥 스토리 PD
윤성훈 드림

오류가 발생했습니다

1판 1쇄 발행 2024년 2월 14일
1판 2쇄 발행 2024년 6월 13일

지은이 이산화

기획 안전가옥
프로듀서 윤성훈
        김보희, 신지민
        이수인, 이은진, 임미나
퍼블리싱 박혜신, 임수빈
편집 박진홍
디자인 이경민
일러스트 산호
서비스 디자인 김보영
비즈니스 이기훈
경영지원 홍연화

펴낸이 김홍익
펴낸곳 안전가옥
출판등록 제2018-000005호
주소 04779 서울특별시 성동구 뚝섬로1나길 5,
      헤이그라운드 성수 시작점 202호
대표전화 (02) 461-0601
전자우편 marketing@safehouse.kr
홈페이지 safehouse.kr

ISBN 979-11-93024-46-1 (03810)

안전가옥 오리지널